VERENA RANK

Gefangen im Zwielicht

ROMAN

dead soft verlag

Umschlaggestaltung: Monika Hanke
Titelfoto: © zimous – fotolia.com

ISBN 978-3-934442-46-7

„Für meine kleine Schwester.
Weil ich sie immer mit meinen Ideen und Texten nerven darf,
egal wie spät es ist,
und weil sie Leon und Alexei (fast) so gerne hat wie ich.“

Prolog

Er stand im Schatten einer großen Eiche und beobachtete die Kinder bei ihrem Fußballspiel. Der Junge mit dem blonden Stoppelschnitt und dem fröhlichen Lachen war auch wieder da. Immer wieder huschte der Blick des Kleinen zu ihm herüber, aber nur seiner. Ein paar Mal musste er sogar zur Seite springen, damit ihn niemand über den Haufen rannte. Als wäre er unsichtbar. Obwohl der Junge nicht älter als elf oder zwölf Jahre alt sein konnte, wirkte er sehr erwachsen. Das Funkeln in seinen blauen Augen, wenn er auflachte. Das überlegte Spiel und wie er die anderen zur Ordnung rief, wenn sie herumalberten und nicht bei der Sache waren. Er stand in dem improvisierten Tor aus zwei am Boden liegenden Jacken und ging in Position. Als sich der Junge nach ihm umsah, riss er jedoch die Augen auf und rief etwas, das wie eine Warnung klang. Doch er konnte nichts verstehen. Panik stand im Gesicht des Kindes geschrieben, die auch ihn rasch ergriff. Das Fußballspiel war vergessen, als der Junge auf ihn zurannte und die Hand nach ihm ausstreckte.

Er stand da, wie versteinert, als hielten ihn unsichtbare Arme mit Gewalt zurück. Da weinte der Junge. Heftige Schluchzer. Die Wangen waren gerötet, seine blauen Augen von Schmerz erfüllt. Er lief schneller und konnte ihn doch nicht erreichen.

Und dann kam der Nebel. Eine dichte, dunkle Nebelwand die beide voneinander trennte und alles verschlang. Die Bäume, den Himmel und die Sonne. In ihrem letzten Strahl stand der Junge, die Arme um sich selbst geschlungen, als spürte er die Gefahr, die im Dunkeln lauerte.

Auch er hatte Angst im Dunkeln. Immer schon. Ein Blitz zuckte durch die Nebelwand. Erst gleißend weiß, dann blau und schließlich blutrot, wenn sich das Licht im Rubin des Siegelringes brach, der für einen Moment über ihm schwebte. Ein goldener, auffälliger Siegelring, auf dem in goldenen Lettern ein „W“ eingraviert war. Und wieder gellte dieses Lachen durch den Nebel. Irre und triumphierend, manchmal sogar glücklich. Der Nebel wich unendlicher Finsternis, die ihn endgültig verschluckte.

Er erwachte durch seinen Schrei und saß aufrecht im Bett. Sein Herz raste und die Lungen schmerzten unter seinen tiefen Atemzügen. Es war immer derselbe Traum und erneut ergriffen sie Besitz von ihm: Undefinierbare Gefühle der Sehnsucht und der Schmerz von Verlust. Er strich sich eine Haarsträhne aus der Stirn, sein Blick fiel auf die kleine Lampe, die die ganze Nacht über brannte und den daruntersteheden Digitalwecker. Die grün leuchtenden Ziffern sprangen gerade auf 17:18 Uhr. Höchste Zeit, aufzustehen.

Kapitel 1

Vater und ich saßen im Konferenzraum. Selten genug, dass wir beide bei einem Angebot dabei waren, aber dieser Zenker hatte nicht gerade das, was man einen guten Ruf nannte. Also beobachtete ich den Kerl ganz genau, schon vorhin, als er vor der Glastür innegehalten und den Knoten seiner Designerkrawatte zurechtgerückt hatte. Nun saß er uns gegenüber, und ich war gespannt, was der Typ zu sagen hatte. Er kämmte sich mit den Fingerspitzen durch das Haar, während er sich umsah. Sein starrer Blick blieb einen Moment an Vaters Kommode hängen; er besaß Ähnlichkeit mit einem Hai, kurz vor dem Angriff.

„Das ist ein schönes Stück, das sie da stehen haben, Herr Bergmann. Ist das Teakholz?“, fragte er mit einem Dr.Best-Lächeln. Vater nickte.

„Malaysia, Achtzehntes Jahrhundert. Zwei der Goldgriffe musste ich allerdings ersetzen lassen.“ Stolz schwang in seiner Stimme mit. Er hätte auch sagen können: „Ja, das bauchige Ding habe ich auf meiner Hochzeitsreise gekauft.“

Ich konnte mich noch gut an den Urlaub erinnern. Es war der erste mit meiner Stiefmutter und auch einer der schönsten. Vater und Ines händchenhaltend am weißen Sandstrand, der Geruch des Meeres. Ich hörte fröhliches Kinderlachen und das Kreischen der Möwen, als wäre es erst gestern gewesen. Ich war acht Jahre alt und in diesen Wochen wohl das glücklichste Kind auf der Welt. Vielleicht wäre ich noch glücklicher gewesen, hätte ich nicht diese braune Badehose tragen müssen, auf der leuchtend gelbe Bananen abgebildet waren.

Zenker räusperte sich und riss mich aus meinen schönen Erinnerungen.

„Kommen wir zum geschäftlichen Teil. Ich möchte Sie nicht drängen, aber ich habe noch weitere Interessenten für das Haus. Ein solch lukratives Angebot bekommen Sie nicht alle Tage.“ Er entblößte seine weißen Zähne zu einem überfreundlichen Lächeln und kritzelte etwas auf einen Block. Er zuckte ständig mit dem Bein, so dass der große Tisch und sein Laptop, das er gerade aufklappte, vibrierten. Ich sah zu Vater hinüber, er nickte kaum merklich. Er verstand mich auch ohne Worte. Wir waren ein eingespieltes Team – beruflich und auch privat.

„Geben Sie uns bis morgen Bedenkzeit“, sagte er.

Zenker schüttelte energisch den Kopf, das Zucken seines Beines wurde stärker.

„Sie werden sich gleich entscheiden müssen. Ich treffe heute noch zwei weitere Interessenten.“

Eine glatte Lüge. Aber da war mehr als nur der verzweifelte Wunsch, möglichst schnell Geld zu verdienen, oder die mangelnde Liquidität, an die er die ganze Zeit gedacht hatte. So laut, dass ich es nicht einmal hätte überhören können, wenn ich es gewollt hätte. Irgendetwas stimmte nicht mit dem Haus. Etwas, das über bloße Gebrauchspuren hinausging.

Bei der Besichtigung war ich nicht dabei gewesen, doch das war auch gar nicht nötig.

Ich drang in seinen Geist ein und brauchte nicht lange, um alles direkt vor mir zu sehen. Nur mit großer Mühe konnte ich meinen Zorn zurückhalten.

„Ich würde gerne die oberen Stockwerke noch einmal sehen“, sagte ich und wunderte mich über die Ruhe in meiner Stimme. Zenkers Gesichtszüge entgleisten. Er trommelte mit den Fingerspitzen auf das Glas des Konferenztisches, seine Augen verengten sich zu Schlitzen.

„Ich glaube nicht, dass dies nötig ist. Meine Mitarbeiterin hat Ihrem Vater bereits alles gezeigt.“ Er bemühte sich wirklich um einen angemessenen Ton, aber ich hörte, was er über das arme Mädchen dachte, das keinen blassen Schimmer davon hatte, was für ein Verbrecher ihr Chef war.

„Das sehe ich anders“, entgegnete ich und lächelte so strahlend, wie Zenker zu Beginn unseres Gespräches.

„Und wenn wir schon dabei sind – die rostigen Wasserleitungen im Keller möchte ich auch sehen. Die brechen vermutlich auseinander, falls eine der Ratten da unten einen Furz lässt.“

Aus den Augenwinkeln sah ich, dass Vaters Schultern vor Lachen bebten. Zenker schnappte nach Luft, und seine Augen verdunkelten sich, als würden Gewitterwolken darin aufziehen. In der Tat konnte ich den Sturm schon spüren, als Zenker ihn noch gar nicht realisiert hatte. Ich unterdrückte ein Grinsen. Armer Idiot. Er hatte sich einfach die Falschen ausgesucht. Aber wie sollte er auch ahnen, dass ich all die Dinge sah, die in seinem Kopf vorgingen?

Zenker zerrte an seiner Krawatte, als wäre sie eine Schlinge um seinen Hals. „Ich versichere Ihnen, das sind alles Kleinigkeiten, die werden selbstverständlich noch instand gesetzt", brachte er gepresst hervor. „Wie kommen Sie überhaupt auf ..."

„Etwa wie der Dachboden?", unterbrach ich ihn. „Mein Vater berichtete mir, dass alles noch etwas *frisch* aussieht. Als wäre es … sagen wir … *vorgestern* mal eben mit Sandfarbe gestrichen worden?"

Zenker quollen die Augen aus den Höhlen, er erinnerte mich plötzlich an einen Karpfen, so wie er seinen Mund auf und zu klappte.

„Jetzt reicht es aber! Glauben Sie, ich habe meine Zeit gestohlen?" Er sprang vom Stuhl und stapelte seine Unterlagen. „Das hab ich bestimmt nicht nötig."

Oha, der Karpfen wurde wieder zum Hai. Vater hob den Kopf und blickte Zenker ruhig an. Nur das Zucken in seinen Augenwinkeln verriet mir, dass er kaum noch an sich halten konnte.

„Beruhigen Sie sich, Herr Zenker. Mein Sohn hat Sie doch nur um eine klare Auskunft gebeten. Kein Grund, laut zu werden."

„Von wegen um etwas gebeten!" Zenker fuchtelte mit dem Zeigefinger vor seinem Gesicht umher und warf mir einen wütenden Blick zu. „Das sind absurde Anschuldigungen! Mit solchen Leuten muss ich keine Geschäfte machen!"

Wieder eine glatte Lüge, aber die hätte jeder durchschaut, ganz ohne Gedankenlesen. Ich stand auf und sah auf ihn hinunter. „Auf Geschäfte mit Ihnen können wir verzichten", sagte ich unwirsch. „Sehen Sie lieber zu, dass Sie Ihren Arsch hier raus bewegen, bevor ich mich vergesse und Ihnen Ihr Laptop hineinschiebe!"

„Leon." Vater erhob sich und warf mir einen warnenden Blick zu.

„Ist doch wahr."

Zenker entgegnete nichts mehr. Er klappte das Laptop zu und stopfte seine Unterlagen in seinen Aktenkoffer. Mit beiden Sachen unter den Arm geklemmt verließ er ohne Gruß Vaters Büro und schlug eilig die Tür hinter sich zu.

„Dem ist der Arsch aber gewaltig auf Grundeis gegangen." Ich lockerte meine Krawatte. „Den sehen wir nicht wieder", stellte ich zufrieden fest.

Vater musterte mich über die Gläser seiner Lesebrille.

„Ich hab mir doch gleich gedacht, dass mit dem Kerl etwas nicht stimmt. Was hast du in seinen Gedanken alles gelesen?"

„Eine Menge. Mir ist ganz schlecht davon." Ich imitierte Kotzgeräusche. „Er kauft halb verfallene Hütten und lässt sie durch Schwarzarbeiter dürftig sanieren. Die Schäden sind sehr geschickt vertuscht und ausgebessert worden. Er verwendet die billigsten Materialien, teilweise fehlerhafte Ware vom Schwarzmarkt. Natürlich will er die Projekte dann so schnell wie möglich loswerden, damit er sich aus dem Staub machen kann. Robert Zenker ist nur eines seiner Pseudonyme."

Vater schüttelte den Kopf.

„So ein Dreckskerl. Ich möchte wissen, wie viele Menschen dieser Gauner schon reingelegt hat."

„Das willst du nicht, glaub mir. Aber nicht mit Bergmann Immobilien", antwortete ich. „Das würde ich niemals zulassen."

Vater seufzte. „Ohne dein Eingreifen hätte ich das Haus womöglich gekauft", stellte er betroffen fest. „Du bist unglaublich."

„Pass auf, sonst könnte ich mir noch was darauf einbilden."

Er lachte. „Na komm, wir haben einen Termin. Hoffentlich nicht noch so ein Verbrecher. Einer am Tag reicht vollkommen."

Eine halbe Stunde später saßen wir in Vaters bevorzugtem Geschäftsessen-Restaurant. Ich zupfte gedankenverloren an den Spitzen des Mitteldeckchens, auf dem eine Glasvase mit frischen Blumen stand. Das Restaurant war im Stil der dreißiger bis vierziger Jahre eingerichtet, an den Wänden prangten in Gold gerahmte Bilder von Ikonen dieser Zeit, wie Edith Piaf, Humphrey Bogard oder Hans Albers. Ich persönlich bevorzugte ja coolere Kneipen wie „Dee's Bar" oder das „Underground", aber mir war natürlich auch klar, dass man dort schlecht Geschäfte abschließen konnte. Außerdem konnte ich mir Paps nur schwer in einer Diskothek vorstellen, in der halbnackte Frauen zu Technomusik in Käfigen tanzten.

„Leon. Hörst du mir überhaupt zu?"

Ich zuckte zusammen und blickte ihn über den Tisch hinweg an. „Entschuldige Paps, hast du was gesagt?"

„Ich sagte, dass ich sehr stolz auf dich bin und nicht wüsste, was ich ohne dich täte. Der Vorfall heute war ja wieder mal Beweis genug. Ich mach das Geschäft schon so lange, aber ich habe die Ausbesserungen wirklich nicht gesehen."

Ich winkte ab und klappte die Speisekarte auf.

„Für irgendetwas muss ich ja schließlich gut sein", lachte ich. „Zur Feier des Tages darfst du mich zum Essen einladen. Ich hab einen Riesenhunger."

Vater schüttelte belustigt den Kopf und wollte sich ebenfalls die Karte nehmen. Dabei stieß er zwei Weingläser um, die klirrend über den Tisch rollten. Ich lugte über den Rand der Speisekarte und grinste schadenfroh, während Vater, sich der neugierigen Blicke der anderen Gäste bewusst, hektisch die Gläser wieder aufstellte.

Er schielte zu mir herüber. „Das ist nicht lustig", sagte er streng, doch sein Tonfall wurde von einem Lächeln um die Mundwinkel gemildert. Ich klappte die Karte zu und legte sie auf den Tisch.

„Vielleicht nicht lustig, Paps, aber typisch für dich. Du hättest dein Gesicht eben sehen sollen. Bleib cool, Mann."

Er verdrehte die Augen und rieb sich den graumelierten Kinnbart.

„Jetzt schau nicht so böse." Ich ahmte ihn nach, indem ich die Brauen zusammenzog und lehnte mich entspannt in meinem Stuhl zurück. „Wer ist eigentlich der Mann, der uns diesen Laden in der Oranienstraße verkaufen will?"

Vater zuckte mit den Schultern. „Ich weiß nur, dass er Serban Grigorescu heißt, mehrere Immobilien hier in Berlin besitzt und in Grunewald lebt. Ich habe ein paar Mal mit ihm telefoniert. Sein Sohn wollte an seiner Stelle kommen." Er blickte auf seine Armbanduhr. „Er müsste jeden Augenblick da sein."

Ich erhob mich. „Würdest du mir bitte ein Pils bestellen? Wir sollten die Gelegenheit nutzen, solange die Gläser noch stehen. Ich komme gleich wieder."

„Das muss ich mir noch gut überlegen", hörte ich ihn amüsiert antworten, während ich mich bereits auf halbem Weg zu den Toiletten befand. Eine Bedienung kam mir entgegen und lächelte mir freundlich zu. Sie war hübsch, dunkle Locken umrahmten ihr zartes Gesicht. Ich spürte, dass sie nervös war und las ihre Gedanken, trotz meiner guten Vorsätze, meine Fähigkeiten lediglich für berufliche Zwecke zu nutzen. Sie fand mich süß … und sexy. Ich grinste in mich hinein. Besonders gefielen ihr meine blauen Augen und die Art, wie ich mein dunkles Haar trug. Wenn ich an ihr vorbeigegangen war, wollte sie einen Blick auf meinen Hintern werfen. Ich lächelte zurück, worauf sich ihre Wangen rot färbten und unterbrach dann schnell die Verbindung. Es war nicht fair, aber ab und zu musste ich einfach wissen, was in den Köpfen der Menschen vorging. Vor allen Dingen beim weiblichen Geschlecht konnte ich meine Neugier kaum zügeln.

Als ich wenig später zurückkam, saß Vater nicht mehr allein am Tisch. Er unterhielt sich mit einem Mann. Beide erhoben sich. Der Blick des Fremden kreuzte sich mit meinem, und als Erstes nahm ich seine ungewöhnliche Blässe wahr. Sofort spürte ich die geheimnisvolle Aura, die ihn umgab. Seltsamerweise war mir, als wäre ich ihm schon einmal begegnet, doch an so einen Kerl würde ich mich mit Sicherheit erinnern. Er sah aus, wie einer dieser Typen, die für Parfüm warben. Seine Gesichtszüge waren weich und doch wirkte er sehr männlich. Sein blondes Haar hatte er im Nacken zu einem Zopf gebunden, gekleidet war er in einen cremefarbenen Anzug und ein schwarzes Hemd. Meine kleine Schwester wäre sicherlich hin und weg von ihm gewesen.

„Darf ich dir Alexei Grigorescu vorstellen? Seinem Vater gehört das Gebäude, das wir nachher besichtigen werden. Herr Grigorescu, das ist mein Sohn Leon. Er ist mein Partner." Vater blickte zwischen uns hin und her.

„Guten Tag, Herr Grigorescu." Ich reichte ihm die Hand. Sie war kühl, er besaß einen kräftigen Händedruck.

„Freut mich, Herr Bergmann", erwiderte er mit einem Lächeln, das ebenmäßige, weiße Zähne entblößte. Seine Stimme klang unerwartet tief, aber sanft. Ich versuchte, in seinen Geist einzudringen. Schneller, als ich erwartet hatte, entstand eine Verbindung, doch plötzlich sah er mich mit einer Mischung aus Erstaunen und Überraschung an, in seinen grünen Augen blitzte es auf. Ich spürte einen unsichtbaren Schutzwall, der sich um seinen Geist legte. Es war nun unmöglich zu sehen, was in seinem Kopf vorging.

Ich war froh, als Vater sich nach dem Gebäude erkundigte und wir uns setzten. Die Bedienung kam an den Tisch und nahm die Bestellung auf. Ihre Gedanken konnte ich sofort wieder lesen und was sie über Alexei Grigorescu dachte, war nicht gerade jugendfrei. Sie verdrehte sich fast den Hals nach ihm, als sie ging, um die Bestellung abzuliefern.

Während des Essens plauderten wir über das Immobiliengeschäft, und ich überlegte, ob ich einen weiteren Versuch unternehmen sollte, in Grigorescus Geist einzudringen. Vielleicht hatte ich mir vorhin nur eingebildet, er würde mich mental abblocken? Wahrscheinlich war ich nur unkonzentriert. Bisher war es mir immer gelungen, mich auf telepathischem Wege in die Gedankengänge unserer Geschäftspartner einzuschleichen. Grigorescu war offensichtlich ein hartnäckiger Fall.

Nach dem Essen gingen wir zusammen die Papiere und Pläne durch und unterhielten uns ungezwungen über verschiedene Themen. Die Grigorescus besaßen mehrere Grundstücke und Gebäude in Berlin und im Ausland, die sie vermieteten und auch teilweise zum Kauf anboten. Während des Gesprächs spürte ich eine merkwürdige Spannung. Grigorescu schien unnahbar und geheimnisvoll.

„... und so haben wir uns entschlossen, das Gebäude zu verkaufen", beendete Alexei seinen Satz, während mich sein stechender Blick traf. Ich hob mein Glas und fixierte rasch das Schwarzweißbild von Hans Albers.

„Er war ein begnadeter Schauspieler", bemerkte Alexei, der meinem Blick gefolgt war. „Ich habe ihn einmal in Hamburg getroffen." Er nippte an seinem Rotwein. „Ist jedoch schon eine ganze Weile her."

Vater lachte über den Witz, ich konnte mir ein Grinsen nicht verkneifen.

„Na klar", antwortete ich belustigt. „Leben Sie schon immer in Berlin, Herr Grigorescu?"

„Ursprünglich stammen wir aus Rumänien, wir kamen hierher, als ich noch ein Kind war."

Während er sprach, hörte ich in meinem Kopf eine Stimme flüstern: *Du bist hinreißend … wunderschön.*

Ich sah mich überrascht um. Wessen Gedanken hatte ich denn jetzt schon wieder versehentlich gelesen? Am Tisch neben uns saß ein älteres Paar. Links davon in einer Ecke tuschelten drei Damen, die aussahen, als kämen sie gerade von einem Treffen der unbefriedigten Hausfrauen. Sie tranken Prosecco und rauchten Kette. Also von schön und hinreißend war hier weit und breit keine Spur. Vielleicht sollte ich lieber Wasser trinken, statt Bier.

„Wir würden uns das Gebäude gern ansehen, Herr Grigorescu, sollen wir fahren?", unterbrach Vater meine Gedankengänge.

„Gerne. Darf ich Sie in meinem Wagen mitnehmen, Herr Bergmann?" Alexei musterte mich. Ich war überrascht, nickte jedoch.

„Natürlich."

„Das ist gut", nickte Vater. „Ich wollte ohnehin unterwegs noch einen Brief einwerfen, lass dich von Herrn Grigorescu schon mal herumführen, ich komme sofort nach." Er ließ mir gar keine Zeit zu antworten, schnappte seine Autoschlüssel vom Tisch und nickte uns zu. „Kümmern Sie sich nicht um die Rechnung, die ist schon bezahlt. Bis gleich, ich beeile mich!", rief er hektisch über seine Schulter, und schon war er verschwunden.

„Ist Ihr Vater immer so impulsiv?", erkundigte sich Grigorescu amüsiert.

Ich zuckte mit den Schultern und nickte. Der Klang seiner Stimme verursachte mir Gänsehaut, ich wusste nicht, woran das lag. Der Typ war irgendwie seltsam. Er konnte höchstens vier oder fünf Jahre älter sein als ich, aber er drückte sich aus, als stammte er aus dem vorletzten Jahrhundert. Mit einem Mal war mir warm, und ich war froh, als wir kurz darauf auf die Straße traten. Dass es in diesen Restaurants auch immer so stickig sein musste.

Viele Menschen nutzten den warmen Spätsommerabend zu einem Spaziergang, und so waren die Straßen gesäumt von schlendernden Pärchen, lachenden Kindern und Grüppchen von Jugendlichen. Alexei zog eine dunkle Sonnenbrille aus der Brusttasche seines Jacketts.

„Kommen Sie, mein Wagen steht dort hinten." Er deutete mit

einer einladenden Geste die Straße hinunter und setzte die Brille auf. Ich grinste. Die Sonne war nicht mehr so stark, dass man eine Sonnenbrille brauchte, doch wahrscheinlich wollte er cool aussehen.

Kurz darauf saßen wir in seinem silberfarbenen Audi R8 auf dem Weg zu dem leer stehenden Geschäftsgebäude. Unterwegs sprachen wir kaum ein Wort, und ich war froh darüber. Ich fühlte mich seltsam in seiner Nähe. Fremdartige Schwingungen umgaben ihn, die ich nicht deuten konnte. Die Tatsache, dass meine mentalen Fähigkeiten bei ihm nicht funktionierten, machte mich langsam nervös. Ich hatte eine dunkle Vorahnung, was dies bedeuten konnte.

Alexei schloss die Tür auf und bedeutete mir, vor ihm einzutreten. Als ich an ihm vorbei ging, stieg mir ein angenehmer Duft in die Nase, der von ihm ausging. Erneut fragte ich mich, warum ich seine Gedanken nicht lesen konnte.

Weil Sie nicht alles wissen müssen, Leon. Übrigens ist der Duft von Karl Lagerfeld.

Mir stockte der Atem, und ich fuhr herum. Alexei war damit beschäftigt, die Tür abzuschließen.

„Ich hoffe, das Tageslicht, das durch die Fenster dringt, genügt Ihnen. Der Strom ist bereits abgeschaltet“, informierte er mich und wandte sich zu mir um.

Ich starrte ihn perplex an.

Kapitel 2

Alexei kam im Halbdunkel auf mich zu und nahm die Sonnenbrille ab. „Alles in Ordnung?" Für den Bruchteil einer Sekunde tanzten Lichter in seinen Augen, als würde er winzige Blitze daraus abfeuern. Ich blinzelte irritiert und versuchte, mir nichts anmerken zu lassen. Vielleicht war es ja nur ein Scheinwerfer von einem vorbeifahrenden Auto gewesen.

„Ja, alles bestens." Ich wandte mich rasch ab und sah mich um. Im Laden befanden sich einige angestaubte Regale und eine Verkaufstheke aus Holz. Ich ging darauf zu und strich mit der flachen Hand darüber.

„Sie sagten, zuletzt war ein Blumenladen hier?"

„Ja, das ist richtig." Seine tiefe Stimme war plötzlich direkt hinter mir, der Luftzug seines Atems streifte meinen Nacken. Wie hatte er sich so schnell und geräuschlos nähern können? Als ich mich umdrehte, blickte ich geradewegs in seine tiefgrünen Augen. Eine geballte mentale Kraft traf auf meine Sinne, mir wurde schwummrig. Ich wich so weit zurück, bis ich mit dem Rücken an die Theke stieß und stierte ihn an.

Haben Sie etwa Angst vor mir, Leon?

„Was? Wieso sollte ich Angst vor Ihnen haben?" Ich schüttelte belustigt den Kopf. Erst jetzt fiel mir auf, dass sich seine Lippen gar nicht bewegt hatten. Meine Hände krallten sich fester in das Holz der Theke, die Zahnräder in meinem Gehirn arbeiteten auf Hochtouren. Und schlagartig fiel es mir wie Schuppen von den Augen.

„Du ... Sie sind ein Telepath!", stieß ich atemlos hervor. Ich hätte es schon im Restaurant bemerken müssen, wo war mein mentales Einfühlungsvermögen geblieben?

„Genau wie Sie." Er neigte sich vor und legte die Hände neben meinen auf der Theke ab, worauf ich mich instinktiv zurücklehnte. „Ich habe noch nie einen Menschen getroffen, der wie ich die Gabe des Gedankenlesens besitzt", stellte er fest und wirkte beeindruckt. Je länger ich in seine Augen blickte, desto eigenartiger fühlte ich mich. Kein Geräusch drang mehr an meine Ohren, als hätte ich Watte darin. Ich spürte einen starken Sog, dem ich mich nicht entziehen konnte. Ich war auf so etwas nicht vorbereitet. Der Raum zwischen uns schien zu vibrieren, als würde ich mich auf einem magnetischen Kraftfeld befinden. Ich war unfähig, selbstständig zu denken und zu fühlen. Mein Puls pochte unangenehm an meinen Schläfen und hallte in meinem Kopf wider. Ich erschrak, als ich mich bei dem Gedanken ertappte, wie unverschämt gut der Kerl aussah. Beinahe überirdisch schön. Das Grün seiner Augen besaß die Farbe von schimmernden Smaragden. Seine helle Haut schien wie feinster Marmor in ihrer Makellosigkeit und das blonde Haar umrahmte das Bild perfekt. Ich sah den Anflug eines triumphalen Lächelns auf seinen Lippen und musste seinem Blick standhalten, so sehr ich mich auch dagegen sträubte. Meine Beine wurden taub, und ich hatte das Gefühl, von innen heraus zu verglühen.

Scheiße, war ich froh, als jemand gegen die Glasscheibe der Tür klopfte. Ich schnappte nach Luft. Es war, als würde mich jemand aus einem Tagtraum reißen.

„Leon? Herr Grigorescu?"

Alexei wich so abrupt zurück, dass ich seiner Bewegung mit bloßem Auge kaum folgen konnte. Für eine Sekunde wirkte sein Umriss wie verschwommen, ich schloss beirrt die Augen. Als ich aufsah, öffnete er bereits die Tür.

„Entschuldigen Sie, ich wurde aufgehalten." Vaters Stimme klang abgehetzt. „Hast du dich umgesehen, Leon? Was sagst du?"

Ich atmete tief durch und strich mit einer fahrigen Bewegung durch mein Haar.

„Man ... man könnte etwas daraus machen, aber ich hab das Obergeschoss noch nicht gesehen", entgegnete ich und erschrak, wie heiser meine Stimme klang. Ich blickte zur Treppe, die sich am Ende des Verkaufsraumes befand. Als ich vor Alexei die Stufen hinaufschritt, konnte ich seinen Laserblick im Rücken spüren. Der Kerl war ein Psychopath, ich hatte ein Gespür für so was. Ein Mentalist ... ein sehr guter auch noch, allem Anschein nach.

Später saß ich neben Vater im Auto und dachte fortwährend darüber nach, ob Alexei Grigorescu meine Gedanken beeinflusst hatte. Natürlich konnte ich nicht leugnen, dass er sehr attraktiv war, aber die Tatsache, dass ich ihn wunderschön fand, war mehr als befremdend für mich. Ob er wohl selbst auf Männer stand?

Wir besaßen beide die Fähigkeit der Telepathie, also warum sollte er nicht auch zusätzlich Gedanken beeinflussen können?

Ich schüttelte den Kopf, als müsste ich mich entsinnen, wo ich war. Vielleicht war ich nur müde und erschöpft und hatte mir das alles nur eingebildet. Es war ein langer Tag gewesen.

„Geht es dir nicht gut, Leon?" Vater riss mich aus meinen Überlegungen.

„Entschuldige, ich war mit den Gedanken noch bei ... bei dem Gebäude. Ich denke, es war eine gute Entscheidung, eine Nacht darüber zu schlafen und Herrn Grigorescu dann anzurufen. Aber es ist alles seriös, glaub mir. Das Gebäude ist das Geld wert." Warum ich das gesagt hatte, war mir ein Rätsel. Schließlich war ich ja nicht imstande gewesen, die Gedanken dieses Kerls zu lesen. Vater nickte zufrieden.

Er fuhr mich nach Hause, wo ich wenig später erschöpft in mein Bett fiel.

Wir befanden uns in dem leeren Laden, Alexei kam auf mich zu. Seine durchdringenden Augen fesselten mich sofort wieder. Ich versank in Tiefgrün und ließ mich treiben, in einem Meer verwirrender Gedanken und Gefühle.

„Leon, komm mit. Meine Gedanken sind die Deinen. Ich werde dir Dinge zeigen, von denen du nicht einmal gewagt hast, zu träumen." Seine tiefe Stimme klang warm und betörend. Ohne zu zögern legte ich meine Hand in die seine, worauf er mich an sich zog. Ich fühlte mich geborgen an seiner Brust, die etwas breiter und muskulöser war als meine.

„Komm mit mir", wiederholte er wispernd in mein Ohr. Sein heißer Atem an dieser empfindsamen Stelle ließ mich erschauern.

Ich stand am Fenster und nippte an meinem Kaffee. Der Traum

von letzter Nacht war so real gewesen. Ich glaubte jetzt noch zu wissen, wie sich sein Atem auf meiner Haut angefühlt hatte und schüttelte mich.

Er war ein Mann, so wie ich, und doch schwebte Alexei Grigorescus engelsgleiches Gesicht ständig vor meinem inneren Auge. Ich ging ins Badezimmer, trat ans Waschbecken und blickte in den Spiegel. Das erste Mal in meinem Leben stellte ich mir die Frage, ob ich irgendwie schwul aussah. Was hatte diesen Alexei gestern Abend zu seiner Psycho-Anmache veranlasst? Ich rasierte mich jeden Morgen, trug mein widerspenstiges Haar nicht in einem 0815-Kurzhaarschnitt und benutzte Bodylotion. Mein Körper war nicht übermäßig muskulös, aber bestimmt nicht feminin. War ich deswegen ein potenzielles Zielobjekt für Schwule?

Ich lachte beinahe hysterisch auf und spannte meine Brustmuskeln an. Egal, ich jedenfalls liebte die Frauen – alles an ihnen. Ihre zarten Körper, ihre makellose Haut ... und wie gut sie immer rochen!

Ich wusch die vielen Fragen in meinem Kopf mit eiskaltem Wasser ab und atmete tief durch.

Das Penthouse, in dem ich wohnte, lag im siebzehnten Stock eines Hochhauses mit eigenem Swimmingpool. Vater hatte es mir zur bestandenen Abiturprüfung gekauft. Meine Halbschwester Fiona wohnte noch zuhause. Mit sechzehn Jahren befand sie sich auf dem Höhepunkt der Teenagerzickenphase. Sie war eine liebenswerte Zicke. Anstrengend, aber liebenswert. Wie die meisten Mädchen in diesem Alter verliebte sie sich ständig in einen neuen, noch cooleren Jungen und verbrachte Stunden im Badezimmer.

Ich saß abends gerne auf meiner Dachterrasse und blickte über die Lichter der Großstadt. Frei wie ein Vogel genoss ich die Aussicht auf mein geliebtes Berlin. Ich war hier geboren, viele Erinnerungen verbanden mich mit dieser Stadt. Hier hatte ich meine Kindheit verbracht und hier fand Vater nach vier Jahren der Einsamkeit sein zweites, großes Glück. Mutter war bei einem Unfall gestorben, da war ich gerade mal vier Jahre alt gewesen. Vater lebte damals nur für seine Arbeit und hatte irgendwann in seiner Einsamkeit zu trinken angefangen, um zu vergessen. Ich erinnerte mich an viele traurige Momente.

Und dann, eines Tages, kam Ines und brachte die Sonne zurück in unser Leben. Ich war acht, als er die Psychologin beim Verkauf einer Immobilie kennen gelernt hatte. Vater kam mehr als gut gelaunt nach Hause und lud mich ins Kino ein. Von da an wusste ich, dass sich alles verändern würde. Zwei Jahre später wurde Fiona geboren und wir waren eine glückliche, kleine Familie. Ines war es auch, die mir die Angst vor meinen mentalen Fähigkeiten genommen hatte und mir zeigte, wie ich damit umgehen und sie steuern konnte.

Ich richtete den Knoten meiner Krawatte und trat durch die verglaste Schwingtür in die Empfangshalle unserer Firma.

„Guten Morgen, Leon. Ihr Vater ist bereits in seinem Büro und wartet auf Sie." Frau Gröbner trug wieder diese aufwendige Hochsteckfrisur, die sie den ganzen Tag über auf ihren perfekten Sitz überprüfte und war gerade dabei, sich Kaffee einzugießen. Sie war die gute Seele der Firma und arbeitete schon so lange für Vater, dass ich mich nicht mehr an die Zeit erinnern konnte, als sie noch nicht da gewesen war. Ich legte meine Aktentasche auf der Theke ab.

„Ich geh gleich zu ihm. Steht irgendwas Besonderes an?"

Sie stellte die Kaffeetasse ab, nahm einen Papierstapel von der Ablage und reichte ihn mir.

„Das sind die Baupläne für das Kaufhaus-Projekt. Ansonsten wollte Herr Brückner sich noch mal wegen der Wohnanlage in der Leipziger Strasse melden und Ihr Vater hat am Nachmittag diesen Termin bei Kellermann." Sie setzte sich und tippte etwas auf der Tastatur des Computers. „Ach ja und Dr. Mertens hat angerufen. Er ist morgen um zwölf Uhr im Plaza."

„Ah gut, wir hatten in letzter Zeit selten Gelegenheit zusammen zu essen."

Frau Gröbner nickte lächelnd. Tom Mertens war seit der Grundschule mein bester Freund. Die Praxis, in der er als Zahnarzt arbeitete, befand sich nicht weit von unserer Firma.

„Und ich habe die Einladungskarten für die Wohltätigkeitsveranstaltung fertig gemacht. Möchten Sie sie sehen?"

„Später. Ich nehme sie heute Mittag gleich mit zur Post. Und würden Sie uns bitte Kaffee bringen?“ Ich klemmte mir den Papierstapel unter den Arm und griff nach meiner Tasche.

„Natürlich, ich bring Ihnen sofort zwei Tassen.“

Vater saß an seinem Schreibtisch und blätterte in einem Ordner. Als ich eintrat, sah er auf und musterte mich über die Gläser seiner Lesebrille.

„Guten Morgen, Leon. Na, gut geschlafen?“

Ja, wunderbar. Ich hab von Alexei Grigorescu geträumt. Und dass ich schwul bin.

War ich froh, dass Vater keine Gedanken lesen konnte.

„Guten Morgen, Paps. Ja, danke, wie ein Murmeltier.“ Ich stellte meine Aktentasche auf den Boden, ließ mich im Stuhl vor seinem Schreibtisch nieder und legte die Baupläne darauf ab.

„Ah, die Baupläne vom Kaufhaus der Jansens. Den muss ich heute noch anrufen.“ Er klappte den Ordner zu und nahm die Brille ab. „Ich hätte heute Abend noch ein kleines Attentat auf dich vor.“

Ich erwiderte seinen Blick mit einer Mischung aus Neugier und Überraschung und wollte fragen, um was es ging. In dem Moment klopfte es, und Frau Gröbner kam mit einem kleinen Tablett, auf dem zwei dampfende Tassen Kaffee standen.

„Genau das, was wir jetzt brauchen, Maria. Sie sind ein Schatz.“ Vater erhob sich, um ihr die beiden Tassen abzunehmen und stellte sie auf dem Schreibtisch ab. Ich wartete, bis sie die Tür hinter sich geschlossen hatte und lehnte mich vor.

„Was wolltest du sagen? Was für ein Attentat denn?“

„Ich habe heute Morgen mit Herrn Grigorescu Senior telefoniert und ihm soweit zugesagt. Es fehlen aber noch einige Unterlagen, die ich heute Abend abholen wollte.“

Ich fing an, mit dem Knie zu wippen und zuckte mit den Schultern.

„Das ist doch gut, aber was soll ich dabei tun?“

„Ich habe einen Termin, den ich unmöglich absagen kann. Ich weiß, heute willst du sicher mit Monika ausgehen, aber denkst du, du könntest das nach Büroschluss noch erledigen?“

Ich schluckte den Kloß in meinem Hals hinunter. Ich war nicht gerade scharf darauf, Alexei Grigorescu wieder zu treffen. Ich befürchtete, er würde erneut meine Gedanken lesen und mich mit seinem Psychoblick hypnotisieren. Im nächsten Moment schalt ich mich selbst. Schließlich verfügte ich auch über mentale Kräfte und diesmal wäre ich vorbereitet. Außerdem hatte ich ja einen Termin mit seinem Vater und nicht mit ihm.

„Leon?"

Erst jetzt wurde mir bewusst, dass ich einige Sekunden starr in meine Tasse geblickt hatte und schrak beim Klang meines Namens auf.

„Was soll das werden, willst du mit deinem Kaffee Kontakt aufnehmen, oder was?" Vater schüttelte belustigt den Kopf, dann aber nahm sein Gesicht einen ernsten Ausdruck an. „Alles in Ordnung mit dir? Du hast mir gestern Abend schon so einen abwesenden Eindruck gemacht."

Ich nahm hastig einen Schluck Kaffee und erhob mich aus dem Sessel. „Klar ist alles in Ordnung. Schreib mir die Adresse auf, ich mach das schon. Und mach dir keine Sorgen wegen Monika. Das ist sowieso vorbei."

Vater hob eine Augenbraue. „Seit wann das denn?"

„Schon eine Weile. Haben uns aber im Guten getrennt. Wir passen einfach nicht zusammen."

„Du hältst es aber wirklich nie lange mit einer aus", seufzte Vater, ein mitfühlendes Lächeln legte sich auf seine Lippen.

Ich zuckte mit den Schultern. „Ich glaub, ich bin einfach nicht geschaffen für Beziehungen."

„Wenn die Richtige kommt, wirst du es sein, glaub mir. Dann hast du also kein Problem mit heute Abend?"

„Nein, geht klar, Paps, mach dir keinen Kopf. Gehen wir heute Mittag zusammen essen? Dann könntest du mir gleich die Adresse der Grigorescus aufschreiben."

„Mach ich. Ich danke dir."

Ich verließ Vaters Büro und machte mich an meine eigene Arbeit.

Die Adresse der Grigorescus führte mich in die Königsallee, einem Villenviertel. Ich parkte meinen Wagen und atmete tief durch. Meine Güte, ich sollte nur Unterlagen abholen, nichts weiter. Falls ich auf Alexei traf, würde ich seine Scheißgedanken halt nicht lesen. Aber er meine auch nicht. Seinen Psychokram würde er nicht mehr abziehen können. Ich war vorbereitet.

Ich stieg aus und ging auf das gusseiserne Tor zu. Soweit ich sehen konnte, war es ein großes Anwesen. Ein mit Buschrosen gesäumter Kiesweg führte zu der Villa, die wie eine alte Burg wirkte. Sie war grau gemauert und hatte zu beiden Seiten kleine, hervorstehende Erker mit spitz zulaufenden Dächern, wie Türme. Dazwischen befand sich ein Balkon mit einem verschnörkelten Geländer im selben Stil wie das Eingangstor. Eine breite Marmortreppe führte hinauf zu einer Haustür aus dunklem, schweren Holz. Zu beiden Seiten wachten Steinlöwen, denen der Wandel der Jahreszeiten ziemlich zugesetzt hatte. Ihre großen, dunklen Augen blitzten aus den mit Moos überwucherten Köpfen hervor und schienen mich zu beobachten. Ich sah nach oben zu den Fenstern. Manche Vorhänge waren zugezogen, teilweise die Fensterläden geschlossen. Ich blickte auf meine Uhr und stutzte. Vielleicht war überhaupt niemand zuhause. Ich drückte die Klinke des schweren Tores, das sich quietschend in Bewegung setzte. Einen Moment bildete ich mir ein, einer der Löwen hätte sich bewegt. Das Biest aus Stein starrte jedoch noch immer auf die Straße hinunter.

An der Haustür suchte ich nach der Türglocke, aber Fehlanzeige. Da war lediglich ein Türklopfer aus Messing. Wieder zwei Löwen, die jeweils ein Ende eines schweren Halbringes in ihren Mäulern trugen.

So was Spießiges. Ich klopfte dreimal gegen das Holz. Schon bald öffnete ein älterer, untersetzter Mann die Tür. Er trug eine schwarze Hose und ein weißes Hemd mit einer Weste darüber, deren Knöpfe sich über seinem Bauch spannten. Ein ergrauter, lichter Haarkranz zierte seinen Hinterkopf und eine kleine, runde Brille saß auf der knolligen Nase. Er deutete eine Verbeugung an und bedachte mich mit einem unergründlichen Blick aus seltsam abwesenden Augen. Ein Diener. Noch spießiger.

„Sie wünschen?“ Seine Stimme klang hohl, während er eine Augenbraue hochzog und den Kopf schräg neigte. Ich trat einen Schritt vor.

„Guten Abend, mein Name ist Leon Bergmann, ich werde von Herrn Grigorescu Senior bereits erwartet."

Der Kerl hatte so etwas Eigenartiges an sich, dass ich nicht umhin kam, in seine Gedanken einzudringen. Ich erschrak über die Leere, die in seinem Geist lag. Als wäre sein Gehirn mit Watte gefüllt. Ich war versucht, nach seinem Namen zu fragen und hätte schwören können, dass er ihn nicht wusste. Meine Überlegungen wurden unterbrochen, als der alte Mann eine einladende Geste machte, die Tür weiter öffnete und mich eintreten ließ. Die Eingangshalle war ungewöhnlich hoch. Es war kühl und roch nach altem Gemäuer. Zu beiden Seiten erhoben sich mehrere Steinsäulen, die sich an der Decke zu einem imposanten Gewölbe zusammenschlossen. Der Fußboden war mit schwarzen und weißen Mosaiksteinchen in kunstvollen Mustern gefliest. Eine Marmortreppe führte in der Mitte zu den oberen Räumen, ein roter Läufer erstreckte sich auf ihrer gesamten Länge. Beeindruckt blickte ich nach oben, wo ein prunkvoller Kronleuchter aus hunderten von Kristallen hing. Erst jetzt bemerkte ich, dass ich wie angewurzelt stehen geblieben war, ein Räuspern holte mich zurück in die Gegenwart. Ich wandte mich um, der Diener nickte und deutete auf die Treppe.

„Wenn Sie mir bitte nach oben in den Salon folgen würden, ich werde Herrn Grigorescu unverzüglich davon unterrichten, dass Sie hier sind, Herr Bergmann." Er schritt die Stufen hinauf, ohne sich umzusehen. Ich folgte ihm, beeindruckt vom Luxus und der Größe des Hauses. Und doch fühlte ich mich unwohl. Generell war ich in der Lage, positive oder negative Schwingungen zu empfangen, doch hier schien es mir, als ob alles tot wäre. Nicht nur Menschen besaßen eine Seele, sondern auch Gebäude. Ich spürte, ob Schlechtes oder Gutes in einem Haus passiert war und ob die Menschen glücklich oder unglücklich gewesen waren. So alt diese Villa auch sein mochte, es schien, als wäre sie erst vor Kurzem erbaut worden. Als hätte hier nie jemand gelebt. Kalt, leer und ohne jegliche Geschichte.

Ich fröstelte. Der lange Flur war lediglich durch goldene Kerzenleuchter an den Wänden erhellt. Wer benutzte heute noch Kerzen, um ein Haus zu beleuchten? Hier oben erschien es ziemlich düster, der Geruch von Wachs und alten Möbeln hing in der Luft. Am Ende des Flures führte mich der Mann in eine Bibliothek. Die geschlossenen Fensterläden versperrten mir den Blick nach draußen. In der Mitte standen ein altmodisches Sofa aus dunkelgrünem Samt und ein dazu passender Ohrensessel. Auf einem Tischchen aus dunklem Eichenholz stand ein gläserner Aschenbecher, daneben lag eine Zeitung. Eine Standleuchte in der Ecke beleuchtete den Raum dürftig.

„Sie entschuldigen, aber ich habe Feierabend. Herr Grigorescu ist sofort bei Ihnen.“ Der Mann senkte den trüben Blick und deutete eine Verbeugung an.

„Ist schon in Ordnung, danke.“ Ich stellte meine Aktentasche auf dem Sofa ab und setzte mich vorsichtig. Hoffentlich brach das alte Ding nicht zusammen. Das Zimmer schien aus einer anderen Zeit in diese Villa hineinprojiziert worden zu sein. Die dunkelroten, schweren Brokatvorhänge wiesen auf Verschleiß hin, auch die Tapeten hatten den Anschein, als stammten sie noch aus dem vorletzten Jahrhundert.

Ich nahm mir die Zeitung. Das Papier war vergilbt und fühlte sich speckig an. Mein Blick fiel auf das Titelbild. Die Fotografie zeigte einen Oldtimer, darüber stand der Name *Patent Motorwagen Benz Viktoria*. Unter dem Foto stand die Schlagzeile:

Carl Benz spezialisiert sich nun endgültig auf den Fahrzeugbau und gründet in Ladenburg die Firma Carl Benz Söhne.

Ich suchte nach dem Datum, und als ich es fand, hätte ich beinahe die Zeitung fallen lassen. Sie stammte aus dem Jahr 1909.

Behutsam schlug ich sie auf und betrachtete die alten Fotos und Zeichnungen. Anscheinend sammelte dieser Grigorescu Antiquitäten.

Plötzlich wurde die Tür geöffnet, und ich fuhr herum. Im Türrahmen stand ein älterer Mann, ich schätzte ihn etwa auf siebzig. Er war blass wie ein Geist, besaß hellgraue, tief liegende Augen und hohe Wangenknochen. Seine Züge waren kantig, was ihm den Eindruck von Härte verlieh. Er hatte langes, graues Haar, das er im Nacken zu einem Zopf gebändigt trug. Gekleidet war er in einen schwarzen, altmodischen Anzug mit einem Gehrock aus Samt. Es fehlte ihm nur noch der Zylinder auf dem Kopf und das Bild wäre perfekt gewesen. Warum hatte ich das irgendwie geahnt? Er musterte mich, schien überrascht zu sein.

„Verzeihung, junger Mann. Ich hatte jemand anderen erwartet." Er sprach mit einem starken, osteuropäischen Akzent, und seine Stimme klang tief und fest. Irgendetwas in seinem Blick war bizarr, doch ich konnte es auf die Schnelle nicht ausmachen. Ich legte die Zeitung zurück, nahm meine Aktentasche und erhob mich.

„Guten Abend, mein Name ist Leon Bergmann. Ich komme im Auftrag meines Vaters für Bergmann- Immobilien, um die Unterlagen für das Gebäude in der Oranien Straße abzuholen."

Seine Miene hellte sich auf, er kam mir entgegen und reichte mir die Hand zum Gruß. Sie war kalt, die Haut rau und hart wie Sandpapier.

„Serban Grigorescu … sehr erfreut."

Instinktiv versuchte ich, in seinen Geist einzudringen. Die mentale Mauer, an der ich jedoch abprallte, war von solch enormer Kraft, dass ich erschauderte und ein Aufkeuchen unterdrückte. Er durchbohrte mich mit durchdringendem Blick, zugleich spürte ich einen kurzen, aber intensiven Kopfschmerz. Als hätte jemand mit einer Nadel in meinem Gehirn herumgestochert.

Ich versuchte, mir nichts anmerken zu lassen und biss die Zähne zusammen. Er war also auch ein Mentalist, und ich hatte mich ein zweites Mal gnadenlos blamiert.

Doch er sprach mich nicht darauf an und machte eine einladende Handbewegung auf die offen stehende Tür seines Arbeitszimmers.

„Lassen Sie uns in mein Büro gehen, ich werde Ihnen die Unterlagen sofort heraussuchen."

Ich betrat vor ihm den Raum. Warum fühlte ich mich gerade wie ein Insekt, das sich in einem Spinnennetz verfangen hatte? Die Spinne hinter mir schloss die Tür.

Grigorescu ging auf seinen Schreibtisch zu und bot mir den Gästesessel an.

„Bitte, nehmen Sie Platz, Herr Bergmann." Ohne mich aus den Augen zu lassen, ging er um seinen Arbeitsplatz herum und wartete, bis ich mich setzte.

Mein Blick schweifte kurz durch den Raum. Wie überall in der Villa war hier alles abgedunkelt. Ohne die altmodische Schreibtischlampe wäre es gänzlich finster gewesen. Die Möbel waren aus dunklem Eichenholz, und der Schreibtisch vor dem Flügelfenster machte den Eindruck, als wäre er mindestens so betagt wie der alte Herr selbst. Auf dem Schreibtisch türmten sich Papierstapel und Ordner. Mir fiel auf, dass es keinen Computer gab, und ich fragte mich, wer heutzutage noch auf diese Weise arbeiten konnte. Überhaupt schien die Zeit hier stehen geblieben zu sein, was nicht nur die Standuhr bewies, deren goldenes Pendel stillstand. Auch hier befanden sich mehrere Bücherregale und ein antiker Rollladenschrank für Aktenordner. Der mit Leder gepolsterte Stuhl, in dem Grigorescu nun ebenfalls Platz genommen hatte, war verschlissen und hatte seine besten Jahre lange hinter sich. Der Geruch von Staub war hier so intensiv, dass ich den Drang zu niesen unterdrücken musste.

Ich stellte meine Aktentasche neben mir auf dem Boden ab. „Mein Vater hat ja heute Morgen mit Ihnen telefoniert. Er wird die Unterlagen noch einmal durchsehen, aber ich denke, soweit ist alles in Ordnung. Melden Sie sich, wenn Sie den Termin beim Notar haben?"

Serban Grigorescu musterte mich.

„Lieber wäre mir, wenn Sie dann noch einmal persönlich vorbeikommen würden."

Ich senkte rasch den Blick und zupfte einen imaginären Fussel von meiner Krawatte. Heilige Scheiße, was war denn das jetzt? Ich war nicht sicher, wie er das gemeint hatte, aber dieser Typ war ja noch schräger als sein Sohn. Schon allein dieser irre Blick. Seine Augen waren schwarze Löcher, die einen zu verschlingen drohten, wenn man länger hineinsah. Waren sie vorhin nicht grau gewesen? Alles, was ich antworten konnte, war ein peinlich berührtes „Ähm, ja."

„Wo hab ich sie denn nur? Irgendwo hier müssen sie sein", murmelte er, während er unzählige Stapel von Papieren auseinander nahm und durchblätterte. Sein schmales Gesicht wirkte im Schein der Fünfundzwanzig-Watt-Schreibtischlampe noch blasser, seine Haut war faltig und dünn wie Pergament und ließ feine Äderchen bläulich hindurchschimmern. Bei einem Blick auf seine Hände fielen mir die für einen Mann ungewöhnlich langen Fingernägel auf. Plötzlich musste ich an die alten Dracula Filme mit Christopher Lee denken, die ich als Zwölfjähriger oft mit Vater gesehen hatte. Paps liebte diese alten Schinken immer noch, ich bevorzugte mittlerweile aktuellere Filme, wie „Van Helsing", oder John Carpenters „Vampire".

Ich verspürte das dringende Bedürfnis, diesem Christopher Lee-Verschnitt die Nutzung eines Computers vorzuschlagen und vor allem, sich eine Sekretärin zuzulegen. Hatte er eine gehabt, sie aber dann aufgefressen? Das bizarre Bild einer schreienden Frau in der Mitte eines riesigen Spinnennetzes und einem Grigorescu mit sechs schwarzen, haarigen Beinen, der sabbernd auf sie zu kroch, tauchte vor meinem inneren Auge auf.

Endlich fand er die Papiere und legte sie vor. Ich warf einen Blick hinein, als er sich plötzlich erhob. Ich nahm nur eine fließende Bewegung wahr. Im nächsten Moment saß er so jäh und unerwartet vor mir auf der Platte seines Schreibtisches, dass ich im Stuhl zurückwich und ihn mit großen Augen anstarrte. Wie hatte er sich so schnell und unbemerkt bewegen können? Ich blickte rasch auf meine Armbanduhr und fuhr aus meinem Stuhl hoch.

„Entschuldigen Sie, ich habe die Zeit völlig übersehen, ich habe noch einen Termin. Ich werde mir die Dokumente zuhause mit meinem Vater durchsehen."

„Schade … ich hatte gehofft, Sie würden noch zum Essen bleiben." Grigorescu erhob sich ebenfalls.

„Z …zum … Essen?", wiederholte ich überrascht. „Das ist sehr freundlich, aber ich bin bereits verabredet." Ich nahm die Papiere und wollte sie in meiner Tasche verstauen, da griff eine eiskalte Klaue nach meinem Handgelenk.

Kapitel 3

„Meine Familie wäre sicherlich ebenfalls erfreut, wenn Sie blieben“, bemerkte Grigorescu halblaut, es war fast ein Flüstern. Seine Augen durchbohrten mich förmlich. Okay, das reichte jetzt. Der Typ hatte einen gewaltigen Schatten, und ich war nicht scharf darauf, auch noch den Rest seiner Familie kennen zu lernen. Ich wollte mich seinem Griff entziehen, doch seine Finger lagen wie Eisenfesseln um mein Handgelenk. Spätestens jetzt glaubte ich mich im falschen Film.

„Ja, das freut mich, aber ich sagte Ihnen bereits, ich bin schon verabredet“, stieß ich zwischen zusammen-gebissenen Zähnen hervor, während ich an meiner Hand zerrte. „Wenn Sie nun die Freundlichkeit besitzen würden, mich loszulassen?“

Grigorescu starrte mich weiter an, er machte keinerlei Anstalten, meiner Aufforderung nachzukommen.

Langsam wurde mir das zu dumm. „Herr Grigorescu, zwingen sie mich nicht dazu, Ihnen …“

In diesem Moment wurde die Tür aufgerissen. Der Griff um mein Handgelenk wurde so plötzlich gelöst, dass ich fast rückwärts gestolpert wäre.

Alexei sah ganz anders aus, als beim letzten Mal. Sein Haar trug er offen, dunkelblonde Strähnen fielen ihm ins Gesicht und auf die Schultern. Gekleidet war er in eine ausgewaschene Jeans und ein weißes T-Shirt. Seine grünen Augen blitzten auf, während er zwischen mir und seinem Vater hin und her blickte. Einen Augenblick meinte ich Wut darin aufflackern zu sehen, empfing negative Schwingungen. Doch dann brach die Verbindung ab.

„Gibt es ein Problem, Vater?“

Serban Grigorescu zuckte mit den Schultern und setzte eine Unschuldsmiene auf.

„Ich wollte den jungen Mann lediglich dazu bewegen, zum Essen zu bleiben.“

„Und ich sagte bereits zwei Mal, dass ich Ihr Angebot nicht annehmen kann“, setzte ich harsch hinzu und schüttelte den Kopf.

Alexei warf seinem Vater einen missbilligenden Blick zu und

wandte sich dann an mich: „Entschuldigen Sie, Herr Bergmann. Ich werde Sie hinausbegleiten."

„Danke, aber ich finde selbst hinaus." Als ich auf den Flur eilte, hörte ich, wie Alexei lautstark mit seinem Vater sprach. Es hörte sich an, als würde er ihn zurechtweisen. Ich vernahm Wortfetzen wie: „Das kannst du nicht machen." Und: „Es ist jedes Mal dasselbe."

Die Tür fiel donnernd ins Schloss, dann näherten sich Schritte von hinten.

„Leon! Warten Sie!"

Schnell hatte er mich eingeholt. Viel zu schnell. Wieso schienen sich in dieser Familie alle mit Lichtgeschwindigkeit fortzubewegen?

„Es tut mir leid, mein Vater ist ein bisschen … schwierig."

Ich schüttelte den Kopf, während ich weiter eilte. „Schwierig? Mit Verlaub – ich glaube das ist noch etwas gelinde ausgedrückt."

„Ich muss mich für sein Benehmen entschuldigen, Herr Bergmann. Falls er Sie bedrängt hat, tut es mir leid."

Ich blieb abrupt stehen. „Hören Sie. Wenn unser Geschäftsabkommen nicht auch das meines Vaters wäre, würde ich Ihnen noch viel mehr sagen, aber so werde ich mich zurückhalten."

Alexei fixierte mich, er schien sich keiner Schuld bewusst. „Nur zu, ich versichere Ihnen, es wird unter uns bleiben."

Ich schnaubte. „Die Nummer, die Sie gestern Abend abgezogen haben, war alles andere als witzig. Ich hab Sie längst durchschaut."

Er zuckte mit den Schultern. „Es sollte auch nicht witzig sein."

Einen Moment war ich wirklich versucht, ihm Glauben zu schenken, aber sein verdutzter Ausdruck war sicher auch wieder so eine Masche von ihm.

„Jetzt tun Sie nicht so! Sie haben gestern versucht, meine Gedanken zu beeinflussen … das war ein schwerer Eingriff in meine Privatsphäre."

„Das haben Sie bemerkt?" Er wirkte beeindruckt.

„Also geben Sie es zu?", zischte ich verärgert.

„Nun, also … ich wollte Ihre Fähigkeiten testen. Ich wollte wissen, inwieweit Sie sich vor solch mentalen Angriffen abschirmen können."

„Das ist ja wohl nicht Ihre Aufgabe! Entschuldigen Sie, aber ich muss jetzt gehen!" Ich setzte meinen Weg fort und fluchte.

„So warten Sie doch!“ Schon wieder war er innerhalb einer Sekunde neben mir.

Ich wandte mich ihm genervt zu. „Was?“

Er strich sich eine verirrte Haarsträhne hinter das Ohr und seufzte.

„Das war sehr unüberlegt und dreist von mir, ich weiß nicht, was mich da geritten hat. Ich möchte mich aufrichtig dafür entschuldigen. Ich bewundere Menschen, die diese Gabe mit mir teilen, doch manchmal gehen die Pferde mit mir durch, in meiner Wissbegier.“

Ich musterte ihn skeptisch. Er sah wirklich reumütig aus, und ich kannte diese Neugier nur allzu gut von mir selbst. Schließlich nickte ich. „Schon in Ordnung. Vielleicht habe ich ja auch etwas überreagiert.“

Ein Lächeln zuckte um Alexeis Mundwinkel. „Dann also Frieden?“, fragte er vorsichtig.

„Ja klar … Frieden.“ Plötzlich mussten wir beide grinsen.

„Eigentlich schon seltsam“, stellte ich fest. „Ich hab bis jetzt nur wenige andere Mentalisten getroffen und wenn, dann wusste ich vorher Bescheid darüber.“

„Mir geht es ebenso“, bestätigte Alexei.

„Ich muss jetzt wirklich gehen.“ Mit einem Mal wurde mir bewusst, dass ich die Unterlagen in meinen Händen geknetet hatte, bis sie völlig zerknittert waren.

„Natürlich. Ich begleite Sie bis zum Tor.“

Schweigend gingen wir die Treppe hinunter, durch die Eingangshalle hinaus und über den Kiesweg, der zum Gartentor führte. Es dämmerte bereits. Nebelschwaden hingen dicht über dem Boden, wanden sich wie Schlangen um unsere Knöchel und krochen uns die Beine hinauf. Am Tor legte Alexei die Hand auf die Klinke und wandte sich zu mir um.

„Wissen Sie, mein Vater ist nicht immer so gewesen. Seit dem Tod meiner Mutter ist er sehr einsam und lädt manchmal wildfremde Menschen ein. Er benimmt sich oft sehr eigenartig, aber im Grunde ist er ein guter Mensch.“

Toll. Jetzt hatte er es geschafft, dass mich das schlechte Gewissen drückte.

„Das tut mir leid“, entgegnete ich. „Das konnte ich nicht wissen.“

„Natürlich nicht.“ Alexei öffnete das Tor.

Ich räusperte mich. „Hören Sie ... mein Vater gibt nächstes Wochenende eine Wohltätigkeitsveranstaltung. Kommen Sie und Ihr Vater doch vorbei. Sie sind herzlich eingeladen.“

Sein Gesicht hellte sich auf. „Wir nehmen Ihre Einladung sehr gerne an.“

„Übrigens glaube ich, sind wir noch nicht so alt, dass wir uns unbedingt siezen müssen, oder?“ Ich streckte ihm die Hand entgegen. „Ich bin Leon.“

„Alexei“, lächelte er und schlug ein. Wieder fielen mir die Kühle und die für einen Mann ungewöhnliche Zartheit seiner Haut auf.

„Bis Samstag, Leon. Ich freue mich.“

„Bis dann.“

Als ich mich auf den Weg zu meinem Wagen machte, hatte ich plötzlich das Gefühl, seit mehreren Minuten nicht mehr geatmet zu haben und holte tief Luft. Mir fiel auf, wie schnell sich der Nebel plötzlich aufgelöst hatte. An meinem Wagen wollte ich die Autoschlüssel aus meiner Aktentasche holen.

„Scheiße!“ Ich schlug mir mit der flachen Hand gegen die Stirn und schüttelte den Kopf. Vor lauter Aufregung hatte ich die Tasche oben im Büro liegengelassen. Ich hatte keinen Bock, mich noch mal allein mit dem alten, komischen Kauz konfrontiert zu sehen, doch ich brauchte die Tasche – und meine Schlüssel. Ich warf einen Blick über die Schulter zurück auf die Villa. Wenn ich mich beeilte, würde ich Alexei vielleicht noch einholen und könnte ihn darum bitten, die Tasche zu holen.

Ich hämmerte mit dem Türklopfer gegen das schwere Eichenholz und wartete. Doch diesmal öffnete niemand. Ich runzelte die Stirn, bis mir einfiel, dass der Angestellte bereits Feierabend hatte. Ich klopfte lauter. Im nächsten Moment setzte sich die Tür von selbst in Bewegung und öffnete sich knarrend. Ich spähte in die Eingangshalle. Da es draußen langsam dunkler wurde, erschien hier nun alles noch ein wenig düsterer, es brannten lediglich die Kerzen am Kronleuchter und in den Wandhalterungen.

Die Finger um die Papiere geschlossen schritt ich auf die Treppe zu. Meine Schuhe verursachten auf dem Marmorboden ein klapperndes Geräusch, so dass ich bei jedem Schritt zusammenzuckte. Im nächsten Moment spürte ich einen Luftzug. Er wurde stärker, man hörte den Wind durch das alte Gemäuer pfeifen. Dann gab es einen Knall, und ich fuhr herum. Wo immer dieser Wind auch herkam, er hatte die schwere Tür zugeworfen.

„Scheiße noch mal", fluchte ich, mein Herz hämmerte in wildem Stakkato.

Ich eilte die Treppe hinauf. Oben war es noch finsterer.

„Verdammt, können die in dieser Burg kein Licht machen?"

Der Flur schien auf einmal noch viel länger zu sein, als vorhin, überhaupt sah alles anders aus. Es herrschte solch eine dumpfe Stille, dass man einen Mäusefurz hätte hören können. Mit jedem Schritt kam es mir vor, als würden die Wände näher rücken.

Nach einigen Metern entdeckte ich eine Tür, die einen kleinen Spalt geöffnet war. Fahles Licht drang hervor. Als ich mich dem Zimmer näherte, vernahm ich gedämpfte Stimmen und das Kichern einer Frau. Ich lugte durch den Türspalt.

Da kam ich mal wieder genau im richtigen Moment. Ein Mann mit langem, schwarzen Haar und eine Blondine hatten es sich auf einem Sofa bequem gemacht. Der Mann lag halb auf ihr, sein Gesicht klebte förmlich an ihrem Hals. Ich musste die beiden nach dem Büro von Grigorescu fragen. Und zwar *bevor* sie richtig loslegten, sonst würde ich womöglich die ganze Nacht hier herumirren. Ich atmete tief durch und wollte gerade anklopfen, als der Mann überrascht aufblickte. Was ich sah, ließ mich entsetzt aufkeuchen, ich taumelte einen Schritt zurück. Vor mir tat sich die Szenerie eines billigen Horrorstreifens auf, mein Geist konnte nicht erfassen, was meine Augen erblickten.

Der Fremde entließ die Frau aus seiner Umarmung, sie sank leblos auf das Sofa zurück. An ihrem Hals klaffte eine Wunde, aus der das Blut in Strömen floss und das Sofa rot färbte. Der Mann fixierte mich mit seinem stechenden Blick. Seine Augen waren schwarze Höhlen, in denen ein tiefrotes, dämonisches Feuer glühte. Das lange, schwarze Haar umrahmte sein bleiches Gesicht, wie ein Vorhang. Seine Lippen waren mit Blut verschmiert, das ihm am Kinn hinunterlief. Im nächsten Moment verwandelte sich sein wütender Blick in ein irres Grinsen, das lange, weiße Fänge entblößte. Ich blinzelte und ermahnte mich, ruhig zu bleiben, als sich der billige Vlad-Dracul-Verschnitt abrupt erhob und auf mich zukam. Seine Pupillen verfärbten sich blutrot.

Ich ließ die Türklinke los, als hätte ich mich daran verbrannt und hob beschwichtigend die Hände.

„Ähm … ich … ich ..."

Plötzlich setzte er zu einer Art Flug an, jedenfalls konnte man seinen Sprung als solchen bezeichnen. Als er ein unnatürlich lautes Fauchen hören ließ und seine Reißzähne fletschte, entwich mir ein panischer Laut. Während ich noch darüber nachdachte, dass es eigentlich lächerlich sei, vor diesem Irren die Flucht zu ergreifen und dass es sicherlich eine Erklärung für seinen Aufzug gäbe, nahm ich meine Beine in die Hand und machte, dass ich wegkam.

Mit einem einzigen Satz hatte er mich jedoch eingeholt und packte mich, indem er von hinten zwei stählerne Arme um meinen Brustkorb schlang, die mir die Luft abschnürten. Ich kam mir vor, wie in einer Hydraulikpresse. Adrenalin schoss durch meine Adern, wie flüssige Lava aus einem Vulkan. Der Mann presste mir eine Hand auf den Mund. Es fühlte sich an, als würde mir jemand einen Eisbeutel ins Gesicht drücken.

„Keine Angst. Ich habe eben gespeist." Er lachte amüsiert, seine tiefe Stimme triefte vor Spott.

Ich versuchte mich mit aller Kraft aus seinem Griff zu lösen. Ich rammte ihm meine Ferse mit voller Wucht in die Eier, worauf er mich unter einem jaulenden Aufschrei losließ.

„Du Narr! Du kannst mir nicht entkommen!"

Seine Stimme war so gewaltig und herrisch, dass ihr Klang in dem alten Gemäuer widerhallte. Als wäre ein Dämon aus den tiefsten Abgründen aufgetaucht. Ich bekam das Geländer der Treppe zu fassen, als ein schwarzer Schatten von hinten über mir auftauchte und ein Luftzug über mich hinwegfegte. Ungläubig blickte ich auf denselben Mann, der mir jetzt gegenüber auf der Treppe stand.

Er hob eine Augenbraue, schüttelte seinen Kopf und schnalzte mit der Zunge. „Haben wir uns verirrt? Wo wollen wir denn so schnell hin?", sagte er gespielt tadelnd und verschränkte die Arme vor der Brust.

Meine Gedanken arbeiteten auf Hochtouren. Von einer dunklen Sekte bis zu einem schlechten Scherz kam mir alles Mögliche in den Sinn. Vielleicht ein Albtraum? Aufwachen! Doch ich wachte nicht auf.

Der Mann streckte eine Hand nach mir aus, und sofort spürte ich eine gewaltige, mentale Kraft, einen Sog, der mich gegen meinen Willen in seine Arme trieb. Seine Augen waren es, die mich gefangen nahmen.

Ich wollte zurückweichen. „Scheiße, seid ihr hier alle auf dem Psychotrip? Was soll das?“ Ich lallte wie ein Betrunkener. Meine Zunge war schwer wie ein Ziegelstein.

Sein Lachen klang wie das Kichern eines Wahnsinnigen. Ich versuchte mich am Geländer festzuklammern, doch es war vergeblich. Seine eiskalten Finger strichen über meine Wange, er packte mich im Nacken und riss mich an sich.

„Du hast nichts zu befürchten“, raunte er überheblich. Als seine kalte, nasse Zunge über meinen Hals und in meine Ohrmuschel glitt, erwachte ich aus meiner Trance und stieß ihn vor die Brust.

„Igitt! Spinnst du? Lass den Scheiß, du schwule Fledermaus!“ Ich verpasste ihm einen rechten Haken, doch ich hätte genauso gut auf eine Stahlplatte einschlagen können. Fluchend hielt ich meine schmerzenden Knöchel, er lachte auf.

„Dachte ich mir doch, dass dir das gefällt.“ Er packte mich an den Haaren und zwang mich, ihn anzusehen. Sein schwarzer, seelenloser Blick traf mich wie ein Blitz. Ich konnte mich nicht wehren, war wie verhext von diesen tiefen Ozeanen, die von silbergrauen Rändern umgeben waren. Ich stürzte in schwarze, tosende Fluten. Ein gewaltiger Strudel erfasste meinen Körper, und ich schwankte wie ein Matrose an Deck eines Schiffes, in einem schweren Sturm.

Meine Kehle wurde eng, und mit einem Mal spürte ich eine Todessehnsucht und eine Traurigkeit in mir, die ich nie zuvor gekannt hatte. Ich wollte diese absurden Bilder und Gedanken abschütteln, konnte mich jedoch der Anziehungskraft dieser Augen nicht entziehen. Ich wollte mich seiner Umarmung willenlos hingeben, um von meinem seelischen Schmerz erlöst zu werden.

Alexei lag auf seinem Bett, die Arme hinter dem Kopf verschränkt und starrte Löcher in die Luft. Seine Gedanken drehten sich um Leon Bergmann. Ein nie gekanntes Gefühl breitete sich in ihm aus, das seinen Körper vibrieren ließ, als hauste ein Bienenstock darin. Dieser Mann schaffte es, ihn zu verwirren, sein Blut zum Kochen zu bringen und ihm die Sinne zu vernebeln. Er hatte vom ersten Moment an gespürt, dass Leon etwas Besonderes war. Noch bevor Alexei wusste, dass er telepathische Fähigkeiten besaß. Leon war sinnlich und attraktiv. Sein schwarzes, dichtes Haar und diese Augen, blau wie der Himmel in Alexeis Träumen. Aber es sah nicht so aus, als würde er auch Männer lieben.

Alexei seufzte auf und wollte sich erheben, als ihn ein durchdringender Schmerz zurück in sein Bett sinken ließ. Seine Kehle wurde von unsichtbaren Händen zugedrückt und presste ihm die Luft aus den Lungen. Sein Herz raste. Was zum Teufel hatte das zu bedeuten?

Als es ihm gelang aufzustehen, drehte sich alles um ihn, gepeinigt schloss er die Augen. Leon war hier, Alexei konnte ihn spüren. Und dann sah er ihn vor seinem inneren Auge ... in Razvans Gewalt.

Alexei riss die Tür fast aus den Angeln, als er aus seinem Zimmer stürzte und eilte den Flur entlang. Schlagartig wurde ihm bewusst, dass dieses unbekannte Gefühl, das ihn erzittern ließ, Leons Angst war. Seine Empfindungen waren Alexeis Schmerz.

Als Alexei den Treppenabsatz der Eingangshalle fast erreicht hatte, sah er seinen Cousin Razvan, der dabei war, in Leons Geist einzudringen, um ihn gefügig zu machen. Unbeschreibliche Wut durchflutete Alexeis Körper. Er setzte zu einem gewaltigen Sprung an, die letzten Meter flog er geradezu durch die Luft, packte Leon und entriss ihn Razvans Armen.

Plötzlich riss mich jemand mit Gewalt von diesem Irren fort. Einen Moment war ich völlig benommen. Als ich mich orientierte, sah ich den Psychopathen, der mich bedroht hatte. Er richtete sich gerade am unteren Ende der Treppe auf. Ich spürte den starken Griff um meine Oberarme und sah mich um.

Alexei. Sein Haar hing ihm wild ins Gesicht, seine Kieferknochen mahlten vor Zorn und seine Pupillen, die plötzlich tiefrot waren, hatten sich zu vertikalen Schlitzen verengt. Er sah aus wie eine Raubkatze, kurz vor dem Angriff. Ich ertastete das Treppengeländer und hielt mich daran fest. Ich war wirklich nie ein ängstlicher Typ gewesen, aber die ganze Szenerie war der reinste Horror. Alexei sprang ein paar Stufen hinunter, um sich dann mit einem übermenschlichen Satz auf den Irren zu stürzen.

Der war jedoch auf den Angriff vorbereitet und schnellte ebenfalls nach vorn. Die beiden Männer krachten mit einer Wucht aufeinander, die den stärksten Stier umgehauen hätte.

Alexei packte den anderen am Kragen. Mit Hilfe einer unsichtbaren, gewaltigen Energiewelle flogen sie gegen die Wand, der Schwarzhaarige mit dem Rücken voran. Das krachende Geräusch ließ mich zusammenzucken.

„Du elender Bastard, was soll das?“ Der Schwarzhaarige befreite sich aus Alexeis Griff und stieß ihn mit gewaltiger Kraft von sich. Alexei setzte jedoch leichtfüßig wie eine Katze auf dem Boden auf.

Er stieß ein Wutgebrüll aus. Die Ruhe und Sanftheit, die er sonst ausstrahlte, war wie weggeblasen. „Du wirst dir ein anderes Opfer suchen müssen, Razvan! Er ist ein Geschäftspartner, und Vater wäre nicht erfreut, wenn du ihm dazwischenfunkst.“

Der Schwarzhaarige fauchte und entblößte dabei seine grausigen Fänge. „Das ist mir scheißegal. Er hat geschnüffelt und Dinge gesehen, die ihn nichts angehen. Er hat mentale Kräfte, das habe ich gespürt. Wir können ihn nicht gehen lassen!“

Alexeis Gesichtsausdruck veränderte sich, er sah mich so abrupt an, dass ich zusammenzuckte. Mit ein paar Sätzen stürzte er die Stufen hoch und packte mich an den Schultern. „Was hast du gesehen, Leon?“

Ich wollte mich losreißen und schüttelte heftig den Kopf. „Nichts habe ich gesehen, gar nichts! Ihr seid doch krank!“ Oh Mann. Ich war in einer völlig abgedrehten Dracula-Sekte oder was auch immer gelandet. War klar, dass mir das passieren musste. Alexei lockerte seinen Griff.

Hab keine Angst, ich werde alles tun, damit dir nichts geschieht. Er sah mich wieder mit seinem Hypnoseblick an. *Warum bist du zurückgekommen?*

Ich sah ihn verblüfft an. *Ich habe meine scheiß Schlüssel und meine scheiß Aktentasche liegen lassen. Entschuldigung! Wie konnte ich denn ahnen, dass ihr alle total abgedrehte Freaks seid?*

Alexei hob die Brauen, fast wirkte er etwas pikiert über meinen mentalen Gefühlsausbruch. Dann wandte er sich an den anderen „Ich werde mit Vater sprechen, Razvan."

„Gar nichts wirst du, Alexei! Er gehört mir, ich habe ihn gefunden!"

Mit einer fließenden Bewegung, für das menschliche Auge kaum wahrnehmbar, schoss er die Treppe hoch und packte Alexei am Arm. Ich wich aus, Alexei wirbelte herum, seine Hände schnellten nach vorne und er schleuderte seinen Angreifer an die gegenüberliegende Mauer. „Ich sagte bereits, ich spreche mit Vater!"

Razvan knurrte und wollte erneut angreifen, als eine Tür zugeschlagen wurde und eine zornige Stimme zu hören war. Wie aus dem Nichts tauchte Alexeis Vater – der hatte mir gerade noch gefehlt – auf dem Flur auf und brüllte die beiden auf Rumänisch an. Dann fiel sein Blick auf mich. Er sah mich an, als wäre ich Ungeziefer. „Und was tut *er* noch hier?"

Alexei ließ Razvan los und wandte sich an seinen Vater. Doch sein Cousin kam ihm zuvor und riss ihn an der Schulter zurück. Hektisch erzählte Razvan ihm, wie ich ihn mit der Blondine erwischt hatte, doch Alexei mischte sich ein.

„Er wollte lediglich seine Aktentasche holen, er ist ein Geschäftspartner, vergiss das nicht!"

„Wir müssen ihn beiseiteschaffen, ehe er unser Geheimnis preisgibt. Wir können ihn nicht gehen lassen", zischte Razvan. „Er ist ein Telepath, Serban!"

Ich beobachtete die Diskussion. Obwohl sie nun deutsch sprachen, verstand ich immer noch kein Wort. Wovon, um Himmels Willen, redeten diese Wahnsinnigen? Zuerst Opa Dracula, dann die Möchtegern-Fledermaus. Was für eine Rolle hatte Alexei? Obwohl ich furchtbar aufgewühlt war, versuchte ich, in den Geist der Männer einzudringen. Doch so sehr ich mich auch mühte, sie schienen seelenlos.

Serban Grigorescu ging auf mich zu und musterte mich mit seinem stechenden Blick, während er das Wort an Alexei richtete. „Dein Cousin hat leider Recht, mein Sohn."

„Was soll das? Du weißt genauso gut wie ich, dass wir andere Möglichkeiten haben", zischte Alexei und baute sich schützend vor mir auf. „Willst du dir das Geschäft kaputt machen lassen, nur weil der hier", er deutete mit einem verächtlichen Kopfnicken zu seinem Cousin, „seinen gierigen Kragen mal wieder nicht voll kriegt?"

In diesem Moment schoss Razvan erneut vor und wollte sich auf Alexei stürzen, doch er wurde von Serban mit nur einer Handbewegung zurückgeschleudert und krachte auf seinen Hosenboden.

„Schluss jetzt! Darum geht es nicht, Alexei. Er ist ein Telepath. Ihm das Gedächtnis zu verändern würde womöglich nicht funktionieren. Dieses Risiko können wir nicht eingehen."

Ungläubig starrte ich auf diesen Razvan, der sich in einer fließenden Bewegung erhob und mich wütend fixierte. Das konnte doch nicht sein Ernst sein? Wollte dieser Freak mich wirklich umbringen? Ich fühlte mich hin und her gerissen, glaubte einerseits an einen schlechten Scherz, andererseits hatte ich Dinge gesehen, die so unglaublich waren, dass man diesen Gedanken verwerfen konnte. Ich überlegte nicht mehr lange und unternahm einen weiteren Fluchtversuch. Doch ich kam nicht weit. Ein warnender Aufschrei von Alexei, ein Poltern und schon wieder fand ich mich in den eisernen Klauen seines Vaters. Ich verpasste ihm einen Kinnhaken und trat ihm gegen das Schienbein, doch er schien es nicht mal zu bemerken. Alexei versuchte mir zu helfen. „Ich habe dich noch nie um etwas gebeten, Vater. Aber jetzt tue ich es – bitte. Lass es mich versuchen. Es wird funktionieren, ich weiß es."

Ich wollte ihm sagen, dass ich seine Hilfe nicht brauchte, doch ich hielt es für besser, die Klappe zu halten. Ich wagte kaum zu atmen, Sekunden wurden zu Minuten.

Schließlich nickte der Alte kapitulierend und trat einen Schritt zurück.

Alexeis Augen bekamen einen starren Ausdruck, der mich erschaudern ließ. Die hatten alle diesen irren Blick drauf. Gleichzeitig hörte ich seine Stimme in meinem Kopf: *Keine Angst, dir wird nichts geschehen, ich verspreche es.*

Razvan schnaubte und murmelte etwas Unverständliches, während der alte Grigorescu zuerst keine Miene verzog.

Ich konnte nicht glauben, was sich hier abspielte. Erneut versuchte ich mich loszureißen. Ich wusste nicht mehr, was ich denken sollte, zu viel war an diesem Abend geschehen. Dinge die ich nicht verstehen, die ich nicht wahrhaben konnte und auch nicht wollte. Aber eines wusste ich: Ich würde bestimmt kein Opfer irgendeines kranken Dracula-Fanclubs werden.

„Ihr seid doch krank! Wer seid ihr? Die Addams Family?“ Ich wusste mir nicht mehr anders zu helfen und biss, so fest ich konnte in den Arm der Oberfledermaus. Er brüllte auf und entließ mich so plötzlich aus seinem Griff, dass ich vorwärts stolperte, geradewegs in Alexeis Arme. Ich kam mir vor wie ein Fuchs, umringt von Jagdhunden, die sabbernd ihre Zähne fletschten. Ich wollte Alexei von mir stoßen, doch er hielt mich an den Oberarmen fest. Warum besaßen die Kerle alle so eine überirdische Kraft?

„Lass mich los, verdammter Bastard!“

„Sieh mich an Leon, sieh mir tief in die Augen“, befahl Alexei, unbeeindruckt von meiner Gegenwehr.

Er fasste mit beiden Händen nach meinem Gesicht und zwang mich, ihn anzusehen. Zack, bumm, da war es schon wieder, sein Psycho-ich-hypnotisier-dich-mal-und-du-machst-was-ich-will-Gesicht. Ich versuchte mich seinem Bann zu entziehen, aber schnell hatte ich verloren. Ich tauchte ein, in seine grünen Seelenspiegel, in denen dunkle Wolken aufzogen. Wie dichte Rauchschwaden verteilten sie sich, seine Pupillen weiteten sich so enorm, dass ich bald nur noch in zwei schwarze Löcher starrte. Dies war der Augenblick, in dem sich meine Sinne zu vernebeln begannen und mein Geist sich zersetzte. Im nächsten Moment tat sich der Boden unter meinen Füßen auf und ich fiel. Ich fiel wieder in diese endlose Schwärze, immer tiefer und tiefer. Bevor ich irgendwo in der Dunkelheit aufschlug, verlor ich das Bewusstsein.

Kapitel 4

Alexei trug Leon ins Wohnzimmer und legte ihn auf dem Sofa ab. Sein Blick streifte Leons Körper. Er war schön … wunderschön. Seine sterbliche, vollkommene Jugend faszinierte Alexei und löste erneut diese Sehnsucht in ihm aus. Die Sehnsucht nach einem anderen Dasein, als das seine es war. Alexei seufzte und strich sachte über Leons schwarzes Haar und seine Wange. Je länger er ihn betrachtete, umso stärker überfiel ihn das Gefühl, selbst in einen Bann zu geraten … in *seinen* Bann.

Leons gleichmäßige Atmung durchbrach die Stille, die im Raum herrschte. Alexei beugte sich über Leon und streifte mit den Lippen seinen Mund. Er fühlte sich heiß an und war zart wie Samt. Seine Haut duftete nach Kokos und Orangen. Es war nur eine leichte Berührung, doch Alexei spürte die Hitze des menschlichen Körpers mit einer Intensität, die ihm die Sinne raubte. Leons Blut pumpte pulsierend durch dessen Adern, deutlich hörte Alexei das Echo des menschlichen Herzschlags in seinem Kopf. Sein Kiefer schmerzte, er konnte nicht verhindern, dass seine Fangzähne hervortraten. Alexeis Herz raste voller Verlangen nach Leons Blut, und sein Geschlecht regte sich in seiner Begierde nach dem heißen Körper. Einmal konnte er Leons süßes Blut kosten, ohne dass er ihn in Gefahr brachte. Erst wenn ein Mensch zweimal von einem Vampir gebissen wurde, war es gefährlich. Denn dann warteten nur die Endgültigkeit des Todes oder die ewigen Schatten der Unsterblichkeit. Hektisch atmend löste Alexei Leons Krawatte, öffnete die obersten Knöpfe seines Hemdes und legte seine Kehle frei. Zarte, glatte Haut offenbarte sich ihm, Alexei strich mit zitternden Fingern darüber. Leon stöhnte leise im Schlaf, seine süßen Lippen halb geöffnet. Alexei konnte kaum mehr an sich halten. Der Duft des Blutes und der Pfirsichhaut weckte die wilde Kreatur in ihm. Er musste sie in die Schranken weisen, bevor er Leon etwas antat.

Kaum noch Herr seiner Sinne wich Alexei fauchend zurück und erhob sich. Seiner Kehle entrang sich ein unbefriedigtes Knurren, das Pochen seiner Erektion, über der sich der Stoff seiner Jeans spannte, machte ihn wahnsinnig. Hastig warf er eine Decke über

Leon und verschwand, solange er noch fähig dazu war.

Verwirrt und berauscht von seinen Gefühlen irrte Alexei ziellos durch die Nacht. Der laue Abendwind, der sanft über sein Gesicht strich, konnte ihn nur wenig beruhigen. Der unbefriedigte Ausbruch seiner Blutgier und der sexuellen Erregung hatte ihn geschwächt. Er brauchte Blut. Sofort.

Sein Weg trug ihn instinktiv in die düsterste Gegend Berlins, das Rotlichtviertel, das er bereits des Öfteren mit seinem Vater aufgesucht hatte. Manchmal ging er mit ihm auf die „Jagd", wie Serban es zu nennen pflegte. Alexeis Vater nahm sich ohne Erbarmen, was er haben wollte und quälte seine Opfer mit grausamen Machtspielchen. Danach löschte er ihnen das Gedächtnis. Alexei hingegen überfiel meist einsame Gestalten in dunklen Gassen oder biss Männer und Frauen, mit welchen er sich gerade vergnügte. Die Blutgier war meist verbunden mit dem Gefühl enormer, sexueller Erregung. Alexei versetzte seine Opfer in Trance und nahm ihnen gerade so viel Blut, wie er brauchte. Keiner von ihnen würde sich am nächsten Morgen noch an etwas erinnern können. Die Wunden konnten Vampire mit Hilfe ihres Speichels heilen, so dass später nichts mehr davon zu sehen war.

„Na, mein Schöner, ganz alleine?"

Vor Alexei, im Schein einer trüben Straßenlaterne stand eine Frau, deren Aufmachung und Kleidung verriet, was sie war. Sie trug einen Rock, der als Gürtel durchgehen konnte, schwarze Netzstrümpfe und ein Nichts von einer Bluse.

„Jetzt nicht mehr." Alexei ging auf sie zu. Als er in den Lichtkegel der Laterne trat, stieß die Frau einen kurzen Pfiff aus.

„Verdammt noch mal, da hol mich doch die heilige Jungfrau! So was Heißes wie dich hab ich ja noch nie gesehen." Sie leckte sich über die Lippen und fasste ungeniert in Alexeis Schritt. „Für dich mache ich einen Sonderpreis."

Alexei packte die Frau mit einer Hand im Nacken und zog sie an sich. Sie schmolz wie Butter in seinen Armen und fing leise zu stöhnen an, während sie in seine übernatürlichen Augen blickte. Schnell hatte er sie in seinen Bann gezogen. Sie konnte es kaum erwarten. Hektisch öffnete sie den Reißverschluss seiner Hose und griff nach seinem Geschlecht, das sich aufzurichten begann.

„Himmel! Bist du ein Prachtexemplar von einem Mann. Du kannst unmöglich real sein. Ich hab zuviel Gras geraucht", keuchte die Frau und drängte ihren warmen Körper gegen Alexeis. Sie fing an, ihn hart zu reiben, er schloss die Augen und stellte sich vor, es wäre Leons Hand, die ihn verwöhnte. Leons Gesicht, seine Stimme und sein Name hatten sich in Alexeis Gehirn und in sein überirdisches Herz gebrannt, er war überall.

Die Frau stöhnte leise und flüsterte ihm obszöne Dinge zu, doch er hörte kaum hin. Alexei war viel zu beschäftigt mit dem Rauschen in seinen Ohren und dem Druck in seinem Kiefer, der das Hervortreten der Fangzähne ankündigte.

Er senkte den Blick und zog ihre Hand aus seiner Hose. Sie knurrte enttäuscht.

„Nicht so ungeduldig", besänftigte er sie. „Wir sollten woanders hingehen."

In einer düsteren Seitengasse, zwischen stinkenden Müllcontainern und leeren Kartons drängte Alexei die Frau gegen eine Mauer. Als sie erneut an seinem Hosenverschluss zu fummeln begann, packte er ihre Handgelenke und presste sie oberhalb ihres Kopfes gegen den harten Backstein. Sie stöhnte erregt auf, als er ihr mit der anderen Hand unter den Rock griff und ihr Höschen mit einem Ruck wegriss. Sie geriet völlig in Ekstase und bettelte Alexei an, sie endlich zu nehmen. Natürlich drückte sie sich dabei weniger vornehm aus. Er entließ ihre Handgelenke aus seinem Griff, packte ihr Hinterteil und hob ihren Schoß an sein Becken. Sie krallte ihre langen, roten Fingernägel in seine Schultern und schlang ihre Beine um seine Hüften. Ihr Atem ging schnell und hektisch.

Alexei roch ihr Blut, hörte ihren Herzschlag in seinem Kopf. Ein tiefes, lautes Knurren entrang sich seiner Kehle, das sie einen Moment innehalten ließ. Er drang in sie und stieß hart und fest zu. Immer schneller, immer wilder. Sie keuchte, ihr Hintern schlug bei jedem Stoß gegen die Mauer. Alexei fletschte die Fänge und schlug sie in ihr warmes, weiches Fleisch. Seine Hand schnellte an ihren Mund, um ihren Aufschrei zu dämpfen.

Ihr Körper zuckte und erschlaffte dann schnell unter dem Blutverlust, sie wurde ganz ruhig. Alexei schluckte gierig und stieß weiter heftig in sie. Das warme Blut rann seine Kehle hinab, er hörte ihr Herz laut und deutlich schlagen. Das Pochen ihrer Herzen vereinigte sich mit jedem Schluck mehr, bis sie schließlich im Einklang schlugen. Alexeis Höhenpunkt näherte sich mit rasanter Geschwindigkeit. Der Puls der Frau wurde schleppender. Die Macht über ihr Leben zu haben erregte Alexei, schließlich erklomm er den Gipfel der Lust. Schwer atmend riss er sich los, sie sank bewusstlos zusammen.

Er legte sie auf dem Boden ab und brachte sie in eine bequeme Position. Seine Hand strich sanft über ihr Haar. Mit einem mentalen Befehl löschte er ihre Erinnerung und steckte ein paar Geldscheine in die Brusttasche ihrer Bluse. Sie würde nie erfahren, dass sich ein Vampir an ihr genährt hatte. Alexei leckte über die Bisswunde, dann eilte er davon.

Wie von Sinnen rannte er die Straßen entlang, ohne jegliches Zeitgefühl. Das Blut der Hure hatte ihn gestärkt, dennoch fühlte er sich nicht besser. Im Gegenteil – ihm war übel, und er verfluchte sein unsterbliches Leben.

Alexeis Schritte wurden erst langsamer, als er einen düsteren Park erreichte. Mitten in der Nacht war es hier wie ausgestorben, nur seine Schuhsohlen knirschten auf dem Kiesweg. Er kickte mit der Fußspitze eine verbeulte Coladose fort, sein Blick richtete sich nach oben, in den schwarzen Nachthimmel.

Alexei sehnte sich wie so oft nach dem Anblick der Sonne, die ihre Strahlen aussenden und ihn wärmen würde. Für ein Geschöpf der Nacht war dies mehr als ungewöhnlich, doch was würde er dafür geben, sie nur einmal sehen zu können, in ihrer ganzen Schönheit, ihrem hellen, gleißenden Licht. Es musste so sein wie in seinen Träumen, nur noch schöner.

So schön wie … wie …

„Leon", wisperte Alexei in die Stille. Ein seltsames Gefühl breitete sich in ihm aus. Es war angenehm, doch zugleich beängstigend, weil es etwas war, das er nicht steuern konnte. Es war nicht nur Leons menschliche Schönheit oder sein selbstbewusstes Wesen, das Alexei so faszinierte. Irgendetwas anderes war da noch, das sie aneinander band, ihn regelrecht süchtig nach Leon machte.

Als er zurückkehrte, erwartete ihn Razvan bereits. Sein Cousin stand auf der untersten Stufe der Treppe in der Eingangshalle, hatte die Arme vor der Brust verschränkt und warf ihm einen verächtlichen Blick zu.

„Was bist du nur für ein erbärmlicher Waschlappen?" Razvan spuckte aus, seine Lippen kräuselten sich zu einem spöttischen Grinsen. Seit Alexei denken konnte, hatte ihn sein älterer Cousin gehasst. Razvan war arrogant und selbstverliebt. Eifersucht hatte ihn verbittert. Eifersucht auf die schon fast krankhafte Liebe und Fürsorge, mit der Serban Alexei überschüttete. Razvans Vater war damals bei dem Feuer, bei dem auch Alexeis Mutter starb, ums Leben gekommen. Serban hätte Razvan vielleicht so etwas wie ein Vaterersatz sein sollen, doch er hatte sich überwiegend auf Alexei konzentriert.

Alexei hatte keine Lust auf eine erneute Auseinandersetzung und schritt an ihm vorbei, die Stufen hinauf.

„Vergiss es, Razvan, für heute ist es genug, meinst du nicht?"

Razvan fauchte auf, riss Alexei am Arm zurück und hielt ihn fest. In seinen schwarzen Augen funkelten Abscheu und Wut, sie färbten sich langsam rot.

„Es ist noch lange nicht genug! Was ist mit diesem Typen? Hast du ihn ausgesaugt und es ihm noch anständig besorgt? Wenn nicht, könnte ich das für dich übernehmen. Er sieht wirklich zum Anbeißen aus." Razvan fletschte seine Fänge und lachte überheblich.

Alexei merkte, wie das Blut in seinem Körper zu kochen begann und ballte die Fäuste so fest, dass sich seine Fingernägel in die Handflächen bohrten. Dann holte er aus und schlug Razvan so hart gegen die Brust, dass ihn die Wucht des Schlages rückwärts über das Geländer beförderte. Im selben Moment bereute Alexei sein Handeln, das mehr über seine Gefühle verraten hatte, als ihm lieb war.

Ein Mensch wäre bewusstlos liegen geblieben, doch Razvan sprang mit einem Satz auf die Beine und stürzte sich wutentbrannt auf Alexei. Seine Reißzähne wollten sich gerade in Alexeis Schulter bohren, als eine herrische Stimme erklang: „Aufhören! Sofort aufhören!"

Alexei und Razvan hielten inne und sahen auf. Auf der obersten Stufe stand Razvans Mutter. Ihre silbergrauen Augen hatten etwas

Böses, mit unergründlichem Blick fixierte sie Alexei.

„Was zum Teufel ist hier los?"

Gleich einer Königin schritt sie die Stufen herab. Ihr leicht ergrautes Haar hatte sie streng zurückgebunden, ihr Gesicht war schmal und weiß. Adriana hatte etwas von einer Schlange, hinterlistig und lauernd. Gekleidet war sie in einem langen Kleid aus einem schweren, dunkelgrünen Stoff, das hinten einen aufgestellten Kragen hatte und vorne am Ausschnitt mit goldenen Borten verziert war.

„Mutter!" Razvan fuhr sich durch das lange Haar. Er riss sich von Alexei los, richtete seinen Hemdkragen und erhob sich. Mit schnellen Schritten war er bei ihr.

„Dieser Verräter hat einen Menschen gehen lassen, obwohl er gesehen hat, was wir sind!"

Adriana wollte ihren Mund aufmachen, um zu sprechen, doch Alexei schnitt ihr das Wort ab.

„Du hast doch keine Ahnung, wovon du sprichst, Razvan. Er ist ein Geschäftspartner. Vater war einverstanden, dass ich in diesem Fall sein Gedächtnis lösche, er wird sich an nichts mehr erinnern können."

Adriana stützte die Hände in die Seiten, legte den Kopf in den Nacken und lachte hämisch. Dann sah sie Alexei an, in ihrem Blick lag pure Verachtung.

„Besonders *du* solltest ja genügend Erfahrung damit haben", bemerkte sie und wechselte einen bizarren Blick mit Razvan. „Du bist eine Schande für unser Dasein, Alexei. Einen Menschen zu töten sollte nichts bedeuten."

„Adriana! Razvan!" Serban stand plötzlich an der Brüstung. Er sah so wütend aus, dass sogar Alexei überrascht war. Seine Schultern bebten, seine Augenfarbe hatte sich in zorniges Rot verändert und als er fauchte und seine Fangzähne zeigte, zuckten Adriana und Razvan zusammen. Er sah aus, als wollte er jeden Moment über die beiden herfallen und sie in Stücke reißen.

„Was soll das? Schweigt!"

Adriana wollte etwas sagen, doch eine Handbewegung Serbans brachte sie zum Schweigen.

„Ich habe zugestimmt, das Gedächtnis des jungen Mannes zu

löschen, er hatte wichtige Unterlagen bei sich. Ist irgendetwas unklar?"

Alexei blickte hinauf und beobachtete das Mienenspiel seines Vaters. Als Oberhaupt dieser Familie hatte jeder großen Respekt vor ihm und beachtete seine Anweisungen. Er konnte herrisch sein, doch war er stets gerecht. Jetzt jedoch duldete er keinerlei Widerspruch. Noch nie hatte Alexei ihn so rasend gesehen.

Adriana wandte ihr Gesicht ab und rümpfte die Nase. Razvan schüttelte den Kopf, mit Genugtuung stellte Alexei fest, wie unangenehm ihm die Zurechtweisung war.

„Geht mir aus den Augen", zischte Serban, worauf Adriana ihren Sohn am Arm packte und ihn mit sich zog.

Alexei schritt langsam die Stufen hinauf, während ihn sein Vater musterte. Das Rot in seinen Pupillen normalisierte sich, bald funkelten sie wieder silberfarben.

„Ich hätte mich schon selber verteidigen können, Vater. Ich bin kein Kind mehr."

Der harte Ausdruck aus Serbans Gesicht verschwand und wich einem überraschten Zusammenziehen der Augenbrauen. „Etwas mehr Dankbarkeit hätte ich schon erwartet, Sohn. Schließlich habe ich deinetwegen eine alte Tradition, eine Regel gebrochen."

„Du bist das Oberhaupt der Familie, Vater, du kannst Regeln brechen und verändern, wann du willst. Und unsere Traditionen sind längst veraltet, wir leben im einundzwanzigsten Jahrhundert."

Auf Serbans Mundwinkel zeichnete sich ein Lächeln ab, das breiter wurde und zu einem Grinsen anschwoll. Er legte eine Hand auf Alexeis Schulter. „Wenn du das sagst. Aber so einfach ist es leider nicht."

Alexei erwiderte das Lächeln zögernd, dann wurde er ernst. „Was meinte Adriana damit, besonders *ich* hätte genug Erfahrung mit dem Gedächtnis verändern? Doch nicht mehr als ihr, oder?"

Serban starrte rasch auf den Boden, als wäre der Teppich plötzlich besonders interessant. „Kümmere dich nicht um sie. Sie weiß nicht, was sie sagt. Der Tag bricht bald an, wir sollten uns zurückziehen."

Alexei wunderte sich über das merkwürdige Verhalten seines Vaters, wusste jedoch, dass heute nicht mehr mit ihm zu reden war.

Er gab sich geschlagen und nickte. Serban klopfte ihm auf die Schulter und wandte sich ab. Alexei blickte auf seine Armbanduhr. Es war halb fünf, langsam begann der Morgen zu dämmern. In seinem Zimmer streifte er sich die Schuhe von den Füßen, zog die schweren Brokatvorhänge zu und knipste die kleine Lampe auf dem Nachttisch an. Er legte sich auf das Bett, schloss die Augen und dachte über Leon Bergmann nach, der ihm seit gestern nicht mehr aus dem Kopf ging. Irgendwann musste Alexei eingeschlafen sein, wirre Bilderfetzen beherrschten seine Träume.

Es war ein strahlender Sonnentag, Alexei befand sich wieder in dem Park. Ohne seine Sonnenbrille konnte er in den blauen Himmel sehen und bestaunte die saftig-grünen Wiesen und die bunte Blumenpracht im grellen Tageslicht. Er spürte keine Schmerzen auf der Haut, kein Brennen in den Augen. Alexei vernahm lediglich etwas, das seinen gesamten Körper und seinen Geist in Besitz nahm. Ein überwältigendes Gefühl, das die Menschen wohl als Glück bezeichneten. Der Duft von Kokos und Orangen erfüllte Alexeis Nase. Im nächsten Moment griff eine warme Hand nach seiner, Alexei wirbelte herum.

„Leon."

Leon lächelte und zog Alexei in seine Arme. Alexei konnte seinen warmen, schlanken Körper spüren, der sich an seinen schmiegte, fühlte den heißen, menschlichen Atem an seiner Wange.

„Alexei."

Sein Name hörte sich aus Leons Mund an, wie die schönste Melodie. Alexei verspürte den unbändigen Drang, ihn zu küssen und seufzte wohlig auf, als Leon sanft seinen Rücken streichelte. Alexei hob seine Hand und schob die Finger in Leons dichtes, schwarzes Haar. Es fühlte sich an wie Seide. Während sie so dastanden, durchflutete Alexei ein wahrer Rausch von Emotionen, er wollte den Traum für immer festhalten.

Doch plötzlich löste sich Leon aus Alexeis Umarmung und wich zurück. Alexei blickte ihn fragend an, als er bemerkte, dass sich der Himmel verdunkelt hatte und dichte Wolken die Sonne verdrängten. Leon streckte eine Hand nach Alexei aus.

Alexei wollte sie ergreifen, doch er konnte ihn nicht erreichen, obgleich Leon unmittelbar vor ihm stand. Er machte einen Schritt nach vorne, doch Leon entfernte sich dadurch nur noch mehr.

Der Nebel erschien hinter Leon, und Alexeis Herz raste vor Angst um ihn.

„Leon!" Er wollte schreien, doch die Worte verließen seine Lippen nicht, hallten lediglich in seinem Kopf wider. Erneut hob Leon seine Hand, um ihn zu erreichen, und in diesem Moment entdeckte Alexei den Ring an seinem Finger.

Fassungslos blickte er auf den Siegelring mit dem roten Stein, das geheimnisvolle Schmuckstück mit den eingravierten „W".

Das Lachen war wieder zu hören, die Nebelwand teilte sich in der Mitte. Alexei sah eine große, dunkle Gestalt auftauchen, im nächsten Moment zuckte Leons Körper, und ein erstickter Laut drang aus seiner Kehle. Er blickte Alexei ungläubig an, die Augen weit aufgerissen. Halb wahnsinnig vor Grauen und grenzenlosem Entsetzen musste Alexei mit ansehen, wie sich die Spitze eines langen Schwertes von hinten durch Leons Rücken bohrte, aus der Brust wieder austrat und sein weißes Hemd mit Blut tränkte. Die Nebelwand schloss sich, verschlang Leon mit ihren dichten Schwaden. Nach dem grellen Blitz kam wieder die Finsternis und schloss sich nicht nur um Alexei selbst, sondern auch um sein Herz und seine ewig verdammte Seele.

Alexei fuhr im Bett auf und schnappte nach Luft. Es dauerte einige Augenblicke, bis er sich gefangen hatte. Der Schmerz des Verlustes quälte ihn, als wäre es wirklich geschehen. Noch ganz benommen erhob er sich schließlich aus dem Bett, nahm seine Sonnenbrille vom Nachttisch und ging zum Fenster. Die dunkelblauen Brokatvorhänge waren zugezogen und schützten ihn vor der Morgensonne. Er schob den schweren Stoff zur Seite. Trotz der dunklen Gläser kniff er die Augen zusammen, als das Licht auf sein Gesicht traf. Er setzte sich auf das mit blauem Samt besetzte Fenstersims und öffnete vorsichtig die Lider. Lange durfte er hier nicht sitzen, sonst würde es richtig schmerzhaft werden. Seine Haut brannte bereits leicht, und er sah verschwommen, doch allmählich gewöhnten sich seine Augen an das Tageslicht. Er liebte den Zauber des Sonnenaufgangs, den er nur wenige Sekunden genießen durfte. Wie konnte man etwas vermissen, das man nicht kannte?

Alexei blickte hinunter auf die Königsallee und seufzte. Der

Traum von eben schockierte ihn, die unterschiedlichsten Gedanken kreisten in seinem Kopf, und wirre Empfindungen zerrissen ihm die Brust. Von Angst über Besorgnis und Wut, Unsicherheit und Trauer. Was hatte dies nur zu bedeuten? Was hatte Leon mit seinen Träumen und vor allem mit dem Ring zu tun? Ein eigenartiges Gefühl der Unruhe gesellte sich hinzu. Ob es Leon auch wirklich gut ging? Alexei stand auf, wich vom Fenster zurück und riss sich die Sonnenbrille vom Gesicht.

Er musste zu ihm.

Sofort.

Die Angst um Leon nahm Alexeis Geist und Körper in Besitz. Eilig begab er sich in das Badezimmer, wusch sich das Gesicht und bändigte sein Haar. Dann setzte er die Sonnenbrille wieder auf, zog seine Schuhe an und hastete die Treppen hinunter. Das Haus bei Tagesanbruch zu verlassen war mehr als töricht, doch er musste Leon sehen. Die anderen lagen im Tiefschlaf, als Alexei das Haus verließ …

Kapitel 5

Ich erwachte mit pochenden Kopfschmerzen und wusste einen Augenblick nicht, wo ich mich befand. Ich fühlte mich, als hätte ich am Vorabend zu tief ins Glas geschaut und stöhnte, während ich mich aufsetzte. Die Tatsache, dass ich in meinem Anzug auf dem Sofa lag, war verwirrend und beängstigend zugleich.

„Was, zum Henker..." Schlaftrunken rieb ich mir die Augen und blickte auf meine Armbanduhr.

„Scheiße!" Ich wollte aufspringen, verfing mich jedoch in der Decke und knallte darin verwickelt auf den Fußboden zwischen Sofa und Tisch.

Es war halb acht, und ich sollte in einer halben Stunde im Büro sein. Mit wackeligen Beinen erhob ich mich und stürzte ins Badezimmer.

Ein Blick in den Spiegel bestätigte, dass ich so aussah, wie ich mich fühlte. Ich drehte das kalte Wasser der Dusche auf, legte meine Kleidung ab und stellte mich unter den eisigen Strahl. Die Kälte half mir, meine Gehirnzellen einigermaßen zu ordnen. Ich war nach dem Termin bei den Grigorescus nach Hause gefahren, hatte mir ein Bier aufgemacht und war vor dem Fernseher eingeschlafen. So etwas passierte mir normalerweise nur am Wochenende, aber nicht, wenn ich am nächsten Tag zur Arbeit musste. Ich wusste nicht, woran es lag, aber ich fühlte mich irgendwie eigenartig … als hätte ich etwas Wichtiges vergessen. Ich seifte mich ein, wusch den Schaum aus meinen Haaren und von meinem Körper und stieg aus der Dusche.

Mein Schädel fühlte sich an, als würde jemand mit einem Vorschlaghammer darauf einschlagen. Auf dem Wohnzimmertisch stand nur eine Flasche Bier, davon konnte es mir nicht so schlecht gehen. Vielleicht wurde ich krank.

Nachdem ich mir die Zähne geputzt und mich geföhnt hatte, schnappte ich mir das Haarwachs und wollte mein Haar bändigen, als ich in meinem Kopf plötzlich eine Stimme hörte: *Geht es dir gut? Ich mache mir Sorgen.*

Zugleich überfiel mich eine Vision. Ein Mann und eine Frau auf einem Sofa, die sich küssten. Als der Mann den Kuss löste und mich ansah, erkannte ich in seinen roten Augen das wahrhaftig Böse. An seinen Lippen haftete Blut, Fänge blitzten dazwischen hervor.

Vor Schreck entglitt mir der Tiegel mit dem Haarwachs und fiel scheppernd auf die Fliesen.

„Was zum Teufel … ?“

Einen Moment starrte ich benommen auf mein Spiegelbild, mein Herz donnerte wie der Hufschlag eines Rennpferdes. Ich bückte mich, um das Haarwachs aufzuheben. Ich war es ja gewohnt, ganz plötzlich Schwingungen zu empfangen und Gedanken mitzuhören, wenn ich in unmittelbarer Nähe jemandem mit starken Empfindungen ausgesetzt war und mich nicht rechtzeitig abschirmte. Doch Visionen in dieser intensiven Form hatte ich noch nie erlebt. Obwohl mich das beunruhigte und verwirrte, hatte ich keine Zeit, weiter darüber nachzudenken, denn mein Terminkalender war voll, und ich musste mich beeilen. Hektisch schlüpfte ich in ein weißes Hemd, zog den dunkelgrauen Armani-Anzug an und band mir eine violette Krawatte um. Wieder einmal war an Frühstück nicht zu denken, und so schlang ich auf dem Weg zu meinem Wagen einen Doppelkeks hinunter. Ich liebte diese schmierigen Schokodinger. Zwar landete meistens ein Teil davon auf meiner Krawatte, aber so hatte ich wenigstens einen Grund diesen nutzlosen Stofffetzen abzunehmen.

Trotz der Sonnenbrille brannten Alexeis Augen und seine Haut, als er hinaus in die Morgensonne trat. Er stieg in seinen Wagen und fuhr zu Leon. Es war wie ein Zwang, er konnte nichts dagegen tun. Alexei musste sich vergewissern, dass es ihm gut ging. Er parkte etwas abseits, in der Angst, Leon würde seinen Wagen wiedererkennen. Alexeis Herz begann wild zu klopfen und schien sich bald zu überschlagen, je länger er hinter den verdunkelten Scheiben des Audis den Hauseingang beobachtete. Als nach einer Weile die Tür aufschwang und Leon gehetzt das Haus verließ, wollte Alexei am liebsten hinausspringen. Er verspürte den unbändigen Drang, Leon beschützen zu müssen, auch wenn er da draußen gegrillt werden würde. Leon sah verschlafen und müde aus, doch schön wie immer. Er hastete zu seinem Auto, öffnete die Wagentür und warf seine Aktentasche auf den Beifahrersitz. In seinem grauen Anzug sah er umwerfend aus, sein dunkles Haar glänzte wie Seide. Ein Grinsen zuckte um Alexeis Mundwinkel, als Leon einen Keks zwischen seine Zähne klemmte und hinter dem Lenkrad Platz nahm.

Alexei startete den Motor und folgte dem Duft von Kokos und Orangen. Wie er Leons Duft liebte. Aus unerfindlichem Grund beschäftigte Alexei die Befürchtung, dass die Manipulation von Leons Gedächtnis nicht vollständig gelungen war. Es war reine Vermutung, doch es beunruhigte ihn. Das Brennen in Alexeis Augen und auf seiner Haut machte ihn fast wahnsinnig. Trotz der getönten Scheiben brannte sich das Tageslicht wie Säure allmählich bis in seine Eingeweide. Er musste zurück.

Alexei hasste es. Er hasste sein verdammtes Dasein in ewiger Dunkelheit.

Frau Gröbner musterte mich kopfschüttelnd. „Meine Güte, Herr Bergmann! Sie sehen aber gar nicht ausgeschlafen aus. Ich bring ihnen gleich einen starken Kaffee."

Ich lachte gequält auf und zuckte mit den Schultern. „Ein Kaffee wäre wundervoll. Ich hab verschlafen. Ist mein Vater schon da?"

„Nein, er hat vorhin angerufen, dass er etwas später kommt. Sie sollen ihm die Unterlagen bitte auf den Schreibtisch legen."

Ich stellte meine Tasche auf der Theke ab. In diesem Moment hörte ich es wieder: *Geht es dir gut?*

Erneut überfiel mich die Vision von dem Mann und der Frau, ich sah all das Blut und stöhnte gequält auf.

„Alles in Ordnung mit Ihnen?"

Als es vorbei war, öffnete ich die Augen, nahm die Hände von den Schläfen und blickte in das besorgte Gesicht unserer Sekretärin „Sie sehen übermüdet aus, Sie sollten sich einen Tag frei nehmen."

Ich schüttelte den Kopf. „Nein, mir geht es gut, war nur eine kurze Nacht." Ich nahm meine Tasche und wandte mich zum Gehen. „Hätten sie ein Aspirin für mich?"

„Natürlich. Ich bringe es Ihnen sofort. Vergessen Sie nicht, dass Sie heute Mittag mit Dr. Mertens verabredet sind.“ Frau Gröbner blickte mich an, als könne ich nicht mal mehr alleine über die Straße gehen.

„Nein, vergesse ich nicht, danke.“

Nachdem ich die Unterlagen in Vaters Zimmer abgelegt hatte, ließ ich mich in meinem Büro in den Sessel am Schreibtisch fallen und blickte aus dem Fenster hinaus auf die Straße. Der dumpfe Kopfschmerz war noch immer da, und ich verspürte seltsame, innere Unruhe. Einen Moment sah ich dem bunten Treiben draußen zu und versuchte, irgendwelche Schwingungen zu empfangen. Der Abend gestern war so seltsam verlaufen. Ich erinnerte mich noch, dass es unmöglich war, Serban Grigorescus Gedanken zu lesen. Er war also, wie sein Sohn auch, ein Mentalist. Dessen war ich mir ganz sicher. Aber seinen Geist hatte er nicht vor mir verschlossen, so etwas spürte ich. Es war irgendetwas anderes.

Langsam zweifelte ich an meinen telepathischen Fähigkeiten, während ich einen Jungen beobachtete, der die Strasse überqueren wollte. Ich rieb meine schmerzenden Schläfen und versuchte, mich zu konzentrieren.

Der Junge blickte zur Ampel und trippelte von einem Bein auf das andere. Seine Gedanken schwirrten um seinen ersten Schultag, den er nach ihrem Umzug von Frankfurt hierher nach Berlin bestreiten musste. Ich spürte seine Nervosität so deutlich, dass ich Herzklopfen bekam. Als die Ampel auf grün sprang, rannte er los und es dauerte nicht mehr lange, bis die Verbindung abriss.

Die Signale waren also so deutlich wie eh und je. Ich seufzte erleichtert auf und fuhr mit beiden Händen durch meine Haare. In diesem Augenblick klopfte es an der Tür.

Vater grüßte mich gut gelaunt. In einer Hand hielt er ein Glas Wasser, in der ein sich auflösendes Aspirin sprudelte und in der anderen einige Papiere.

„Morgen, Leon! Ich danke dir für die Unterlagen.“ Er trat zu mir ans Fenster und reichte mir das Wasserglas. „Geht es dir nicht gut? Frau Gröbner sagte, du wirkst müde und zerstreut. Der Kaffee kommt gleich.“

„Guten Morgen, Paps. Doch mir geht's gut, keine Sorge. Nur ein bisschen Kopfschmerzen. Na, wie ist dein Termin gestern verlaufen?"

„Ganz gut. Ich habe ein tolles Grundstück am nördlichen Stadtrand an der Angel, es ist so gut wie gekauft, ich warte nur noch auf ein paar Dokumente. Den ersten Interessenten habe ich auch schon, er will eine Wohnanlage darauf bauen. Mal sehen, ich hab heut Mittag einen Termin deswegen. Wie war es gestern Abend? Die Grigorescus müssen in einer Villa leben. Wie ist Grigorescu Senior?"

Ich leerte das Glas in einem Zug, setzte mich und startete meinen Rechner. „Ein komischer Kauz, wenn du mich fragst. Total abgedreht."

Vater setzte sich auf die Kante meines Schreibtisches und sah mich fragend an. „Wie meinst du das?"

„Bei denen sieht es aus, wie in einer alten Burg. Grigorescu Senior … den müsstest du sehen. Der sieht aus, wie ein Statist aus einem billigen Draculafilm. Er hat die ganze Zeit über auf meinen Hals gestarrt und wollte mich zwingen, zum Essen zu bleiben. Er hat nicht locker gelassen."

„Was?" Vater sah mich verständnislos an.

„Alexei hat mir nachher erzählt, dass er wohl seit dem Tod seiner Frau etwas …" Ich vollführte kreisende Bewegungen vor meinem Gesicht, „… meschugge ist. Aber ich habe die beiden am Wochenende zur Wohltätigkeitsveranstaltung eingeladen, ich hoffe es ist dir recht."

„Natürlich ist es mir recht, ich bin gespannt. Ich muss jetzt los, ich bin fast den ganzen Tag unterwegs, wir telefonieren später, in Ordnung?"

„Okay. Ich treffe mich heute Mittag mit Tom zum Essen."

„Sag ihm schöne Grüße von mir."

„Soll ich dir noch ein Wasser bringen?"

Tom schrak auf und sah in das sommersprossige Gesicht von Diana, der Bedienung im Plaza.

„Ähm … ja, danke Diana. Bring bitte für Leon eine Cola light, er hat mich gerade angerufen und müsste jeden Moment da sein."

„Mach ich." Röte zeichnete sich auf ihren Wangen ab, bevor sie sich umwandte und davon schwänzelte. Tom grinste. Schon wenn sie den Namen seines besten Freundes hörten, reagierten die meisten Frauen so wie Diana.

Während er auf Leon wartete, zeichnete er an einer neuen Skizze des schwarzhaarigen Vampirs. Seit dem Mord vor fast einem Jahr, bei dem Tom unfreiwillig Zeuge geworden und selbst beinahe getötet worden war, glaubte er an die Existenz der Blutsauger und ließ sich durch nichts und niemanden davon abbringen. Während er auf dem weißen Papier herumkritzelte, wanderten seine Gedanken zurück in die schrecklichste Nacht seines Lebens. Es geschah Anfang September. Er war auf dem Nachhauseweg von einer Betriebsfeier gewesen. Als ihn sein Weg durch eine der düsteren Gassen eines eher unangenehmen Viertels führte, hatte ihn sofort ein beklemmendes Gefühl begleitet. Plötzlich war da eine tiefe Stimme, zugleich hörte er ängstliches Wimmern. Er beobachtete einen Mann, der eine Frau gegen die Mauer in einer Nische presste. Tom vernahm lediglich Wortfetzen, doch es war offensichtlich, dass er sie mit Gewalt festhielt.

„Na komm schon, es wird dir gefallen." Der Mann, groß und ganz in Schwarz gekleidet, drückte seinen Körper gegen den der Frau, griff in ihr Haar und riss ihren Kopf zurück. Sie schluchzte auf, ihre Schultern bebten vor Angst. Tom befand sich höchstens fünf Meter entfernt. Ihm stockte der Atem, als der Mann seinen Kopf zurückwarf und den Mund weit öffnete. Tom glaubte seinen Augen nicht zu trauen, das Blut gefror augenblicklich in seinen Adern und er hielt die Luft an. Im nächsten Moment, so schnell, dass es kaum zu sehen war, schnellte der Kopf des Kerls nach vorne und mit einem grausigen Geräusch versenkte er seine Zähne brutal in den Hals der Frau. Sie schrie, ihr Körper zuckte einige Sekunden, während sich ihre Hände krampfhaft in den Stoff seines schwarzen Mantels krallten. Dann sackten ihre Knie ein. Tom schlug sich die Hand vor den Mund, um einen Aufschrei zu ersticken. Er glaubte sich in einem Albtraum, dachte wahnsinnig zu werden. Das perverse, grausame Spiel schien Ewigkeiten zu dauern. Ewigkeiten, in denen Tom unfähig war, sich auch nur vom Fleck zu rühren, geschweige denn zu atmen. Dann endlich ließ der Schwarzhaarige von ihr ab, worauf sie leblos an der Mauer nieder sank. Tom machte einen Schritt rückwärts und stolperte über seine eigenen Füße. In diesem Moment bemerkte ihn der Fremde. Er stieß ein Fauchen aus, weiße Fänge blitzten in der Dunkelheit auf. Seine Augen leuchteten im Dunklen, gleich Taschenlampen. Zuerst weiß, dann rot. Es war ein Furcht erregendes Bild. Tom hatte nicht mal die Chance, davonzulaufen, denn noch bevor er darüber nachdenken konnte, sprang der Mann mit einem übermenschlichen Satz auf ihn zu, packte seinen Kragen und warf ihn hart gegen einen Müllcontainer. Rot glühende Pupillen, die zu vertikalen Schlitzen zusammen gezogen waren, durchbohrten Tom wutentbrannt.

„Ich hab dich schon längst gerochen“, zischte das Monster. „Was schnüffelst du hier herum? Das wird dich dein Leben kosten, du Narr!“

Seine Stimme war grollend und unnatürlich tief, an seinen Lippen haftete Blut. Tom wagte nicht, zu sprechen, seine Zunge klebte am Gaumen fest und er zitterte wie Espenlaub. Der Fremde riss den Mund erneut auf und offenbarte Tom seine Fangzähne, als hinter ihm ein schwarzer Schatten aus der Dunkelheit auftauchte. Er packte den Schwarzhaarigen an den Schultern und riss ihn zurück. Tom taumelte gegen den Müllcontainer und stürzte zu Boden. Es war der andere Vampir und sie kämpften wie Bestien um ihre Beute ...

Tom wurde aus seinen Erinnerungen gerissen und schrak auf, als er eine vertraute Stimme hörte. „Hey, Tom. Na, alles klar?“

Leon war schon fast am Tisch, als Diana mit der Cola kam.

„Hallo, Leon. Schön dich zu sehen“, himmelte sie ihn an. „Ich … ich hab deine Cola schon hier.“ Dianas Gesichtsfarbe glich der eines Hummers, sie sah Leon an, als wäre er eben nackt aus einer Torte gesprungen.

„Hi, Diana. Super, danke. Sag mal … hast du eine neue Frisur?“ Leon setzte seinen ganzen Charme ein – und es wirkte. Er besaß immer so eine Wirkung auf Frauen. Erstens sah er gut aus, zweitens konnte er Gedanken lesen. Schon damals in der Schule war er stets von Verehrerinnen umgeben gewesen, da er immer genau gewusst hatte, was sie mochten. War das ein Glückspilz. Tom hätte auch gerne erfahren, was die Frauen über ihn dachten.

Dianas Grinsen endete nun bei ihren Ohrläppchen. Sie griff in ihr rotes Haar und hauchte ein: „Ja. Schön, dass du das bemerkst, Leon.“ Sie stellte die Cola auf den Tisch und schwebte davon.

„Na dann, hallo auch“, grinste Tom und schüttelte belustigt den Kopf.

„Hi, Tom. Na, alles im grünen Bereich bei dir?“ Leon setzte sich ihm gegenüber an den Tisch und nahm einen Schluck Cola.

„Ja klar. Bei dir ja anscheinend auch. Was hast du in Dianas Gedanken gelesen, du Macho?“

„Dass sie beim Friseur war … und ob ich es bemerken würde“, gluckste Leon. Sie lachten beide.

„Wie läuft es in der Praxis?“ Leon blickte Tom fragend an.

Tom antwortete mit einem Schulterzucken und wollte Zeichenblock und Bleistift unauffällig in seiner Tasche verschwinden lassen. Doch zu spät. Leon entdeckte den Block.

„Tom, du wirkst etwas zerstreut. Alles in Ordnung mit dir?“ Bevor Tom es verhindern konnte, griff Leon nach der Skizze. „Du malst doch nicht schon wieder Dracula, oder? Wann wirst du endlich einsehen, dass es keine Vampire gibt? Du bist ja regelrecht besessen davon.“

„Und wann wirst wenigstens *du* mir glauben, dass das was ich gesehen habe, keine Einbildung war?“ Tom lehnte sich über den Tisch. „Ich habe sie gesehen, Leon! Ich weiß es genau.“

Ich drehte den Zeichenblock um und sah mir Toms Bleistiftskizze an. In dem Moment, als ich in das Gesicht des schwarzhaarigen Vampirs sah, stockte mir der Atem und für den Bruchteil einer Sekunde ergriff so etwas wie Panik Besitz von mir, mein Herz pochte wild in meiner Brust. Die glühenden Augen, das bösartige Grinsen. Wieso kam mir der Mann so bekannt vor? Mir fiel die Vision ein und ich stutzte.

„Leon? Alles in Ordnung mit dir? Was ist los?“ Tom streckte die

Hand über dem Tisch aus und berührte meinen Arm. Ich zuckte zusammen. Er blickte mich besorgt an. „Du bist ganz blass. Stimmt etwas nicht?“

Ich schüttelte den Kopf und gab ihm den Block zurück. Tom war besessen von seiner Vampir-Idee und ich hatte keine Lust, ihm noch Hoffnungen zu machen, indem ich ihm von meiner Vision erzählte.

„Nein, alles in Ordnung“, log ich. „Ich hab nur den ganzen Tag schon Kopfschmerzen. Tom, wann verwirfst du diese verrückte Idee endlich? Ich weiß, es muss schrecklich für dich gewesen sein, als du diesen Mord beobachtet hast, doch es waren ganz gewiss keine Vampire. Das waren irgendwelche Verbrecher, Mörder. Es gibt keine Vampire. Wo lebst du denn? Wach endlich auf!“

Tom schnaubte und spielte den Beleidigten. „Wenigstens von *dir* habe ich mehr Verständnis erwartet. Ich weiß doch, was ich gesehen habe! Es war ein Mann mit dunklen, langen Haaren und er hat diese Frau ausgesaugt. Ich werde das Bild nie mehr vergessen.“ Tom erschauderte. „Er war so nah, ich habe seine Fangzähne gesehen. Sogar an den widerlichen Geruch nach Blut kann ich mich erinnern.“ Er raufte sich die Haare und wirkte beinahe wie ein Psychopath. Bei seinen Schauergeschichten brauchte ich mich über solche Visionen nicht mehr zu wundern. Ich blickte mich um, einige Leute sahen bereits zu uns herüber.

„Bist du verrückt geworden? Sprich leiser.“ Zugegeben – Toms Zeichnung beunruhigte mich auf eine Weise, die ich mir nicht erklären konnte. Ich ließ mir jedoch nichts anmerken. Tom war mein bester Freund, doch er verrannte sich da in etwas. „Tom. Wir haben schon so oft darüber geredet. Du hast dich täuschen lassen. Es war dunkel und du hattest ja auch was getrunken.“

„Nach drei Bier weiß ich schon noch, was ich sehe“, empörte sich Tom.

„Die Polizei konnte keinerlei Bisswunden feststellen, nichts. Heilige Scheiße, aber Vampire, Tom“, flüsterte ich und verdrehte die Augen.

Tom zuckte mit den Schultern. „Ich weiß es klingt verrückt, aber ich habe Nachforschungen angestellt.“

Aus meiner Kehle drang ein ersticktes Geräusch. „Wie oft habe ich dir gesagt, du sollst dich nicht in diesen düsteren Gegenden herumtreiben. Es ist gefährlich und ich weiß wirklich nicht, was du dort zu beweisen versuchst."

Tom neigte sich vor. „Ich habe ihn wieder gesehen, Leon! Und den anderen auch. Da sind noch mehr von denen. Ich erkenne sie an ihren Zähnen. Glaub mir, wenn sich einer mit Zähnen auskennt, dann ich. Ihre Eckzähne sind spitzer als die der Menschen und ihr Gesicht ist unnatürlich blass. Meist haben sie langes Haar und ..."

„Tragen lange schwarze Umhänge?", setzte ich in sarkastischem Unterton hinzu. „Tom! Ich hör mir deinen Scheiß nicht mehr länger an. Der Mörder ist noch immer auf freiem Fuß und du läufst ihm noch freiwillig in die Arme. Wie blöd kann man eigentlich sein? Er wollte dich töten. Was wenn er dich wieder erkennt?"

„Wird er nicht. Ich pass schon auf."

„Jetzt hör mal zu, Tom. Du hast gar kein anderes Thema mehr, verbringst deine Freizeit nur noch mit deinen so genannten Nachforschungen und sitzt stundenlang vor dem Computer. Wir hatten doch so viel Spaß früher. Wann kommst du mal wieder mit ins „Underground?" Ohne auf seine Antwort zu warten, sprach ich weiter. „In zwei Wochen geben wir unsere alljährliche Wohltätigkeitsveranstaltung. Ich hoffe du bringst deinen Arsch hoch, entstaubst deinen Anzug und kommst."

Tom schien unschlüssig, dann jedoch grinste er. „Ja, natürlich komme ich."

Ich saß in meinem Büro und sinnierte vor mich hin. Die letzten zwei Tage hatte ich wie in Trance verbracht, immer wieder verfolgten mich Visionen und ich hörte diese Stimme flüstern, die sich nach meinem Befinden erkundigte. Auch Alexei Grigorescu beschäftigte mich, aber ich wusste nicht genau, warum. Noch nie war ich jemandem mit so viel Charisma begegnet und auch mit anderen Mentalisten hatte ich bisher nur wenig zu tun. Langsam glaubte ich, durchzudrehen.

Ich erhob mich, öffnete das Fenster und atmete tief ein. Draußen war es für September ziemlich kühl, dichte Wolken drängten sich vor das Blau des Himmels. Ich sah auf die Uhr. Ich hatte versprochen, Fiona um halb fünf von der Schule abzuholen und zum Karateunterricht zu bringen, da Ines einen Termin hatte. Ich schnappte meine Jacke und ging hinaus, in den Empfangsraum.

„Falls mein Vater kommt – ich bin schon weg, Frau Gröbner. Er kann mich auf dem Handy erreichen, falls noch etwas sein sollte."

Sie sah kurz auf und tippte weiter geschäftig auf der Tastatur ihres Computers herum. „Ja ist gut, Herr Bergmann. Bis morgen."

Ich eilte auf den Eingang zu, zog meinen Autoschlüssel aus der Jackentasche und drückte schwungvoll gegen die gläserne Tür, als es „Bong" machte und jemand gegen das Glas knallte. Ich sah auf und erkannte Alexei, der zurückwich. Ich trat rasch hinaus und blickte ihn erschrocken an.

„Oh mein Gott. Alexei! Das tut mir sehr leid ... ich hab dich gar nicht kommen sehen."

„Es ist ja nichts geschehen." Er lächelte.

Ich reichte ihm die Hand. „Hi. Ich hab dich doch voll erwischt."

„Guten Tag, Leon. Mir geht es gut, keine Sorge."

Seine Erscheinung beeindruckte mich aufs Neue. Er trug Jeans und einen dünnen, cremefarbenen Pullover, dazu einen halblangen, schwarzen Ledermantel. Sein Haar fiel ihm offen über die Schultern. Erst jetzt merkte ich, dass ich ihn anstarrte. Wir standen noch immer im Türrahmen. Ich ließ seine Hand los und deutete in unseren Empfangsraum. „Ähm, komm doch rein."

Während wir auf den Empfang zugingen, zog Alexei einen Briefumschlag aus der Tasche seines Mantels und reichte ihn mir. „Der Notartermin steht fest. Da ich gerade in der Nähe war, wollte ich persönlich Bescheid geben."

Ich legte den Umschlag auf die Theke und schob ihn Frau Gröbner zu. „Frau Gröbner? Das ist Herr Grigorescu. Er hat den Notartermin für die Oranienstraße dabei."

Ich musste mich doch sehr über unsere Sekretärin wundern, die Alexei anstarrte, als wäre er ein Wesen von einem anderen Stern, und dabei hektisch ihre Frisur überprüfte. Alexei setzte auch noch seinen ganzen Charme ein, streckte ihr die Hand entgegen und begrüßte sie mit einem hinreißenden Lächeln, das mit Sicherheit jede Frau schwach werden ließe.

„Guten Tag, Frau Gröbner. Freut mich", raunte er mit seiner

tiefen, samtigen Stimme. Sie sah aus, als würde sie dringend Sauerstoff brauchen.

„Schön“, war ihre zweideutige Antwort, ihre Augen besaßen einen seltsamen, verträumten Ausdruck, der mir richtig Angst einjagte.

Alexei blickte mich an, in seinen Augen lag ein schelmisches Funkeln. *Sie mag mich.*

Sie bekommt einen Herzinfarkt, wenn du noch länger hier rum stehst.

Ich fand es amüsant und aufregend zugleich, dass wir uns auf mentalem Wege verständigen konnten, ohne dass jemand etwas davon bemerkte.

Wir ließen eine hingerissene Frau Gröbner zurück und traten hinaus auf die Straße.

Dunkle Regenwolken zogen am Himmel auf, Leon blickte besorgt nach oben. „Ich sollte mich beeilen. Ich muss meine Schwester von der Schule abholen.“ Seine blauen Augen fixierten Alexei sekundenlang. Alexeis überirdisches Herz setzte kurz aus und schlug dann im Galopp. Er wollte nicht, dass Leon jetzt ging.

„In Ordnung“, gab er zur Antwort. Wie gerne hätte er den Sterblichen in seine Arme gezogen und dessen warme Lippen geküsst. Leon reichte Alexei die Hand und lächelte.

„Dann sehen wir uns am Samstag?“

„Ja. Ich freue mich, Leon.“

„Danke, dass du Bescheid gegeben hast, wegen dem Termin beim Notar.“

„Wie gesagt – ich war gerade in der Nähe. Kein Problem.“

Leon lächelte. Beinahe schüchtern. Seine Art brachte Alexeis kaltes Blut in Wallung, er bekam plötzlich schlecht Luft.

Als er Leon kurz darauf in seinen Wagen steigen sah, wusste Alexei, dass er unmöglich bis Samstag warten konnte. Er hob den Arm, sendete eine Energiewelle aus und legte damit den Motor von Leons Wagen lahm.

Kapitel 6

Ich schlug fluchend auf das Lenkrad ein, als jemand gegen das Fenster klopfte und Alexeis Gesicht hinter der Scheibe auftauchte. Ich betätigte den Schalter, sie fuhr surrend hinunter.

„Gibt es ein Problem, Leon?"

„Ich hab keine Ahnung warum, aber der scheiß Wagen springt nicht an."

„Kann ich dich irgendwo absetzen?"

„Nein … ich meine, also … ich wollte meine Schwester zum Karateunterricht fahren." Ich zuckte mit den Schultern, mein Blick wanderte von seinem langen, blonden Haar zu seinen Augen, die mich fragend musterten. Ich schluckte, in meiner Kehle hatte sich ein Knoten gebildet. „Lass nur, ich ruf mir ein Taxi."

Alexei lächelte. „Ich habe heute keine Termine mehr. Ich fahre dich gerne."

„Wirklich?"

„Komm." Er öffnete die Fahrertür und deutete mit einem Kopfnicken auf die gegenüber liegende Straßenseite. „Ich parke dort drüben."

Ich stieg aus und folgte ihm zu seinem Wagen. Alexei bewegte sich mit solch einer Anmut und Leichtigkeit, dass es den Anschein hatte, er würde über die Straße schweben. Und doch war jede seiner Bewegungen ein kraftvoller, dynamischer Akt. Ich kam mir schon blöd vor, aber ich musste ihn einfach ständig anstarren.

Als wir aus dem Auto stiegen, strömten die ersten Schüler aus dem großen, weißen Gebäude. Alexei lehnte sich lässig gegen die Wagentür, verschränkte die Arme vor der Brust und beobachtete die Jugendlichen. Obwohl es stark bewölkt war und es jeden Moment zu regnen anfangen würde, nahm er seine Sonnenbrille nicht ab. Ich wollte gerade eine Bemerkung dazu machen, da sah ich Fiona mit einer Freundin die weiße Steintreppe herunterkommen. Sie hielt Ausschau nach meinem Wagen und bemerkte mich deswegen nicht sofort. Ich hob die Hand und rief ihren Namen. Fiona verabschiedete sich von ihrer Freundin und kam mir winkend entgegengelaufen.

Als ihr Blick auf Alexei neben mir traf, wurde sie langsamer und starrte ihn so unverhohlen an, dass es mir richtig peinlich war. Ich sah ihn an … und konnte es ihr beim besten Willen nicht verdenken. Alexei sah aus, als wäre er mitsamt seinem Auto einem dieser Modemagazine entsprungen. Der aufkommende Wind spielte in seinem langen Haar, das sein blasses Gesicht umrahmte, der schwarze Ledermantel betonte seine breiten Schultern und durch die dunkle Sonnenbrille wirkte er unnahbar und geheimnisvoll. Ich spürte ein Kribbeln im Nacken, das sich langsam über meinen gesamten Rücken ausbreitete, als würde ein ganzes Ameisenvolk darüber hinweg spazieren.

Fiona küsste mich auf die Wange. „Hi, Leon."

„Hey Kleines. Na? Alles im grünen Bereich?"

„Klar … alles grün." Sie sah verstohlen zu Alexei hinüber, der sich von der Wagentür abstieß und einen Schritt auf uns zumachte. Wieder beobachtete ich das Phänomen, dass alles um ihn verblasste, als würde er sich ständig in einem Lichtkegel bewegen.

„Schwesterherz, das ist Alexei, ein Freund von mir." Wurde ich gerade rot wie eine Peperoni? „Mein Wagen hat gerade den Geist aufgegeben. Alexei wird uns fahren. Alexei, das ist Fiona."

Alexei lächelte und streckte die Hand aus. „Leon hat mir nicht gesagt, dass er so eine hinreißende Schwester hat", gurrte er mit seiner tiefen, samtenen Stimme. „Freut mich, Fiona."

Premiere! Ich sah meine Schwester das erste Mal sprachlos. Und sie war eine wandelnde Peperoni, so wie ich. Ihr Mund klappte auf und zu, als sie ihm die Hand gab, dann löste sich ein „Hpm", aus ihrer Kehle. Ich musste mich zusammennehmen, nicht zu lachen, konnte mir jedoch ein Grinsen nicht verkneifen.

„Darf ich dir die Tasche abnehmen?" Alexei zeigte auf Fionas Schultasche und öffnete zugleich die hintere Wagentür.

„Tasche?", wiederholte Fiona, als hätte sie das Wort noch nie gehört. Zumindest schien ihre Stimme zurückgekehrt zu sein.

Alexei grinste und warf mir einen unschuldigen Blick zu. Als ob er nicht wüsste, was für eine Wirkung er auf Frauen hatte.

„Deine Schultasche", sagte er freundlich. Fiona brauchte noch einige Sekunden, bevor sie sich fing. Dann zuckte sie zusammen, als würde sie aus einem Tagtraum hochfahren.

„Ach so, ja. Entschuldigung." Sie reichte Alexei die Tasche und er bedeutete ihr, auf dem Rücksitz Platz zu nehmen. Ich setzte mich wieder auf den Beifahrersitz, Alexei startete den Motor. Ich erklärte ihm den Weg und beobachtete Fiona im Rückspiegel. Den Ausdruck in ihren Augen kannte ich nur vom Weihnachtsabend, wenn Bescherung war, oder wenn sie sich mal wieder verliebt hatte. Sie lehnte sich vor und legte eine Hand auf meine Schulter.

„Was ist mit deinem Wagen, Leon?"

Ich zuckte mit den Schultern. „Ich hab keinen blassen Schimmer. Er ist nicht angesprungen."

Mein Blick fiel auf Alexeis blasse, kräftige Hand, als der sie auf die Gangschaltung legte. Er beschleunigte, der Motor heulte auf.

„Wenn wir nachher zurückfahren, kümmern wir uns darum, wenn du willst."

Ich fixierte ihn von der Seite und nickte. „Wenn es dir nichts ausmacht."

Er sah mich kurz an. „Natürlich nicht, Leon. Vielleicht hast du das Licht brennen lassen. Ich gebe dir nachher Starthilfe und dann sehen wir weiter."

„Danke." Ich seufzte leise und fuhr mir durch das Haar. Irgendwie war mir schon wieder so warm. Alexei streckte den Arm aus und schaltete die Klimaanlage kühler. Heilige Scheiße, ich sollte mir langsam angewöhnen, meinen Geist vor ihm zu verschließen.

„Woher kennt ihr euch?", fragte Fiona plötzlich. Alexei und ich antworteten gleichzeitig mit einem „Wir haben …"

Meine Schwester kicherte, wir warfen uns amüsierte Blicke zu.

„Wir haben geschäftlich miteinander zu tun", erklärte Alexei. Er blickte in den Rückspiegel. „Und du machst also Karate?"

Sie nickte eifrig und lehnte sich wieder nach vorne. „Ja, zweimal die Woche. Ich hab schon den grünen Gurt", antwortete sie stolz.

„Dann sollte ich mich wohl besser nicht mit dir anlegen, das hört sich ziemlich gefährlich an."

Fiona lachte und schüttelte den Kopf, dass ihr goldener Pferdeschwanz hin und her flog. Ich warf Alexei möglichst unauffällige Blicke von der Seite zu, ich konnte einfach nicht anders. Einige Male fixierte mich sein smaragdgrünes Augenpaar und ich sah rasch weg.

Wir hielten noch etwas Smalltalk, nach zwanzig Minuten hatten wir die Karateschule erreicht. Alexei stieg eilig aus und öffnete für Fiona die Wagentür. Oh Mann … hatte er einen Benimmkurs besucht, oder was war mit ihm los? Ich sprang hastig aus dem Auto. Alexei half meiner Schwester aus dem Wagen und nahm ihre Tasche vom Rücksitz.

„Hat mich gefreut, dich kennen zu lernen, Fiona. Viel Spaß beim Training."

Sie zupfte verlegen an ihrem Pferdeschwanz, gab ihm die Hand und klimperte mit ihren schwarz getuschten Wimpern. „Danke. Hat mich auch gefreut. Man sieht sich hoffentlich mal wieder?"

Er nickte. „Selbstverständlich. Leon war so freundlich, mich auf die Wohltätigkeitsveranstaltung einzuladen."

Fionas Augen fingen zu leuchten an. „Cool! Dann sehen wir uns am Samstag. Und danke, fürs Fahren."

„Gern geschehen. Bis Samstag, Fiona." Alexei zeigte seine beiden blendend weißen Zahnreihen, in dem er breit grinste und stieg in den Wagen, während ich mich von meiner Schwester verabschiedete. Sie küsste mich auf die Wange und flüsterte mir ins Ohr: „Mann ist der Typ heiß. Das gibt's doch nicht."

Was du nicht sagst, hätte ich beinahe geantwortet, konnte mich aber gerade noch beherrschen.

„Pschhhht!", tat ich gespielt entsetzt und schüttelte tadelnd den Kopf. „Alexei ist ein paar Nummern zu groß für dich, Kleines. Such dir mal lieber einen Knaben in deinem Alter, zum Spielen."

Sie schmollte, aber dann stahl sich ein Grinsen auf ihre Mundwinkel.

„Also … Mama holt dich um halb acht ab. Wir sehen uns spätestens am Samstag, okay?"

„Okay. Bis dann Leon." Sie winkte Alexei zu und eilte davon.

Alexei und ich fuhren zurück, um nach meinem Wagen zu sehen. War das peinlich, als die blöde Karre auf Anhieb ansprang. Ich muss ziemlich dumm aus der Wäsche geguckt haben, denn Alexei, der an Fenster stand, lachte auf. Ein tiefes, kehliges Lachen, das mir eine Gänsehaut bescherte.

„Ich verstehe das nicht", sagte ich kopfschüttelnd.

„So lerne ich nach und nach deine Familie kennen", grinste er. Er hatte sich vorgelehnt und die Ellbogen auf den Fensterrahmen gestützt. Unsere Gesichter waren höchstens dreißig Zentimeter voneinander entfernt und ich Blödmann ertappte mich dabei, wie ich auf seine perfekt geformten Lippen starrte. Alles an ihm schien so perfekt.

„Ich glaube, bei meiner kleinen Schwester hast du einen bleibenden Eindruck hinterlassen“, sagte ich schnell, um mich abzulenken „Sie hat dich angestarrt, als wärst du nicht von dieser Welt.“

Einen winzigen Moment wirkte Alexei nachdenklich, doch dann lächelte er. „Sie ist sehr nett.“

Seine tiefgrünen Augen hatten schon wieder so eine hypnotisierende Wirkung auf mich, als ich merkte, dass der Motor noch lief. Ich räusperte mich. „Ich … ähm … sollte jetzt ein bisschen umherfahren, falls die Batterie doch etwas schwach ist.“

Alexei nickte und trat zurück. „In Ordnung. Ich gebe dir mal meine Handynummer, falls etwas sein sollte.“ Er zog sein Handy aus der Tasche seines Mantels und wir tauschten unsere Nummern aus. Nachdem wir uns verabschiedet hatten und ich losgefahren war, verfluchte ich diesen Scheißwagen, der jetzt ohne Probleme lief. Zugleich war ich der Kiste dankbar, da der Zwischenfall mir etwas Zeit mit Alexei beschert hatte. Langsam bekam ich Angst vor mir selbst.

Die darauf folgenden Tage ertappte ich mich immer wieder dabei, wie ich in der Kontaktliste meines Handys auf Alexeis Namen starrte. Ich mochte die Ruhe und Gelassenheit, die er ausstrahlte. Er war außergewöhnlich – und es ängstigte mich, dass ich so dachte.

Samstagabend stand ich vor dem Spiegel und beäugte kritisch mein Äußeres. Ich war tierisch nervös, müde und abgeschlagen. Die zunehmenden Albträume und Visionen machten mir zu schaffen. Der schwarzhaarige Mann sah der Zeichnung, die Tom angefertigt hatte, wirklich verdammt ähnlich. Aber das konnte nur Zufall sein. Vermutlich machte er mich mit seinem Unsinn schon ganz verrückt. Auch das Flüstern hörte ich immer wieder.

Was hatte das nur zu bedeuten? War es möglich, dass mir jemand diese Gedanken schickte? Alexei vielleicht? Er war der Einzige, mit dem ich mich mental unterhalten konnte. Aber nur, wenn er in der Nähe war. Und warum sollte er mir Gedanken schicken? Zwischen uns herrschte eine Verbindung, das spürte ich deutlich. Aber ich ging davon aus, dass es lediglich unsere gemeinsame Gabe war.

Ja, das war es. Mehr nicht. Warum aber fing mein Herz jedes Mal zu pochen an und wieso, verdammt, wurde mir heiß und kalt zugleich, wenn ich an Alexei dachte? Es machte mir Angst. Ich fühlte mich unwohl mit meinen eigenen Gefühlen und wollte sie weit weg schieben, in die hinterste Ecke meines Gehirns. Manchmal gelang es mir, aber oft auch nicht und dann spukte der Kerl in meinem Kopf umher. Ich wollte das nicht … ich wollte nicht.

Himmel, wusste dieser Mann eigentlich, was für eine erotische Ausstrahlung er besaß? Er brauchte nur zu lächeln und sich dabei eine seiner langen Haarsträhnen aus dem Gesicht streichen und schon sammelte sich Speichel in meinem Mund und in meinen Lenden kribbelte es wie wild.

Ich hielt den Atem an und meine Hand schnellte an meine Lippen, als hätte ich es laut ausgesprochen. Nein. Das hatte ich doch jetzt nicht wirklich gedacht? Ich stieß ein Wimmern aus, raufte mir die Haare und begann im Zimmer auf und ab zu laufen, wie ein Löwe in seinem Käfig.

„Alles gut … hast du nicht, hast du nicht. Alles gut …“, redete ich mir immer wieder wie ein Geisteskranker ein, als es an der Haustür schellte. Ich fuhr vor Schreck zusammen. Mann, ich war ein Wrack. Ein Psychopath. Total gestört. Und neuerdings schwul. Super, Leon. Der letzte Gedanke riss mich aus meiner Lethargie und ich eilte zum Türöffner.

„Wow, du siehst absolut heiß aus, Bruderherz“, begrüßte mich Fiona. „Der Smoking ist voll sexy.“ Sie wackelte mit den Augenbrauen, ich musste lachen. Dann drehte sie sich einmal um die eigene Achse. „Na? Und wie sehe ich aus? Neben so einem gut aussehenden Bruder musste ich mich ganz schön anstrengen, eine gute Figur zu machen.“

Sie trug ein enges Kleid aus hellblauem Satin, ihr blondes Haar hatte sie aufgesteckt.

„Schleimerin“, grinste ich. „Du siehst toll aus, Süße. Wo ist Paps?“

„Er wartet unten.“

„Na dann wollen wir ihn nicht warten lassen. Komm.“

„Was hab ich nur für hübsche Kinder“, bemerkte Vater mit einem strahlenden Lächeln, als ich auf dem Beifahrersitz Platz nahm und Fiona sich auf die Rückbank setzte.

Fiona gluckste. „Du siehst aber auch cool aus, Papa.“

Sie steckte den Kopf zwischen den vorderen Sitzen hindurch und küsste Vater auf die Wange. Er lachte.

„Wie weit ist Mama?“, fragte ich, als wir einige Minuten später die Haustüre hinter uns schlossen. Ich nannte Ines meistens so, weil sie für mich wie eine richtige Mutter war.

„Sie macht sich noch fertig, ich soll dich zu ihr hochschicken.“

Ich hob die Augenbrauen. „Hab ich was ausgefressen?“

„Ich hoffe nicht“, lachte Vater. „Aber könntest du mir vorher noch dieses verdammte Ding hier binden?“ Vater zerrte an dem langen, schwarzen Etwas, das vermutlich eine Fliege sein sollte. Kopfschüttelnd versuchte ich das völlig verknotete Ding zu lösen.

„Geh du nur hoch zu Mama, ich mach das schon. Ist mein Spezialgebiet.“ Fiona schnappte sich Vaters Fliege, um sie zu glätten.

„Ich denke, du bist in guten Händen, wir kommen dann gleich runter.“

Ich schritt die Stufen zum Schlafzimmer hinauf und klopfte an. Nach Ines Aufforderung betrat ich den Raum und fühlte mich sofort wieder in ein Märchen aus tausend und einer Nacht versetzt. Das Schlafzimmer war im Orient-Stil eingerichtet, in der Mitte befand sich ein großes, rundes Bett mit vielen Kissen, in dunkelblau und rubinrot. Darüber hing ein Leuchter aus dunkelrotem Glas, der einem umgedrehten Zwiebelturm glich. Unzählige Teelichter und Kerzen verteilten sich auf kleinen Teakholztischchen und Ablagen und auf dem Boden lagen große, gemütliche Sitzkissen. Sogar die Tapeten besaßen ein orientalisches Muster und die weißen Sprossenfenster hatten ebenfalls die Form einer Zwiebel. Mitten in dieser morgenländischen Atmosphäre stand Ines vor einem großen Standspiegel. Sie trug ein eng geschnittenes Kleid in einem matt glänzenden Goldstoff, das sich perfekt an ihre schlanke Figur schmiegte. Ihr dunkelblondes, gelocktes Haar trug sie kinnlang, es war perfekt frisiert, wie immer.

„Leon!" Ines breitete ihre Arme aus und strahlte mich an. „Die Damen werden sich die Hälse nach dir verrenken."

Ich umarmte sie lachend und küsste sie auf die Wange. „Ach was. Du siehst toll aus, Mama. Papa sagt, du möchtest mich sprechen?"

Sie nickte. „Setz dich kurz, Leon", sagte sie geheimnisvoll, ging auf eine der kunstvoll verzierten Kommoden zu und holte eine kleine, silberne Schatulle aus der obersten Schublade. Sie setzte sich neben mich auf das Bett und nahm einen goldenen, klobigen Ring aus der Schatulle. Ich wusste, was das für ein Schmuckstück war und was es Ines bedeutete. Es handelte sich um ein Erbstück, das in ihrer Familie von Generation zu Generation weitergegeben wurde. Ein Siegelring mit einem Rubin und einem eingravierten „W" für den Familiennamen „Wilhelm". Ines nahm meine Hand und legte den Ring hinein. Ich fixierte den Ring auf meiner Handfläche und wollte etwas sagen, doch Ines bedeutete mir mit einer kleinen Handbewegung, zu schweigen.

„Leon … Opa hat mir den Ring vor ein paar Tagen gegeben und er möchte, dass du ihn bekommst." Ihre Augen bekamen einen verdächtigen Glanz.

Meine Kehle wurde eng und ich schüttelte verständnislos den Kopf. „Warum jetzt? Geht es ihm nicht so gut? Und warum gibt Opa mir den Ring nicht selbst? Ich besuche ihn doch oft im Seniorenheim."

Sie zuckte mit den Schultern. „Es geht ihm gut, keine Sorge. Du kennst ihn doch. Er wollte keinen Wirbel veranstalten und meinte, ich solle ihn dir geben. Du weißt, was er für ihn bedeutet."

Ich nickte. „Ich weiß nicht, was ich sagen soll, Ines. Vielleicht solltest du ihn besser Fiona geben. Immerhin ist sie …"

Sie schüttelte vehement den Kopf. „Das ist ein Herrenring und ich sollte ihn meinem Sohn geben." Sie sah mich eindringlich an und umschloss mit ihren Händen die meine mit dem Ring darauf. „Und für mich bist du das, Leon." In Ines Augen schwammen nun deutlich Tränen und auch ich fand den Moment sehr rührend. Schließlich wusste ich, was für ein trauriges Schicksal sich mit diesem Ring verband. Als Ines ihre Hände wegnahm, hob ich den Ring hoch und betrachtete ihn voller Ehrfurcht. Mein Finger berührte den kühlen

Rubin, der darin eingearbeitet war und fuhr das „W“ nach.

„Ich werde darauf aufpassen, es ist mir eine Ehre, ihn zu tragen.“ Ich küsste Ines auf die Wange. Sie lachte peinlich berührt auf und rollte mit den Augen.

„Jetzt lass uns nach unten gehen, bevor ich noch mein gesamtes Make-up wegheule.“

Razvan war regelrecht besessen davon, herauszufinden was dieser Bastard Alexei vorhatte. Er ahnte bereits, dass es etwas mit dem Sterblichen zu tun haben könnte, so wie er diesen angesehen hatte. Razvan musste zugeben, dass der Mann durchaus appetitlich aussah, auch wenn er für gewöhnlich das weibliche Geschlecht bevorzugte. Doch würde das seinen Cousin veranlassen, seinem ach so geliebten Vater zu widersprechen? Alexei war ja so ein Vorzeigesohn … so perfekt in allem. Aber so perfekt wie er glaubte zu sein, war er nicht und Razvan musste es schließlich wissen, denn er erinnerte sich genau …

Er knirschte mit den Zähnen und drosch auf das Lenkrad ein. Razvan folgte Alexeis dunklem Sportwagen aus sicherer Entfernung und überlegte verbissen, wie er ihn am besten aus dem Weg räumen könnte. Seit so vielen Jahrzehnten musste er bereits unter diesem Bastard leiden, aber bald wollte er sich bitter dafür rächen.

Schon sehr bald.

Razvan beobachtete, wie Alexei seinen Wagen gegenüber einem großen Hotel parkte und kurz darauf hinter dessen gläserner Schwingtür verschwand. Zum Glück schob sich gerade eine ganze Traube von Menschen in das Gebäude, so konnte er ihm in sicherem Abstand folgen.

Sterbliche. Sie waren überall. Razvan konnte sie riechen und verzog angewidert das Gesicht. Er spürte ihre Unterlegenheit und Schwäche. Sie waren nur für eines gut: seinen Blutdurst zu stillen. Razvans Fingerspitzen kribbelten und sein Kiefer schmerzte. Er musste sich beherrschen, dass er sich nicht einen der Sterblichen griff, um ihm seine Fänge in die Kehle zu schlagen. Wie primitives

Kriechgetier wuselten sie durch die Halle des Hotels und verströmten den Duft ihres Blutes. Hier war anscheinend eine Party im Gange. Razvan würde sich niemals dazu herablassen, mit diesem Abschaum zu feiern, aber Alexei brach ihre Regeln ständig, indem er sich in Lokalen und Orten herumtrieb, wo überwiegend Menschen verkehrten. Genervt drängelte sich Razvan in der Menge durch die Lobby, immer auf der Hut, dass Alexei ihn nicht entdeckte.

Kapitel 7

Fiona hakte sich bei mir unter und wir betraten nach Vater und Ines den Saal. Es waren bereits zahlreiche Gäste anwesend. Ich sah mich nach Alexei um, konnte ihn jedoch nirgends erblicken. Nervosität beherrschte meinen Körper. Ich unterdrückte den Drang, an meinen Fingernägeln zu kauen und hielt Ausschau nach bekannten Gesichtern.

Der Saal des Hotels, der eigens für die Veranstaltung angemietet wurde, war aufwendig dekoriert. Den Mittelpunkt bildete ein Champagner-Springbrunnen aus Glas. Ich fand das reichlich übertrieben. Der Gipfel des Kitsches waren die beiden gläsernen Elfen, die das perlende Getränk aus Karaffen ausgossen. Ich schüttelte mich, zum Glück mochte ich Champagner ohnehin nicht. Kellner mit beladenen Tabletts begrüßten die Gäste, eine Band spielte ruhige Einstiegsmusik. Die Tanzfläche war jedoch noch wie leergefegt.

„Oh mein Gott, ist das geil, guck mal! Hast du Tom schon gesehen?“ Fiona zerrte mich an den Champagnerbrunnen. „Oder Alexei?“ Ihre Augen fingen zu glänzen an, als sie seinen Namen aussprach.

„Nein … keinen der beiden“, murmelte ich abwesend. *Hoffentlich kommt Alexei überhaupt.* Mein Puls beschleunigte sich und mir war schlecht.

„Ich bin sofort wieder da, Fiona.“

„Okay. Bis gleich.“

Ich musste kurz raus hier, vielleicht half kaltes Wasser in meinem Gesicht gegen die Nervosität. Auf dem Weg zu den Toiletten sah ich Tom, der mir zuwinkte. Über die Menschenmenge hinweg gab ich ihm zu verstehen, ich käme sofort wieder und beschleunigte meine Schritte. Auf halbem Wege wurde mir plötzlich heiß und kalt zugleich. Mein setzte mein Herz kurz aus und schlug mir dann umso härter gegen den Brustkorb. Ich blieb abrupt stehen und versuchte meine Atmung unter Kontrolle zu bringen.

Hallo Leon. Als ich seine Stimme in meinem Kopf hörte, stellten sich meine Nackenhaare auf, jeder Quadratzentimeter meiner Haut schien zu prickeln.

Mein Blick suchte instinktiv das Eingangsportal ab. Und da stand er, wie aus Stein gemeißelt. Mit seinem Auftauchen wurde alles andere um ihn herum blass und unscheinbar. Er befand sich im Licht, die anderen im Schatten. Alexei trug einen schwarzen Smoking, sein Haar war im Nacken zu einem Zopf gebunden. Er war mit Sicherheit der Mann mit dem meisten Sexappeal im ganzen Hotel, was mir auch die Blicke der Damen, die an ihm vorüber gingen, bestätigten. Heilige Scheiße, was dachte ich da schon wieder?

Als er amüsiert grinste, traf es mich wie aus heiterem Himmel und ich verschloss rasch meinen Geist vor ihm. Er hatte meine Gedanken gelesen, das war so peinlich. Hitze schoss mir ins Gesicht, meine Haut glühte.

Eine Sekunde später stand er direkt vor mir und reichte mir die Hand. Als sich unsere Hände berührten, hielt er plötzlich mitten in der Bewegung inne und starrte auf meinen Ring. Alexei wirkte fast erschrocken und er sah blasser aus als je zuvor.

Ich räusperte mich. „Ähm … kann ich meine Hand wieder haben … Alexei?" In diesem Augenblick schrak er auf und sah mich an.

„Bitte verzeih mir, Leon. Ich war abgelenkt und verwirrt." Er trat einen halben Schritt zurück. „Dieses Schmuckstück, das du da trägst." Er starrte erneut auf meine Hand. „Ich war überrascht, denn meine verstorbene Mutter besaß vermutlich solch einen Ring. Ich kenne ihn nur aus meinen Träumen."

Ich wusste nicht wie ich reagieren sollte und versuchte meine Stimme wieder zu finden, die irgendwo in meinem Hals stecken geblieben war. „Das ist ein Familienerbstück." Ich hob die Hand und strich mit dem Daumen über den roten Stein.

„Er ist außergewöhnlich schön." Er konnte den Blick kaum davon abwenden.

„Danke. Bist du alleine gekommen?"

Alexei strich sich eine Strähne hinter das Ohr und nickte. Er schien noch immer etwas neben sich zu stehen.

„Was meinst du damit, du kennst den Ring aus deinen Träumen?", fragte ich. Meine Worte mussten ihn aus seiner Art Trance gerissen haben. Er schüttelte den Kopf, als ob er sich besinnen musste, wo er war.

„Nicht so wichtig. Mein Vater lässt sich entschuldigen, ihm ist nicht wohl."

„Das tut mir leid." Sein abrupter Themawechsel war mir natürlich nicht entgangen, und ich beschloss, nicht weiter zu bohren.

Einen Moment sahen wir uns an, es war unmöglich, sich seinem Blick zu entziehen.

„Da vorn ist meine Schwester und mein bester Freund", sagte ich heiser. „Komm, ich stell ihn dir vor." Wir bahnten uns einen Weg durch die Menge, in diesem Moment entdeckte uns Tom und winkte. Als sein Blick auf Alexei fiel, ließ er jedoch den Arm sinken und riss entsetzt die Augen auf. Ich stutzte, während wir weitergingen.

„Tom? Ich möchte dir Alexei vorstellen."

Ich blickte abwartend zwischen ihnen hin und her. Die Luft gefror zu Eis und ich fragte mich, was das zu bedeuten hatte. Fiona warf mir einen fragenden Blick von der Seite zu, dann streckte sie Alexei die Hand entgegen. „Hallo Alexei", hauchte sie mit roten Wangen und himmelte ihn an.

Alexei küsste Fionas Hand, ich dachte, sie würde mir jeden Moment umkippen. Er besaß aber auch eine fast magische Aura. Bei Tom schien diese Aura jedoch nicht anzukommen, ich erschrak über sein Verhalten. Aus seinem Gesicht war jegliche Farbe gewichen und er starrte Alexei an, als sähe er einen Geist.

Als Alexei ihm die Hand entgegen streckte, zuckte Tom kaum merklich zurück und machte keinerlei Anstalten, den Gruß zu erwidern. Der Ausdruck in Toms Augen war beängstigend. Es war eine Mischung aus Furcht, Zorn und Hass. Eisiges Schweigen herrschte zwischen den beiden. Ich spürte unglaubliche Wut in mir aufsteigen und hätte ihn am liebsten hier und jetzt zur Rede gestellt, denn ich ahnte bereits, was das zu bedeuten hatte. Alexei war ihm wahrscheinlich zu perfekt oder was auch immer, um ein Mensch sein zu können. Ich befürchtete, Tom würde wieder mit seinem Lieblingsthema, den Vampiren anfangen und packte ihn am Arm.

„Fiona, wärst du so nett und würdest Alexei an unseren Tisch führen? Wir kommen sofort nach, ja?" Ich sah Alexei an und übermittelte ihm eine Nachricht: *Tut mir leid. Ich bin sofort wieder da.*

Alexei antwortete nicht, doch er nickte. Ich wandte mich ab und zog den bleichen Tom durch den Saal in eine ruhige Ecke auf dem

Flur.

„Sag mal, hast du den Verstand verloren? Was hab ich dir getan, dass du dich so bescheuert verhältst? Ich hoffe, es geht nicht um deinen lächerlichen Vampirwahn. Ist Alexei zu blass, zu langhaarig, oder hat er spitze Beißerchen? Sag schon! Das war so was von peinlich, Tom." Ich trat einen Schritt zurück und erwartete seine Antwort. Tom schnappte nach Luft, seine Schultern bebten.

„Verdammt, Leon, hör mir zu. Ich kenne ihn! Er ... er ... ist ... "

„Du kennst ihn? Scheiße noch mal, sprich doch endlich!" Ich wurde ungeduldig und griff nach seinem Arm. „Tom!"

Seine Miene verfinsterte sich, er besaß wieder diesen irren Ich-bringe-sie-alle-zur-Strecke-Blick. „Er ist einer von denen ...", wisperte er kaum hörbar. Ich ließ den Arm sinken, mein Kiefer klappte nach unten. „Was? Also doch! Das kann doch nicht dein Ernst sein!"

„Ich bin mir ganz sicher. Es ist der andere Vampir, der den Schwarzhaarigen damals angegriffen hat. Halt dich von ihm fern, du schwebst in höchster Gefahr."

Ich glaubte, mich verhört zu haben. Im ersten Moment war ich so perplex, dass ich gar nicht wusste, was ich erwidern sollte, dann stieß ich ein Schnauben aus.

„Sag mal, bist du jetzt völlig übergeschnappt? Du bist mein bester Freund, aber ich weiß langsam nicht mehr, was ich mit dir tun soll! Es war so schon schwer genug, mir deinen Blödsinn anzuhören, aber wenn du jetzt meine Freunde beleidigst und überall Vampire siehst, weiß ich nicht, ob ich unsere Freundschaft aufrechterhalten kann und möchte."

In Toms Augen blitzte es auf, er sah plötzlich hilflos aus. „Aber Leon! Bitte glaub mir doch! Hast du seine Zähne gesehen? Es muss dir doch aufgefallen sein, dass sie spitzer sind als normal!"

Also doch die Zähne. Mein Lachen klang fast hysterisch. „Das sagst du bei jedem zweiten Patienten auch. Mensch, wenn du so weitermachst, verlierst du nicht nur deine Freunde, sondern auch deine Arbeit. Und du landest in der Klapse." Ich packte ihn an den Schultern und sah ihn eindringlich an. „Es. Gibt. Keine. Vampire!"

Toms Augen weiteten sich. „Sieh genauer hin! Auch ihn habe ich gezeichnet, weißt du noch?"

Ich verschränkte die Arme vor der Brust. „Du hast einen Mann mit langen, blonden Haaren gemalt. Davon gibt es ja wohl zur Genüge!" Ich biss die Zähne aufeinander, mein Zorn hatte seinen Höhepunkt erreicht. Ich musste zugeben, dass Toms Skizzen tatsächlich Ähnlichkeiten mit Alexei besaßen. Das war vermutlich auch der Grund, warum ich bei unserer ersten Begegnung geglaubt hatte, ihn schon einmal irgendwo gesehen zu haben. Mir fiel der Abend in der Grigorescu Villa ein und wie mich Alexeis Vater an die alten Draculafilme erinnert hatte. Das konnte doch alles nur Zufall gewesen sein. Ich merkte, wie ich zu zweifeln anfing und schüttelte wütend den Kopf. Toms Hirngespinste nahmen allmählich krankhafte Züge an und nun drohte er mich mit seinem Scheiß auch noch anzustecken.

Tom atmete schwer aus und fuhr sich mit beiden Händen durch sein kurzes, blondes Haar. Ich sah seine Verzweiflung und trat einen Schritt näher. „Bitte nimm dich zusammen, ja? Versuch es wenigstens."

Tom antwortete nicht gleich. Er schien mit sich zu ringen, seine Augen wanderten unruhig hin und her. Doch schließlich nickte er.

„Tut mir leid, Leon. Mann, ich bin so ein Idiot, vielleicht werd ich schon verrückt." Er fasste sich an die Stirn und ließ den Kopf auf die Brust sinken.

„Schon gut. Vielleicht solltest du endlich versuchen, die Sache zu vergessen und keine Vampire mehr jagen. Und nun komm, lass uns den Abend genießen."

Razvan schlug die Tür seines Wagens zu und ließ den Motor an. Er hatte genug gesehen, sein Körper bebte vor Wut. Alexei war ein dreckiger Verräter, nichts weiter. Wie hatte er so lange verheimlichen können, dass er den Mann von damals kannte?

Razvan hatte den Sterblichen sofort wieder erkannt und sich an den Feigling erinnert, der ihm damals dank Alexei durch die Lappen gegangen war. Und was zur Hölle hatte Leon Bergmann damit zu tun? Kannte Alexei ihn ebenfalls schon länger? Das konnte doch alles kein Zufall sein. Razvan knurrte auf, vor Wut traten seine Reißzähne hervor. Jetzt konnte ihn nichts mehr halten.

„Du bist tot, Alexei! Und deine minderwertigen Menschenfreunde ebenfalls, dafür werde ich sorgen!"

ꕥ

Ich rang mich zu einem Lächeln durch, als wir uns dem Tisch näherten, an dem meine Familie saß. Alexei unterhielt sich bereits angeregt mit Vater, während Fiona dicht neben ihm saß und ihn nicht aus den Augen ließ.

„Wie ich sehe, habt ihr euch schon alle vorgestellt?"

Die Männer erhoben sich, während Alexeis grüne Augen die meinen suchten.

Alles in Ordnung, Leon?

Ja, alles bestens.

Mein Puls raste, es war aufregend, dass niemand unsere Unterhaltung hören konnte. Tom setzte sich neben Ines und ich bemerkte, dass er krampfhaft versuchte, Alexei nicht anzustarren. Ich ließ mich neben Fiona nieder, die mich sofort mit dem Fuß anstupste und sich zu mir hinüberbeugte.

„Alexei ist so was von heiß.", flüsterte sie mit roten Wangen. „Wahnsinn." Ich warf ihr einen warnenden Blick zu und sah zu Alexei hinüber, der das Gespräch mit Vater wieder aufgenommen hatte. „Und was bitte ist in Tom gefahren, spinnt der jetzt total?" Fiona schielte zu ihm hinüber und schüttelte den Kopf.

„Nicht jetzt, Fiona, aber ich glaube wirklich, dass er bald durchdreht."

ꕥ

Die Band spielte leichte Unterhaltungsmusik und mehrere Paare hatten sich auf die Tanzfläche gesellt. Tom hatte diesen Kerl die ganze Zeit beobachtet und war nun sicher, dass er sich nicht täuschte. Es war damals dunkel gewesen und er hatte das Gesicht des Vampirs nur kurz gesehen. Doch dieses lange, dunkelblonde Haar und vor allem diese unnatürlich, stechend grünen Augen hatte er nie vergessen. Die Augen eines Dämons. Nur weil die Blutsauger damals so in ihren Kampf um ihre Beute vertieft waren, hatte er entkommen können. Dessen war er sich ganz sicher.

Der Vampir sah plötzlich zu Tom hinüber, als hätte er seine Gedanken gehört, und durchbohrte ihn mit durchdringendem Blick. Tom erschauerte, die Angst von damals kroch in seinen Eingeweiden hoch und schnürte ihm die Kehle zu. Doch er durfte sich nicht einschüchtern lassen, schließlich hatte er seinen besten Freund zu beschützen. Er musste noch einmal mit Leon reden. Der Blutsauger flüsterte Fiona etwas ins Ohr, sie kicherte und errötete. Sie standen auf und begaben sich zusammen auf die Tanzfläche. Tom wurde übel. Oh Gott! Die unschuldige, kleine Fiona. Der Vampir würde sie bis auf den letzten Tropfen aussaugen und und und … Tom ballte die Fäuste unter dem Tisch und ermahnte sich, ruhig zu bleiben. Es half nichts, wenn er jetzt die Nerven verlor.

Ich beobachtete wie Alexei mit Fiona tanzte, während ich mit Ines die Tanzfläche betrat. Fiona sah zu Alexei auf, himmelte ihn an. Ich konnte ihr ansehen, dass sie stolz war wie Oscar, mit dem attraktivsten Mann im Saal zu tanzen. Wieder fiel mir seine Wirkung, die er auf andere Menschen hatte, auf. Von allen Seiten warf man ihm bewundernde, verstohlene Blicke zu, seine Ausstrahlung war beinahe überirdisch. Alexei neigte sich hinunter und flüsterte Fiona etwas zu. Sie lachte auf und sah dann schnell weg. Die Wangen meiner kleinen Schwester glichen überreifen Tomaten. Plötzlich traf sein feuriger Blick auf mich und ich verschluckte mich beinahe an meinem Wein. Er hielt mich mit seiner engelsgleichen Schönheit gefangen, die Zeit schien still zu stehen.

Plötzlich schob sich etwas Störendes in das Bild. Tom eilte mit großen Schritten auf die Tanzfläche, die Fäuste an den Seiten geballt.

Oh, oh … das war nicht gut. Bevor ich reagieren konnte, packte Tom Alexei grob an der Schulter.

Ich stieß einen Fluch aus, blickte Ines entschuldigend an und eilte zu ihnen. „Nicht schon wieder!“

Alexei wandte sich gemächlich um, als hätte ihn lediglich jemand angetippt, und sah Tom ausdruckslos an. Eines musste man ihm lassen. Er behielt stets seine Manieren und war die Ruhe in Person.

„Lass deine Drecksfinger von ihr!“ Tom stand mit bebenden Schultern vor ihm, die Augen zu kleinen Schlitzen verengt. Das durfte doch nicht wahr sein.

„Tom! Hör sofort auf damit, oder ich schleif dich persönlich hier raus.“ Ich berührte ihn am Arm, doch er schlug ihn weg und bedrohte Alexei weiter.

„Ich weiß genau, was du bist und ich werde nicht zulassen, dass du Fiona oder Leon etwas antust, halte dich von ihnen fern!“ Tom hatte die Fäuste weiterhin geballt, sein Körper bebte vor Anspannung.

„Wovon sprechen Sie?“, fragte Alexei ruhig.

„Ich spreche davon, dass du dir ein anderes Opfer suchen sollst, Blutsauger.“

Alexei hob eine Augenbraue, sein Blick wanderte amüsiert von Tom zu Fiona und dann zu mir.

Mir platzte endgültig der Kragen. „Allmählich gehst du mir gehörig auf die Nerven mit deinem kranken Scheiß, Tom!“

Tom und Alexei begannen einen Wettbewerb, im sich gegenseitig Niederstarren.

„Hört sofort auf! Die Leute schauen schon!“

Fiona blickte verwirrt zwischen uns hin und her. Schließlich wollte sich Alexei wieder umdrehen, aber Tom riss ihn am Arm zurück. „Fass sie ja nicht noch einmal an, du Monster!“

„Tom!“ Ich war entsetzt über Toms Aggressivität und seine Wortwahl. „Du hast kein Recht, so mit ihm zu reden!“

Alexeis Gesichtsausdruck war noch immer unbeeindruckt mit Tendenz zum amüsiert sein, doch seine Körpersprache zeigte, dass auch er mit seiner Geduld am Ende war. Schließlich packte er Tom mit einer Hand am Kragen und hob ihn ein Stück an. Mein Blick hing ungläubig an seinen Füßen, die einige Zentimeter über dem Boden zappelten. Die umstehenden Gäste schauten dem Schauspiel zu und ich schämte mich zu Tode. Ich sah Ines mit fragendem Blick auf uns zukommen.

Im nächsten Augenblick jedoch erstarb plötzlich die Musik und die Leute auf der Tanzfläche und auf den Plätzen applaudierten. Die Aufmerksamkeit der Menge richtete sich auf Vater, der die

Bühne betrat. Gott sei Dank schien er nichts bemerkt zu haben. Alexei stellte Tom wieder auf dem Boden ab.

Tom war zu weit gegangen, das würde ich ihm nicht so schnell vergeben. Ich wandte mich zur Bühne und wartete auf die Rede. Fiona warf mir einen unsicheren Blick zu und hakte sich bei mir unter. Sie war etwas blass um die Nase, ich nickte ihr beruhigend zu und drückte ihre Hand. Alexei stand dicht neben mir, sein Arm berührte meine Schulter und ich wagte nicht, ihn anzublicken. Ich traute mich nicht einmal, ihm mental mitzuteilen, wie sehr ich mich für meinen besten Freund schämte. Tom war in der Menge untergetaucht. Sollte er bleiben, wo der Pfeffer wächst.

Mir war heiß und trotzdem fror ich. Ich versuchte, mich zu konzentrieren und lauschte Vater, der das Projekt vorstellte, dem die Einnahmen dieser Veranstaltung zugute kommen sollten. Er setzte sich seit Jahren für Straßenkinder in Berlin ein. Jedes Jahr fand diese Veranstaltung statt, zu der zahlreich Geschäftsleute und Freunde geladen waren.

„... besonders möchte ich meiner Familie danken, die mich in allem unterstützt und immer da ist, wenn ich sie brauche."

Applaus. Mir war das unangenehm, als sich die Leute nach uns umdrehten und wohlwollend nickten. Ich spürte Alexeis Präsenz mit jeder Faser meines Daseins und wünschte mir plötzlich, mit ihm an einem andern Ort zu sein. Nur er und ich … mein Herz raste. Die Musik setzte ein und die Paare auf der Tanzfläche begannen wieder zu tanzen. Vater bahnte sich einen Weg durch die Menge, Fiona umarmte ihn und küsste ihn auf die Wange.

„Tolle Rede, Papa, wirklich. Ich bin sehr stolz auf dich."

„Ich danke dir, Schatz." Vater war sichtlich erleichtert und entspannte sich.

Alexei und ich gratulierten ebenfalls.

Nachdem Vater und Fiona fort waren, um etwas zu trinken zu besorgen, fasste ich mir ein Herz und wandte mich an Alexei. „Es ist unentschuldbar, wie Tom sich dir gegenüber benommen hat. Ich weiß gar nicht, was ich sagen soll, ich …"

Es ist nicht deine Schuld, Leon.

Trotzdem. Er hätte nicht so mit dir umspringen dürfen.

Alexei lächelte, ich fühlte leichten Schwindel in mir aufsteigen.

Ich atmete tief durch und schüttelte den Kopf.

„Soll ich dir etwas zu trinken bringen? Du siehst aus, als könntest du etwas gebrauchen." Alexei berührte meinen Arm. Die Berührung sandte Stromwellen durch meinen Körper und ließ meinen Adrenalinspiegel ansteigen.

„Etwas zu trinken wäre gut", nickte ich. „Irgendetwas Starkes."

„Ich kümmere mich darum." Alexei tauchte ein, in die dicht aneinander gedrängten Menschen und ließ mich irgendwie völlig aufgewühlt zurück. Meine Augen folgten ihm, aber schnell hatte die Masse ihn verschluckt. Ein Blick zur überfüllten Bar sagte mir, dass er nicht so schnell zurückkehren würde. Eine Menschentraube hatte sich davor gedrängt, es schien, als stünde die halbe Stadt davor. Ich wandte mich um – und keuchte überrascht auf. Alexei stand vor mir, zwei Gläser Whisky in der Hand. Er reichte mir eines davon und prostete mir zu. Bei Alexei wunderte mich mittlerweile nichts mehr und so sparte ich mir Fragen. Ich trank mein Glas in einem Zug aus und fixierte ihn.

„Ich muss hier raus. Hast du Lust, mich in einen Club zu begleiten?", hörte ich mich wie in Trance sagen.

Kapitel 8

Einige Minuten später saßen wir in Alexeis Wagen, ich riss mir die Fliege vom Kragen und öffnete die oberen zwei Knöpfe meines Hemdes. Alexei warf mir einen kurzen Blick von der Seite her zu und grinste. Grundgütiger – seine Blicke und sein Lächeln riefen bei mir jedes Mal eine halbe Herzattacke hervor.

„Gute Idee." Mit einer einzigen Bewegung löste er ebenfalls dieses lästige Ding und warf es hinter sich auf die Rückbank. Meine Fliege gesellte sich in hohem Bogen hinzu und wir lachten auf. Ich fühlte mich völlig unbeschwert, so befreit und so … so scheißnervös und wusste nicht, warum. Alexei drehte das Radio auf, seine Finger tippten auf dem Lenkrad den Takt von Aerosmith's „Crazy" mit. Ich konnte meinen Blick nicht von seinen schlanken, weißen Händen abwenden. Wie es wohl wäre, von ihnen berührt zu werden? Gestreichelt zu werden … überall?

Der Duft seines Parfüms erfüllte das Wageninnere, Scheiße, war mir plötzlich warm. Ich rutschte auf meinem Sitz hin und her und zwang mich, ruhig zu atmen. Warum sehnte ich mir solche Dinge herbei? Alexei war so anders. So … wunderschön und verdammt heiß. Warum löste erst er solche Gefühle in mir aus? Ich hatte mich vorher noch nie zu Männern hingezogen gefühlt.

Im „Underground" war, wie jeden Samstagabend, die Hölle los. Unter den dunklen Gewölben drängten sich verschwitzte, betrunkene und sich amüsierende Menschen aneinander vorbei, laute Technomusik ließ die Luft vibrieren. Wieder bemerkte ich die Blicke, die sie Alexei zuwarfen und keine zwei Minuten später hatte ihn eine junge Frau auf die Tanzfläche gezogen.

Selbstbewusst tanzte sie mit Alexei und rieb ihren Körper ungeniert an seinem. Sie schien völlig gefesselt von ihm und er genoss es offensichtlich. Jeder im Raum spürte seine Aura. Die verschiedenen Farben der Lichtmaschinen ließen sein langes Haar in sämtlichen Facetten schimmern. Alexei legte seine Arme um die Hüften der Frau und zog sie daran an seine breite Brust. Er flüsterte ihr etwas ins Ohr, worauf sie den Kopf zurückwarf und auflachte. Ich merkte, wie etwas in meinem Innersten in Aufruhr geriet. Mein Atem beschleunigte sich und eine unsichtbare Hand drückte mir die Kehle zu. Ich kippte mein Whisky-Cola in einem Zug hinunter und genoss das warme Gefühl, das sich in mir ausbreitete. Plötzlich ertappte ich mich selbst bei dem Gedanken, wie es wäre, wenn Alexei mit mir so tanzen würde. Wenn er mich so halten würde. Erschrocken stellte ich fest, wie enttäuscht ich bei der Vorstellung war, dass er vielleicht doch nicht auf Männer stand. In dem Moment traf mich sein Blick und hielt mich gefangen. Seine Augen bohrten sich tief in meine, die Zeit blieb stehen. Die Musik erstarb und ich nahm nichts und niemanden sonst mehr wahr. Mein Blut kochte und mein Herz raste. Ich musste hier raus. Wahrscheinlich war das letzte Glas Whisky-Cola eines zu viel gewesen. Endlich schaffte ich es, meinen Blick loszureißen und flüchtete in Richtung Ausgang.

Die kleine Gasse hinterm „Underground" war wie leergefegt. Ich lehnte mich gegen die Hauswand, schloss die Augen und atmete tief durch. Meine Brust fühlte sich eng an und schmerzte. Was war nur los mit mir? Ich wusste nicht, was das für Gefühle waren, die ich für Alexei empfand, doch mir war klar, dass ich nie zuvor solch intensive Leidenschaft und Erregung verspürt hatte.

Alexeis Schönheit und seine angenehme Art riefen in mir ein Prickeln hervor, das von meinem Scheitel aus wie ein heißer Lavastrom durch meinen Körper bis in meine Fußspitzen strömte. Ich spürte eindeutig sexuelle Erregung und hatte eine Scheißangst vor diesen Empfindungen. Gegen meinen Willen wünschte ich, er wäre mir gefolgt und stünde jetzt hier. In diesem Moment spürte ich einen Luftzug an meiner Wange und öffnete die Augen. Beinahe hätte ich aufgeschrieen, als er so plötzlich vor mir stand. Ein Fluch löste sich aus meiner Kehle, er lachte leise. Gott, wie ich dieses Lachen liebte. Er trat ganz nah an mich heran und legte die Handflächen seitlich neben meinen Kopf an die Mauer. Ich hätte ihn fortstoßen sollen, doch meine Arme gehorchten mir nicht. Obwohl es dunkel war, schien seine blasse Haut von innen heraus zu leuchten. Ich konnte nur in sein göttlich schönes Gesicht starren … in seine tiefgrünen Augen und auf die perfekt geformten Lippen. Sein breiter Brustkorb und die muskulösen Arme hielten mich zwischen ihm und der kalten Mauer gefangen.

Du hast mich gerufen, Leon?

„Nein, verdammt! Du, du … sollst nicht meine Gedanken lesen“, presste ich mühsam hervor, meine Schultern bebten.

Er grinste überlegen. Sein Blick wanderte zwischen meinem Mund und meinen Augen, der enge Raum zwischen uns schien zu brennen. Alexei nahm eine Hand von der Mauer und berührte mit den Fingerspitzen sachte meine Wange. Ich unterdrückte ein Stöhnen.

Den ganzen Abend wünsche ich mir schon, alleine mit dir zu sein. Du machst mich wahnsinnig, Leon.

„Ich … ich …“ Meine Fingernägel gruben sich in den Backstein hinter mir und mein Körper versteifte sich. Was machte ich hier nur? Plötzlich war mir egal, ob uns jemand beobachtete, es war mir alles egal. Hauptsache, er würde nicht aufhören, mich zu berühren. Das Verlangen siegte über meinen Verstand, ich nahm die Hände von der Mauer und legte sie flach auf seine Brust. Sie fühlte sich genauso an, wie der kalte, harte Backstein. Alexeis verlangender Blick ließ mich sehnsuchtsvoll aufseufzen. Und dann, endlich neigte er sich vor und küsste meine Halsbeuge. Seine Lippen an dieser empfindsamen Stelle lösten ein Prickeln aus, das mich mehr erregte, als alles andere je zuvor. Ein Schauer nach dem anderen durchfuhr mich, nach Halt suchend griff ich in den Stoff seines Hemdes und stöhnte leise auf.

„Du zitterst ja“, wisperte Alexei, während er die Rechte an meinen Rücken legte und mich sanft an sich zog. Die andere Hand griff in mein Haar, während sich seine Lippen öffneten und er mit der Zungenspitze über die Stelle hinter meinem Ohr leckte. Meine Beine drohten, mir den Dienst zu versagen, doch er hielt mich in seiner festen Umarmung.

Ein äußerst erotisches Knurren entrang sich seiner Kehle. Mein Atem beschleunigte sich, meine Lenden brannten wie Feuer und ich wurde hart wie Granit.

Plötzlich näherten sich schnelle Schritte. Zuerst hatte ich sie kaum wahrgenommen, erst als ich Toms Stimme vernahm, erwachte ich aus meiner Trance.

„Ich habe gesagt, du sollst deine dreckigen Klauen von ihm lassen, oder ich bring dich um, du Monster!“

Tom kam wie ein Irrer angerannt, schon wieder ging er auf Alexei los. Bei dem Anblick fiel meine Erektion schneller zusammen, als ich bis drei zählen konnte.

Noch völlig benommen hob ich die Hand, wollte ihn beruhigen. „Hör auf Tom. Er hat nichts ...“

„Sag mal spinnst du? Er wollte dich gerade beißen! Was ist los mit dir, Leon? Hat er dich schon eingelullt? Er ist einer von denen und ich werde es dir beweisen!“

Ich war völlig perplex und noch in den Nachwirkungen von Alexeis Berührungen gefangen. Jeder andere hätte so etwas gesagt wie: “Was machst du da? Bist du jetzt ne Schwuchtel oder was?“ Aber nein, Tom doch nicht. Seine einzige Sorge war, dass der böse Vampir mir das Blut aussaugte.

Alexei sagte nichts. Er packte Tom vorne am Hemd und machte eine schnelle Handbewegung, die ihn nicht mehr Energie zu kosten schien, als ein Glas zu heben. Tom zappelte schon wieder in der Luft, dann wurde in hohem Bogen zurückgeschleudert. Mit einem Aufschrei landete er einige Meter entfernt auf dem Rücken und kauerte wimmernd auf dem Boden.

In diesem Moment kam ich endlich zu mir. „Scheiße! Tom!“ Ich warf Alexei einen entsetzten Blick zu, eilte zu meinem besten Freund und kniete neben ihm nieder. Alexei rührte sich nicht von der Stelle. Er hatte sich lediglich verteidigt, aber er hätte nicht so heftig reagieren dürfen.

Ich sah zu Alexei auf. Er starrte mich an, seine Augen wirkten leer und emotionslos.

„Tom mag im Moment ein wenig durch den Wind sein, aber du hättest ihn nicht verletzen müssen“, warf ich ihm vor. Ich mochte nicht darüber nachdenken, wie er das gemacht hatte.

Tom kam langsam zu sich und versuchte, sich aufzurichten. Ich stütze ihn.

Endlich reagierte Alexei. „Leon ...“ Er kam einen Schritt auf uns zu.

„Nein!“ Ich schüttelte den Kopf. „Geh einfach ... geh! Ich will dich jetzt nicht mehr sehen!“

Ich war so verwirrt, in meinem Kopf spulten sich so viele verschiedene Bilder und Emotionen zugleich ab und ich wollte nur noch meine Ruhe haben, um über alles nachzudenken.

Alexei wandte sich um und ging ohne ein weiteres Wort. Tom sah ihm triumphierend hinterher und ich schalt mich einen riesigen Trottel.

Alexei wegzuschicken war einfach bescheuert. Mit welcher Kraft er Tom angegriffen hatte, war nicht mehr normal gewesen. Andererseits war Tom wirklich zu weit gegangen.

„Kannst du aufstehen?“ Ich machte mir Sorgen, zugleich war ich unheimlich wütend auf ihn. Er hatte das alles angefangen, wegen seiner Spinnereien.

„Geht schon.“ Tom hielt sich den Hinterkopf und richtete sich auf. „Hast du gesehen, was der für Kräfte hat? Glaubst du mir jetzt endlich?“

„Hör auf damit! Warum bist du überhaupt hier?“ Ich stützte ihn. „Hör endlich auf mit deinen verdammten Vampirgeschichten! Ich weiß nicht, was du für ein Problem mit ihm hast. Es war falsch von ihm, dich zu“ … ich suchte nach dem richtigen Wort … „ähm – *werfen*, aber du bist auch selbst dran schuld. Warum lässt du ihn nicht in Ruhe?“

„Ich bin euch gefolgt. Glaub mir doch, er ist ein ...“

„Nein Tom, bitte. Keine Vampire mehr. Du hast kein Recht über Menschen zu urteilen, die du nicht kennst. Meinetwegen sieh in jedem zweiten deiner Patienten einen Vampir, aber mich lass in Zukunft in Ruhe mit deinem Scheiß, wenn du unsere Freundschaft nicht aufs Spiel setzen willst.“

Tom seufzte auf und nickte. Ich ließ mich auf keine Diskussion mehr mit ihm ein. Er fuhr mich nach Hause und versprach, sich zusammenzunehmen.

Die nächsten Tage fühlte ich mich wie in Trance. Meine Albträume verschlimmerten sich von Nacht zu Nacht, jedes Mal kamen noch mehr Bilder hinzu, die mich mehr und mehr verunsicherten und verwirrten. Der schwarzhaarige Mann verfolgte mich in einem düsteren Korridor, ich verspürte Todesangst. Blut haftete an seinen Lippen, hinter denen lange Fänge aufblitzten. Sein Gesicht war zu einer zornigen Fratze verzogen. Auch Serban Grigorescu kam in den Träumen vor, doch er stand immer nur ruhig da, sah mich an und schüttelte vorwurfsvoll den Kopf. Einmal sah ich Alexei mit dem Fremden kämpfen, dabei besaßen beide überirdische Kräfte, wirbelten durch die Luft oder krachten hart gegen Mauern. Alle besaßen sie diese grausigen Fangzähne und das war nur Toms Schuld.

Wenn ich an Alexei dachte, verspürte ich Unbehagen, starke Zuneigung und brennendes Verlangen gleichermaßen. Seine übermäßige Kraft erschreckte und erregte mich zugleich. Wenn ich an den Abend vor dem „Underground" dachte, fing mein gesamter Körper zu kribbeln an, ich glaubte seine Hände und Lippen noch auf meiner Haut zu spüren und wurde schon allein von dieser Erinnerung hart. Ich verfluchte mich dafür, wollte diese Empfindungen verbannen, sie ignorieren, doch es half nichts. Sie verschwanden nicht, im Gegenteil … sie wurden von Tag zu Tag stärker, je mehr ich versuchte, sie zu verdrängen.

Manchmal hatte ich das Gefühl, Alexeis Nähe zu spüren. Jeden Tag wuchs das Gefühl, ihm Unrecht getan zu haben. Obwohl ich noch immer wütend auf ihn war, vermisste ich ihn von Tag zu Tag mehr.

Alexei hatte Leon seit dem Abend in der Diskothek nicht mehr gesprochen, doch er war immer in seiner Nähe, um ihn zu beschützen. Morgens, wenn Leon zur Arbeit fuhr, war Alexei bereits da. Auch abends saß er in seinem Wagen, hinter verdunkelten Scheiben, und wartete, bis Leon nach Hause kam. Zweimal hatte Alexei beobachtet, wie sich Leon mit Tom zum Essen traf und verging beinahe vor Sehnsucht. Sie schienen sehr vertraut und lachten miteinander. Jedes Wort, das sie wechselten, jeder Augenaufschlag, den Leon seinem besten Freund widmete traf Alexei wie ein Dolch mitten ins Herz. Er wusste, dass zwischen den beiden nur Freundschaft bestand, doch die Aufmerksamkeit, die Leon Tom schenkte, schmerzte sehr. Warum zum Teufel musste von all den sterblichen Wesen ausgerechnet dieser Tom sein Freund sein? Die Welt der Sterblichen war verdammt klein. Hätte sich Alexei damals nicht in

Razvans blutrünstige Jagd eingemischt … warum musste er auch immer den Retter der Menschheit spielen? Vampire töteten ihre Opfer manchmal, das würde er nie verhindern können. Und er hatte seine Rasse auch noch in Gefahr gebracht, als Tom mit seinem Wissen geflüchtet war.

Alexei seufzte schwer auf und schüttelte den Kopf, um seine Gedanken zu ordnen.

Zum Glück waren die letzten Tage düster und verregnet gewesen, sonst hätten es seine Augen und seine Haut nicht durchgestanden. Die Sehnsucht und Begierde nach Leon wurden von Tag zu Tag stärker, es war kaum mehr zu ertragen. Alexei musste mit ihm sprechen, seine Stimme hören, die zarte, duftende Haut berühren. Und noch etwas beschäftigte ihn sehr: Leons Ring.

Es war unglaublich gewesen, den Schmuck nach all der Zeit seiner quälenden Träume plötzlich in der Realität und ausgerechnet an Leons Finger zu sehen. Alexei musste ihn fragen, was der Buchstabe „W" bedeutete.

Unmittelbar nach ihrer Auseinandersetzung wegen Tom war Alexei zu seinem Vater gegangen und hatte wie schon so oft nach der Bedeutung seiner Träume und des Ringes gefragt. Natürlich hatte er nicht erzählt, dass der Ring tatsächlich existierte. Alexei war sicher, dass das Schmuckstück etwas mit der Vergangenheit und vor allem mit seiner Mutter zu tun hatte, die er nie kennen lernen durfte. Er fragte sich, was und weshalb ihm sein Vater etwas verschwieg. Serban war, wie jedes Mal, unfassbar wütend geworden.

„Wie oft habe ich dir schon gesagt, dass unsereiner Dinge hört oder sieht, die man nicht mit Worten erklären kann, Alexei! Du bist ein Vampir, ein Geschöpf der Nacht und solltest erhaben sein über derlei Visionen. Es sind vermutlich Fetzen aus der Vergangenheit derer, die du ihres Blutes beraubt hast. Was du siehst hat nichts mit uns oder deiner Mutter zu tun, sie besaß nie ein solches Schmuckstück."

Auch die Frage, wie sie ums Leben kam, beantwortete er immer nur mit Zurückhaltung.

„Deine Mutter ist bei einem Feuer ums Leben gekommen, als du noch sehr jung warst. Mehr kann und will ich dir nicht sagen, die Erinnerung schmerzt immer noch zu sehr. Sie hat dich geliebt, unseren einzigen Sohn. Ich bitte dich, quäle mich nicht so."

Es war zwecklos. Die Ungewissheit verursachte Alexei Kopfzerbrechen und er war verwirrter als je zuvor.

Leon parkte seinen Wagen auf der gegenüberliegenden Straßenseite seiner Wohnung. Alexei stellte den Motor ab und wartete. Die Dämmerung hatte eingesetzt und es regnete in Strömen. Leon stieg aus und benutzte seine Aktentasche als Regenschutz, indem er sie sich über den Kopf hielt. Alexeis Kehle wurde eng und das Gefühl der Sehnsucht wurde unerträglich. Leon war so wunderschön und begehrenswert. Alexei hatte sein unsterbliches Herz an diesen Menschen verloren, Leon war der Schlüssel zu seinem Geheimnis und zur Enträtselung seiner nächtlichen Visionen und Albträume. Er war sein Schicksal, dessen war sich Alexei sicher. Mit all seinen übermenschlichen Sinnen und mit jeder Faser seines Körpers spürte er, dass sie zusammengehörten. Leon schlug die Tür seines Wagens zu und eilte los. Er wirkte zerstreut und achtete kaum auf den Verkehr.

Es regnete bereits den ganzen Tag, was meinen Gemütszustand nicht gerade verbesserte. Ich hatte Alexei seit sechs Tagen nicht mehr gesehen und konnte an nichts anderes denken. Ständig tauchte sein Gesicht in meinen Gedanken auf, ich glaubte, seine Stimme zu hören. Meine Visionen und Albträume machten mich krank, ich fand kaum Schlaf und litt jeden Tag unter Kopfschmerzen. Der Regen war so heftig, dass ich kaum etwas erkennen konnte und bereits bis auf die Haut durchnässt war.

Ich wollte so schnell wie möglich nach Hause, blickte mich kurz um und eilte über die Straße. Plötzlich durchströmte mich ein warmes, kribbelndes Gefühl … Alexei … er war hier! Mein Herz raste, ich blieb abrupt stehen und sah mich um. Ich konnte im dichten Regen nichts erkennen, doch ich spürte seine Anwesenheit. Und dann hörte ich seine Stimme in meinem Kopf, er rief nach mir.

Leon!

Im nächsten Moment war das Quietschen von Reifen zu hören und ich starrte wie gelähmt auf zwei Scheinwerfer, die plötzlich aus der Regenwand auf mich zurasten. Ich wollte zurückweichen, doch meine Füße klebten auf dem Asphalt. Ich hatte schon mit dem Leben abgeschlossen, da tauchte aus dem Nichts ein Schatten auf, verhüllte mich in eine schützende Umarmung und zog mich von der Straße herunter.

Wir stürzten auf den nassen Gehsteig, doch ich landete weich und geborgen. Ich wusste sofort, dass es Alexei war, in dessen Armen ich mich befand und wandte mich zu meinem Retter um.

Alexei musterte mich schockiert und erleichtert zugleich. Seine Brust hob und senkte sich mit schweren Atemzügen, er war durchnässt und sein langes Haar fiel ihm in tropfenden Strähnen ins Gesicht. Trotz der Dunkelheit leuchteten seine grünen Augen wie die einer Katze. Ich zitterte am ganzen Leib. Den Regen, der unaufhaltsam auf uns niederprasselte, spürte ich nicht mehr. Ich sah nur noch ihn. Er strich über mein nasses Haar, seine Hand verharrte an meiner Wange.

Was machst du denn, Leon? Du hattest Glück, dass ich gerade zufällig in der Gegend war.

Alexei stand auf und zog mich auf die Beine. Ich griff nach seinen Oberarmen und umklammerte sie. Der Wunsch, mich an seinen starken Körper zu schmiegen, war kaum noch zu bändigen.

Wer bist du wirklich, Alexei? Und was willst du von mir? Mein Blick wanderte zwischen seinen Lippen und den Tiefen seiner schönen Augen, ich versank darin. Alexei war mir fremd und doch so vertraut.

„Ich will dich. Du bist mein Schicksal und ich bin Deines", antwortete er mit seiner tiefen Stimme, die mich erschauern ließ. Er zog mich an seine harte Brust. Ich spürte seinen schnellen Herzschlag, dort wo sich unsere Oberkörper berührten. „Und ich vergehe vor Sehnsucht nach dir. Jeden Tag mehr. Die letzten Tage waren für mich die Hölle auf Erden. Ich träumte davon, dich zu berühren … und zu küssen."

Auch wenn es sich wahnsinnig schnulzig anhörte, war es das Aufregendste und Betörendste, das man mir jemals gesagt hatte. Noch bevor ich etwas erwidern konnte, umfasste er mein Gesicht und flüsterte meinen Namen.

Um uns herum schien sich die ganze Welt zu drehen, doch in seinen Armen stand ich sicher auf dem Boden. Ich starrte wie gebannt auf seine Lippen.

„Aber …aber Alexei“, stotterte ich. „Ich … bin ein Mann.“

Ein amüsiertes Zucken umspielte seine Mundwinkel. „Das ist mir nicht entgangen“, antwortete er. „Spielt das irgendeine Rolle?“

Ich hatte keine Antwort darauf, der Kerl machte mich sprachlos. Nein, es spielte in diesem verzauberten Moment wirklich keine Rolle mehr, und ich sehnte mich nach seinen Berührungen – nach einem Kuss.

Endlich legte er seine Lippen auf die meinen und ich war froh, dass er mich so festhielt. Er küsste mich zuerst vorsichtig und zurückhaltend und entfachte damit ein Feuer, tief in mir. Seine Lippen waren kühl und unglaublich samtig. Nie hätte ich gedacht, dass es sich so *richtig* anfühlen könnte. Als sich meine Arme wie von selbst um seinen Nacken schlangen, wurde sein Kuss intensiver, ich spürte seine Zunge und ließ ihn gewähren. Gott, war das heiß. Sein Kuss war so anders als der einer Frau, um so viel fordernder und sinnlicher. Alexei stürmte meinen Mund mit solch einer dynamischen Leidenschaft, dass ich ein Stöhnen nicht zurückhalten konnte. Meine Hose wurde mir schon wieder zu eng, mein Blut kochte in meinen Adern und mein Herz drohte mir aus der Brust zu springen.

Alexei löste den Kuss und bedachte mich mit einem Blick, der mir eisige Schauer und lodernde Hitze zugleich bescherte. Ich versank im tiefen grünen Ozean seiner Augen und wünschte mir noch mehr solcher atemberaubender Küsse.

Doch aus heiterem Himmel überfiel mich plötzlich erneut eine Vision. Welch perfekter Zeitpunkt. Undeutliche, wirre Bilderfetzen rasten in blitzartiger Geschwindigkeit an mir vorbei. Wieder der schwarzhaarige Mann und die Frau. Blut. Angst. Ein dunkler Flur. Plötzlich waren da Alexei und ich auf einer Treppe, er wirkte mächtig und bedrohlich.

Sieh mich an, Leon.

Mit einem Mal spürte ich die Panik so intensiv, sie war zum Greifen nahe. Nach Atem ringend stieß ich Alexei von mir und blickte ihn mit großen Augen an. Alexei entgegnete mir mit einer Mischung aus Überraschung und Besorgnis.

„Leon, was ist los? Falls ich etwas Falsches gesagt oder getan habe, dann tut es mir leid."

Mein Gesicht brannte wie Feuer, mein Puls konnte sich nicht beruhigen. Ich kam mir vor, wie ein Vollidiot.

„Nein es ist nur ..." Die Vision verwirrte mich und machte mir Angst, denn ich begriff, dass sie auf jeden Fall etwas mit ihm zu tun hatte.

Er sah betroffen aus. „Ich wollte dich nicht bedrängen."

Ich schüttelte den Kopf. „Bitte, Alexei ... ich kann mit solchen Gefühlen einem Mann gegenüber nicht umgehen. Ich bin nicht … schwul. Außerdem … du … bist mir unheimlich."

„Unheimlich?" Er sah mich entgeistert an. Gleichzeitig war wieder eine Stimme in meinem Kopf.

Wir müssen ihn beiseite schaffen, ehe er unser Geheimnis preisgibt!

Ich keuchte auf. Was, wenn Tom die Wahrheit gesagt hatte? Das war so absurd und doch passte alles zusammen. Unsinn. Wie konnte ich nur an solchen Irrsinn glauben? Es war alles so seltsam und verwirrend. Meine Gedanken drehten sich wie ein Karussell, mir wurde schwindelig. Alexei kam näher und wollte mich in seine Arme ziehen.

„Nein … nicht!" Ich wollte mich losreißen, doch er hielt mich fest und zwang mich, ihn anzusehen.

„Leon! Sag mir doch, was los ist!"

„Lass mich in Ruhe!"

Ich stieß ihn erneut fort und suchte hektisch nach meiner Tasche. Alexei musste mich für völlig übergeschnappt halten und das mit Recht. Wir hatten uns gerade geküsst und ich behandelte ihn nun so unfair, ohne richtige Erklärung. Alexeis Blick spiegelte eine ähnliche Reaktion.

„Bitte, sprich mit mir. Wovor hast du solche Angst? Lass es mich doch verstehen."

Ich hob meine Tasche auf und funkelte ihn wütend an. „Ach, hör doch auf mit deinem Psychoscheiß!"

Er hob die Augenbrauen und sah ratlos aus.

Ich schloss kurz die Augen, atmete tief ein und schüttelte den

Kopf. „Ich sehe und höre Dinge, die ich dir nicht erklären kann. Nicht jetzt. Und meine Gefühle dir gegenüber machen mir Angst. Für dich scheint das alles normal, aber ich war bis vor Kurzem noch überzeugt davon, hetero zu sein. Bitte lass mir ein wenig Zeit." Ich wandte mich ab, flüchtete durch den Regen zur Haustür und in meine Wohnung hinauf, ohne mich noch einmal umzusehen. Mein Verstand war wie blockiert. Ich schlug die Tür hinter mir zu und lehnte mich dagegen. Meine Sinne waren wie betäubt, in meinen Ohren rauschte das Blut im Takt meines wild klopfenden Herzens. Noch immer brannte das Feuer von Alexeis Kuss auf meinen Lippen. Was hatte mich nur dazu getrieben, davonzurennen? Vielleicht lag es ja an meinen Fähigkeiten und ich empfing irgendetwas, das ihm einmal zugestoßen war? Das hatte ich noch gar nicht bedacht, ich war viel zu sehr mit mir selbst und der Angst vor meiner Bisexualität beschäftigt. Und dann war da noch Tom, mit seinem kranken Scheiß.

„Was soll ich nur tun?" Ich starrte an mir hinunter. Mein Anzug und mein Hemd waren durchnässt und ich zitterte, was jedoch nicht an der Kälte lag. Ich hatte mich noch nicht mal bei Alexei bedankt, dass er mein Leben gerettet hatte. Was war ich nur für ein Feigling und Idiot! Ich machte mich auf den Weg ins Bad, zog meine Klamotten aus und nahm eine heiße Dusche. Als ich mich einigermaßen gefangen hatte, schlüpfte ich in eine Jeans und ein Shirt, schnappte meine Autoschlüssel und verließ meine Wohnung. Wenn ich nicht wollte, dass mich Alexei für verrückt hielt, war ich ihm endlich eine Erklärung schuldig.

Kapitel 9

Ich pochte mit dem Türklopfer gegen das dunkle Holz. Es dauerte nicht lange, da öffnete der eigenartige Diener vom letzen Mal die Tür und blickte mich an, als hätte er mich noch nie zuvor gesehen.

„Sie wünschen?“ Er hob eine Augenbraue und musterte mich von Kopf bis Fuß.

„Ich möchte zu Alexei Grigorescu.“

Der alte Mann schüttelte den Kopf und zupfte ein paar Fussel von seiner Weste. „Tut mir leid, aber Herr Grigorescu möchte nicht gestört werden. Erst recht nicht von Wildfremden.“ Er machte Anstalten, mir die Tür vor der Nase zu schließen. Ich legte eine Hand gegen das schwere Holz.

„Erstens bin ich kein Fremder, ich war schon einmal hier, falls sie sich erinnern und zweitens bin ich mit ihm verabredet“, log ich und zeigte mich aufgebracht über sein Verhalten. Der Mann setzte eine beleidigte Miene auf.

„Ich kann mich an jeden Gast erinnern, aber ich bin mir sicher, dass Sie niemals hier waren.“ Er schüttelte pikiert den Kopf.

Was war mit diesem Kerl los? „Jetzt hören Sie mal, Sie Kauz. Ich war vor ein paar Tagen schon mal hier und Sie selbst haben mich zu Herrn Grigorescu Senior geführt.“

Als er mich daraufhin noch immer nicht hineinlassen wollte, ging mein Temperament mit mir durch. Ich vergaß meine Nervosität für eine Sekunde, drängte mich mit Gewalt an ihm vorbei und lief zielstrebig in die Empfangshalle.

„Sie werden mich augenblicklich zu Herrn Grigorescu führen, ich bin ein Freund und werde ihm Ihr unmögliches Verhalten mitteilen!“

Ich eilte auf die Treppe zu. Bei deren Anblick überfiel mich erneut eine Vision und ich blieb wie vom Donner gerührt stehen. Ich sah den fremden schwarzhaarigen Mann und Alexei auf den Stufen miteinander kämpfen. Wie durch Watte hindurch hörte ich die Stimme des Dieners.

„Bleiben Sie stehen! Schon gut, schon gut, ich werde Sie zu Herrn Grigorescu führen, machen Sie nicht so einen Lärm!“

Der Mann blickte sich nervös um, mir fiel erneut auf, wie blass er war. Er zog ein Taschentuch aus seiner Westentasche und wischte sich Schweiß von der Stirn. Kopfschüttelnd schritt er vor mir die Stufen hinauf.

Mit jedem Schritt, den ich machte, überkam mich mehr und mehr das beklemmende Gefühl, dass gleich etwas Schreckliches geschehen würde. Das Gefühl verstärkte sich, als wir einen schäbig beleuchteten Korridor entlang gingen. Gott sei Dank blieben wir schon bald an einer Tür stehen. Der Mann klopfte an.

„Ich sagte, ich will nicht gestört werden, verdammt!"

Ich zuckte zusammen. Alexeis sonst so sanfte Stimme klang sogar durch die geschlossene Tür grollend und bedrohlich. Der Diener schien nun noch nervöser, fast ängstlich. Wieder zog er das Taschentuch aus seiner Westentasche und wischte sich die feuchte Stirn ab.

„Gewiss, Verzeihung Herr Grigorescu, aber ich habe einen jungen Mann hier, der Sie sprechen möchte, er lässt sich nicht ... "

Weiter kam er nicht. Die Tür wurde mit einer solchen Wucht aufgerissen, dass sowohl ich, als auch der Diener erschrocken zurückwichen. Ich starrte auf einen muskulösen, nackten Oberkörper, dessen Blässe wie das Mondlicht schimmerte. Alexei trug bis auf ein Handtuch um die Hüften nichts. Heilige Scheiße! Der Mann war ein Gott – Adonis konnte einpacken und nach Hause gehen.

„Leon?" Alexei war überrascht, spähte auf beide Seiten des Flurs hinaus. „Was tust du hier?" Seine Stimme klang ruhig, doch in seinen Augen konnte ich seine Aufgewühltheit lesen. Ich war zu keiner Antwort fähig und schüttelte nur den Kopf.

Mit einer Handbewegung bedeutete Alexei dem Diener, er könne gehen, worauf sich dieser mit einer hastigen Verbeugung zurückzog.

Alexei griff nach meinem Arm, zog mich ins Zimmer und schloss eilig die Tür. Dann ließ er mich los und wich einen Schritt zurück. Er band sich das Handtuch fester um die Hüften, meine Augen folgten einem Wassertropfen, der eine feuchte Straße auf seiner nackten Brust hinterließ und in seinem Bauchnabel verschwand. Mit jeder Bewegung die er machte, spannten sich die Muskeln unter seiner blassen, makellosen Haut. Verstohlen starrte ich auf die Ausbuchtung in seinem Schritt. In meinen Lenden kribbelte es wie verrückt, Spucke sammelte sich in meinem Mund. Endlich schaffte ich es, den Blick abzuwenden und stattdessen in sein Gesicht zu sehen.

Alexeis grüne Augen hefteten sich an meine. „Bist du irgendjemandem begegnet, außer dem Diener?"

Ich stutzte. Diese Frage hatte ich am wenigsten erwartet. „Nein, warum?"

Er atmete erleichtert aus und strich sich mit beiden Händen das nasse Haar zurück. Es duftete herrlich nach Shampoo. Alexei zuckte mit den Schultern.

„Entschuldige, ich bin etwas durcheinander." Seine Augen nahmen einen seltsamen Glanz an und der Anflug eines Lächelns entstand auf seinen Lippen. „Leon …"

Ich straffte meine Schultern. „Alexei, ich weiß, du wirst denken, ich bin verrückt und vielleicht bin ich das auch, aber ... "

„Schsch ... " Er legte einen Zeigefinger an seine Lippen und streckte eine Hand nach mir aus. *Komm her.*

Ich schluckte, meine Beine wurden schwer. Verlegen blickte ich im Zimmer umher, um Zeit zu schinden. Alexeis Reich war sehr geräumig und hell eingerichtet. In der Mitte des Raumes stand ein großes, gusseisernes Bett mit cremefarbener Seidenbettwäsche. Rechts in der Ecke auf einem gläsernen Schreibtisch befand sich ein Computer und auf der anderen Seite des Zimmers, umgeben von hohen Bücherregalen, stand ein breites, dunkelblaues Sofa.

Ich hatte Angst, aber ich konnte mich auch nicht länger verstellen. Ja, wir waren beide Männer, aber die Begierde und die Sehnsucht nach ihm waren mittlerweile so stark, dass ich es kaum mehr aushielt. Ich zögerte noch einen winzigen Moment, doch dann war ich mit zwei Schritten bei ihm und griff nach seiner dargebotenen Hand. Er zog mich an seine nackte Brust und strich sanft über meinen Rücken. Seine langen, feuchten Strähnen kitzelten meine Wange. Mein Gesicht lag an seiner Halsbeuge, seine Haut war noch zarter als ich gedacht hatte und roch nach Seife. Wieder fiel mir auf, wie kühl sie war. Das Gefühl seiner starken Arme, war so ganz anders als bei einer Frau. Ich fühlte mich so geborgen. Mein Herz hüpfte wie verrückt.

Ich legte meine zitternden Hände auf seinen nackten Rücken. Seine Muskeln waren angespannt und hart wie Stein. Der Moment war so aufregend und erotisch, dass es mir schwer fiel, zu sprechen.

„Ich kann dir mein Verhalten im Augenblick nicht erklären", krächzte ich schließlich, um mich von seinen Lenden abzulenken, die dicht an meinen lagen. Ich spürte die Hitze, die sein Unterleib ausstrahlte, Verlangen überfiel meinen Körper und meine Sinne.

„Das brauchst du nicht. Du bist hier, nur das allein zählt."

Er küsste mein Haar und vergrub seine Nase darin. Dann legte er eine Hand unter mein Kinn und hob es an, damit ich ihn ansah. Ich war wie geblendet von seiner Schönheit.

„Versprich mir nur, dass du nicht wieder wegläufst. Ich habe dich vermisst", wisperte er dicht an meinen Lippen. Der sanfte Hauch seines Atems war so erregend, dass mir schwindelig wurde. Ich brachte nur ein Nicken zustande.

Er verschloss meine Lippen mit seinen, ich strich schüchtern seinen Rücken hinauf und seufzte. Alexeis Zunge tauchte in meinen Mund ein. Er zog mich in eine feste Umarmung und küsste mich fast besinnungslos. Er strahlte Stärke und pure Leidenschaft aus. Ich drängte mich an ihn und stöhnte lusttrunken auf.

Mein Geschlecht regte sich und deutlich konnte ich auch seine Erektion spüren. Das steigerte mein Verlangen, doch zugleich auch meine Furcht. Ein Anflug von Panik schlug wie eine Welle über mir zusammen und ließ mich leicht zusammenzucken.

Er bemerkte es, löste den Kuss und musterte mich atemlos. Ich sah ihm an, dass er um Beherrschung rang.

„Hab keine Angst", flüsterte Alexei. „Ich würde niemals etwas tun, das du nicht willst. Wie habe ich mir diesen Augenblick herbeigesehnt. Dich nur so wie jetzt bei mir zu haben. Ich habe nie zu hoffen gewagt, dass er wahr werden würde." Er strich mir durch das Haar und streichelte mit dem Daumen meine Wange. Die Zeit blieb stehen. „Ich will jede Sekunde mit dir genießen und dich besser kennenlernen, Leon. Und ich möchte, dass du deine Ängste verlierst."

Ich glaube, das war der Augenblick, in dem ich mir endgültig eingestehen musste, dass ich mich in ihn verliebt hatte. Ich griff nach seiner Hand und schmiegte meine Wange hinein.

„Das ist alles so neu für mich. Es macht mir eine Scheißangst, auch wenn es zugleich sehr aufregend und schön ist mit dir", antwortete ich leise.

Er nickte, dann wurde sein Gesichtsausdruck ernst.

„Verstehe. Komm, setzen wir uns. Es gibt da etwas, das ich mit dir besprechen will. Es besteht eine Verbindung zwischen uns und ich meine nicht nur unsere telepathische. Weißt du, was ich meine?"

Ich hatte Mühe, mich auf seine Worte zu konzentrieren. Der Rest von ihm war zu dominant. Alexei hatte für Abstand zwischen uns gesorgt, der fehlende Körperkontakt löste in mir ein fast schmerzhaftes Gefühl von Leere aus.

„Auch ich muss dir einiges sagen. Aber zieh … zieh dir lieber etwas an", sagte ich heiser, „ich weiß sonst nicht, ob ich mich auf unser Gespräch konzentrieren kann."

Alexei lachte, küsste mich noch einmal und deutete auf das Sofa in der Ecke. „Na gut. Setz dich, ich komme sofort wieder."

Ein paar Minuten später saß er in Jeans und Hemd neben mir. Er zögerte, bevor er sprach. „Ich habe dir wegen deines Ringes nicht die ganze Wahrheit erzählt, aber ich möchte, dass du sie erfährst."

Alexei wirkte nach außen hin ruhig, doch ich spürte, dass er aufgewühlt war. Ich hatte es schon an dem Abend bemerkt, an dem er den Ring das erste Mal gesehen hatte.

„Erzähl mir davon", sagte ich.

„Ich berichtete dir, meine Mutter besaß ein solches Schmuckstück. Ich war noch ein Kind, als sie starb. Die Wahrheit ist, dass ich mich an meine Mutter nicht einmal ansatzweise erinnern kann und laut meinem Vater besaß sie auch nie einen solchen Ring. Sie starb bei einem Feuer und ich habe alles mit angesehen. Er sagt, ich hätte einen so großen Schock erlitten, dass ich mich an jenen schrecklichen Tag und alles was davor war nicht mehr erinnern kann. "

Ich legte meine Hand auf sein Bein. „Das ist ja furchtbar. So etwas kommt manchmal vor, man nennt es retrograde Amnesie, aber was genau willst du mir sagen?"

„So lange ich denken kann, sehe ich diesen Ring Nacht für Nacht in meinen Träumen. Es ist genau derselbe wie deiner, mit dem roten Stein und der Gravur." Er sah mich nachdenklich an. „Was bedeutet der Buchstabe „W" eigentlich?"

„Wilhelm", antwortete ich verwirrt. „Das ist der Familienname meines Großvaters." Langsam wurde mir das alles unheimlich. Ich konnte mir nicht vorstellen, dass es zwischen unseren Familien irgendeine Verbindung geben könnte. „Erzähl mir mehr, Alexei."

„Jede Nacht träume ich dieselben Dinge. Ich befinde mich in einem Park. Ein kleiner Junge ist augenscheinlich der Einzige, der mich sehen kann und es scheint, als würde er auf mich aufpassen. Er spielt Fußball, aber immer wieder schaut er sich nach mir um. Plötzlich werde ich gepackt und von einer unsichtbaren Macht fortgerissen. Er will zu mir, doch ich entferne mich immer mehr von ihm." Alexei machte eine Pause, ich spürte seine Aufregung, obwohl er nach außen ruhig blieb. „Der Junge weint und streckt die Hand nach mir aus, aber er kann mich nicht erreichen. Die ganze Umgebung, der Park und der Junge verschwinden in unendlicher Finsternis. Für den Bruchteil einer Sekunde taucht in dieser Schwärze der Ring auf und ich höre ein tiefes Lachen. Und dann werde ich wach." Während Alexei erzählt hatte, waren seine Fingerspitzen immer wieder über meinen Ring geglitten, seine Augen konnten nicht davon lassen.

Ich erschauerte. Alexeis Traum erinnerte mich an die Geschichte von Ines' Vater Albert, dessen kleiner Bruder eines Tages spurlos verschwunden war. Das war nun bereits über achtzig Jahre her, aber er hatte es nie verwunden. Er redete oft wirres Zeug und war heute noch überzeugt, sein kleiner Bruder käme irgendwann zurück. Albert musste damals mit zwei Verlusten innerhalb kürzester Zeit fertig werden. Sein Vater war im Alter von nur siebenundzwanzig Jahren bei einem Unfall ums Leben gekommen, drei Jahre später verschwand sein Bruder für immer.

Ich seufzte und entschied, Alexei nichts davon zu erzählen. Er wirkte ohnehin sehr betrübt.

Ich streichelte mit dem Daumen seinen Handrücken, unsere Finger verschränkten sich ineinander. Es war ein schönes Gefühl. Ich wollte ihm Trost spenden und für ihn da sein. „Weißt du, ich kann mich auch nicht mehr richtig an meine Mutter erinnern. Sie starb bei einem Unfall, da war ich gerade mal vier Jahre alt", sagte ich leise.

Alexei hob überrascht den Kopf. „Aber ich dachte ... “

„Ines ist meine Stiefmutter, ich nenne sie Mama, weil sie es für mich auch ist. Ich hätte mir keine bessere Mutter wünschen können. Trotzdem denke ich natürlich oft, wie es gewesen wäre, wenn sie nicht gestorben wäre, sehe mir alte Fotos an und frag meinen Vater, wie sie so war. Es sind nur noch einzelne Bilderfetzen vorhanden … ihr schwarzes, langes Haar, ihre freundlichen Augen und ihr ansteckendes Lachen.“ Ich hatte noch nie mit jemandem so offen darüber geredet. Nicht mal mit Vater.

Alexei musterte mich. Dann neigte er sich zu mir und küsste mich unendlich sanft und innig. Seine Lippen fühlten sich so gut an. Ich schlang die Arme um seinen festen Körper und schmiegte mich an ihn. Nie hätte ich gedacht, dass ich bei einem Mann jemals so empfinden könnte. Aber Alexei war ja auch nicht irgendein Mann. Er war schön, sinnlich, sexy und stark … er war eben Alexei.

„Du bist der erste Mensch, mit dem ich darüber spreche“, wisperte Alexei in mein Ohr und küsste die empfindliche Stelle dahinter. Ich seufzte auf, mein gesamter Körper war heiß, als hätte ich Fieber.

„Ich wünschte so sehr, ich könnte mich erinnern. An irgendetwas. An ein Detail ihres Gesichtes, ihre Augenfarbe oder den Klang ihrer Stimme, aber da ist nichts. Als hätte es sie nie gegeben.“

„Was sagt dein Vater?“, fragte ich.

„Er weigert sich, darüber zu sprechen. Immer wieder beteuert er, Mutter sei bei einem Feuer ums Leben gekommen und das mit dem Ring sei eine besessene Idee von mir.“

Ich spürte die Wut, die in ihm brodelte, aber er hatte sich gut im Griff.

„Es tut mir so leid, Alexei. Ich hoffe, dass du eines Tages die Wahrheit herausfinden wirst.“

Er lächelte dankbar. „Und was wolltest du mir sagen?“

Ich zögerte und nestelte am Bezug des Sofas herum.

„Wegen Tom.“ Es fiel mir schwer, dieses Thema anzusprechen. Er würde mich ganz sicher für verrückt halten. „Ich möchte, dass du verstehst, warum er so handelt. Wir kennen uns seit der Schule, er ist mein bester Freund.“

„Was ist mit ihm geschehen?“ Alexei sah mich fragend an.

„Er ist vor einiger Zeit unfreiwillig Zeuge eines Mordes geworden. Ich weiß nicht, wie und warum, aber seitdem glaubt er felsenfest an Vampire und versucht alles, um ihre Existenz zu beweisen. Er hat einen Schock erlitten. Es ist furchtbar und er tut mir einerseits leid, aber ich bin auch wütend auf ihn, weil er sich nicht helfen lässt."

Alexei blickte ernst, aber als er meinen Blick streifte, wechselte sein Ausdruck zu Nachdenklichkeit. „Und seitdem sieht er überall *Vampire?*"

Ich nickte. „Er treibt sich in düsteren Gegenden herum, auf der Suche nach ihnen, stöbert auf Internetseiten, bis er eben neulich geglaubt hat, in dir einen der Vampire von damals zu erkennen."

Ich studierte sein Gesicht, seine Reaktion. Alexei sah weiterhin gelassen aus und machte sich nicht lustig darüber.

„Und deswegen hast du dich so eigenartig benommen?"

„In erster Linie war da natürlich die Tatsache, dass ich plötzlich Gefühle für dich entwickelte, die über eine normale Männerfreundschaft hinausgingen. Das machte mir Angst. Aber Tom hat mich mit seinem Mist natürlich noch mehr durcheinander gebracht. Ich meine, Vampire!" Ich lachte auf. „Das ist doch absurd und einfach bescheuert."

Alexei grinste. „Und was sind das für Dinge, die du siehst und hörst?"

„Unter anderem habe ich öfter eine Stimme gehört. Ich wollte dir nichts davon erzählen, es ist einfach zu lächerlich!"

Alexei musterte mich nachdenklich. „Hat die Stimme deinen Namen geflüstert und nach deinem Befinden gefragt?"

Ich keuchte auf. „Woher weißt du das?"

Alexei schien mit sich selbst zu ringen und atmete tief ein. „Es tut mir leid, Leon. Ich weiß, ich habe dich damit erschreckt, aber ich habe darüber nicht nachgedacht und mir war auch nicht bewusst, dass unsere Verbindung so stark ist, dass du es tatsächlich hören kannst."

„Was meinst du damit?" Ich kam mir vor, wie ein Idiot. „Willst du damit sagen, das kam von dir?"

Alexei nickte und sah mich schuldbewusst an. Gott, wenn er mich so ansah, wie könnte ich ihm da jemals böse sein?

„Ich habe dir manchmal diese Gedanken geschickt. Keine Ahnung, was mich geritten hat. Ich hätte wissen müssen, dass du es hören kannst. Es war nicht meine Absicht, dich zu ängstigen oder zu beunruhigen, aber ich musste ständig an dich denken – von unserer ersten Begegnung an."

„Das ist unglaublich", brachte ich aufgeregt hervor. „Ich hab schon viel erlebt mit meinen Fähigkeiten, aber dass ich einen anderen Menschen hören kann, der Kilometer weit entfernt ist! Das gibt es doch nicht."

„Doch. Aber nur ganz selten." Er fuhr mit den Fingerspitzen die Konturen meiner Lippen nach, ich musste den Drang unterdrücken, den Mund zu öffnen und sie abzulecken. „Nimmst du es mir übel?"

Als Antwort küsste ich ihn stürmisch auf den Mund. Er fühlte sich so gut an, so vertraut. Ein Schauer nach dem anderen erfasste meinen Körper, als ich seine Hände auf meinem Rücken und im Nacken spürte und er den Kuss erwiderte. Wenn ich jetzt nicht sofort nach Hause fuhr, würde ich nicht mehr fähig dazu sein.

Ich machte mich sanft von ihm los. „Ich muss gehen, Alexei. Es ist spät."

Er nickte. „Natürlich. Ich begleite dich zu deinem Wagen."

Bevor wir sein Zimmer verließen, versicherte er sich zuvor erneut, dass niemand im Flur war. Auch im Treppenhaus hatte ich das Gefühl, Alexei würde unter Verfolgungswahn leiden. Ich musste an seinen eigenartigen Vater denken und fragte nicht nach.

Er begleitete mich nicht nur zu meinem Wagen, sondern bis nach Hause. Ich war jeden Augenblick glücklich, in dem er bei mir war. Wir standen zusammen im Aufzug, Alexei liebkoste meinen Hals und küsste mein Ohrläppchen. Die Gefühle und Empfindungen waren sehr intensiv, Alexei unendlich heiß und betörend. Verdammt noch mal, plötzlich erschien mir der Gedanke, ihn gehen zu lassen als unerträglich. Zu schön, zu aufregend war jeder einzelne Moment mit ihm.

„Kommst du noch auf ein Bier mit rein?" Die Worte waren mir herausgerutscht, ich biss mir auf die Zunge und hätte mir am liebsten selbst in den Arsch getreten. Alexei schien unschlüssig. Verdammt, wieso konnte ich nicht einmal meine Klappe halten? Das war peinlich.

Doch schließlich lächelte er und nickte. „Gibt es auch Rotwein?"

Kapitel 10

Razvan schlüpfte in sein Hemd, zog den Reißverschluss seiner Hose zu und warf einen Blick auf die leblose Frau auf dem Bett. In ein oder zwei Stunden würde sie aufwachen und sich nicht mehr daran erinnern, dass er sie während ihres gemeinsamen Schäferstündchens gebissen und ihr Blut getrunken hatte. Ihr Gedächtnis war verändert und so besaß sie lediglich die Erinnerung, wie überragend er sie gevögelt hatte.

Razvan war ein Sexgott und unwiderstehlich. Und er hatte Macht über die Menschen. Sie waren erbärmliche, schwache Kreaturen. Er lachte auf und ordnete sein schwarzes, langes Haar, indem er es mit den Fingerspitzen durchkämmte. Wie primitiv und unterlegen sie doch waren, diese Sterblichen. Er zog seine Schuhe an, beugte sich noch einmal über die Hure und leckte über die Wunde an ihrem Hals, bis nichts mehr davon zu sehen war. Dann öffnete er seine Geldbörse und warf dreihundert Euro auf das Bett.

Razvan schritt die Stufen hinunter, zurück in das düstere Loch von einer Kneipe, wo Serban auf ihn wartete.

„Na, warst du erfolgreich, Razvan?"

„Hast du etwas anderes von mir erwartet? Mein Hunger ist gestillt, in jeder Hinsicht." Razvan grinste und blickte seinen Onkel erwartungsvoll an. Er wollte, dass Serban stolz auf ihn war. So wie auf Alexei, doch er schien völlig unbeeindruckt und winkte dem Kellner. „Noch zwei Vodka!"

Wieder strafte ihn sein Onkel mit Nichtachtung. Sicher wäre es ihm lieber, sein toller Sohn würde ihn bei seinen nächtlichen Raubzügen begleiten. Das jedoch würde Serban niemals zugeben, stets verteidigte er diesen Bastard.

„Wann wird sich dein vornehmer Herr Sohn wieder einmal zu uns gesellen? Ist er sich zu fein, um mit uns auf die Jagd zu gehen?"

Auf Serbans Gesicht legte sich ein Schatten, Razvan hatte ihn an seinem wunden Punkt getroffen. Am liebsten hätte er ihm sofort mitgeteilt, was Alexei hinter seinem Rücken trieb. Dieser Verräter. Aber der richtige Zeitpunkt war noch nicht gekommen.

„Alexei kann tun und lassen, was er will, Razvan."

„Ja sicher, er kann immer tun und lassen, was er will.“ Razvan schnaubte. Aber das wird bald vorbei sein, dachte er voller Hass. In naher Zukunft würde er seinen Onkel für sich alleine haben. Und dann würde er ihm den Vater ersetzen, wie er es schon seit damals hätte tun sollen.

Tom zog seine Kappe noch tiefer ins Gesicht. Seine Wangen glühten und seine Kehle war ausgetrocknet. Er saß an der Bar, nur ein paar Meter von den Vampiren entfernt.

So oft hatte er sie hier schon beobachtet, doch so nah wie heute war Tom ihnen noch nie gekommen. Wenn sie ihn bemerkten, war er geliefert, doch er musste immer wieder hierher kommen, es war wie ein Zwang. Er musste einen Beweis liefern. Für sich selbst, für Leon und für alle, die ihn für einen Spinner hielten. Mit zitternden Beinen stand Tom auf und schlich die Treppe hinauf, immer einen Blick auf die Blutsauger, damit er nicht entdeckt wurde. Ihm war schlecht vor Angst, doch sie waren viel zu sehr in ihr Gespräch vertieft, als dass sie ihn bemerkt hätten. Tom hatte beobachtet, aus welchem Zimmer der Schwarzhaarige vorhin gekommen war. Vorsichtig drückte er die Klinke und trat ein. Er schloss die Tür und ging auf das Bett zu, auf dem eine spärlich bekleidete Frau lag. Ihre Brüste waren entblößt und ihr Rock nach oben geschoben. Zuerst glaubte Tom, sie wäre tot und ihm blieb fast das Herz stehen, doch dann erkannte er das gleichmäßige Auf und Absenken ihres Brustkorbes. Er zögerte einen Moment, bevor er sich über sie beugte. Es musste doch irgendeine Spur geben, es musste.

Vorsichtig legte Tom seine Hände an ihre Stirn und neigte ihren Kopf nach rechts und links, um nach Bisswunden zu suchen. Nichts. Gerade wollte er sich wieder aufrichten, da bemerkte er Blutflecken auf dem Kopfkissen. Sie waren leicht zu übersehen, da ihre üppige, blonde Lockenmähne darüber ausgebreitet lag. Tom schluckte und strich die Haare beiseite. Das auf dem Kissen war eindeutig Blut. Er untersuchte ihren Hals genauer – keinerlei Bissspuren. Tom stutzte, wich zurück und starrte auf das Bett. Diese Ungeheuer konnten Wunden verschwinden lassen, deshalb hatte die Polizei damals nichts gefunden und nur deshalb konnten die Vampire inmitten der Menschen unerkannt leben. Sein Zorn wuchs. Er begann zu zittern und rang nach Atem. Sofort morgen früh musste er mit Leon reden und ihm berichten, was er gesehen hatte.

Ich stellte mein Glas auf dem Boden ab und betrachtete Alexei. Wir hatten es uns vor dem Kamin gemütlich gemacht. Er saß mir gegenüber auf dem Wohnzimmerteppich im Schneidersitz und fuhr mit einer Hand durch sein langes Haar. Die obersten Knöpfe seines Hemdes standen offen und erlaubten einen Blick auf seine muskulöse, glatte Brust. Seine erotische Ausstrahlung steigerte mein Verlangen und meine Sehnsucht nach seiner Nähe und seinen Berührungen. Der Wein gab mir den nötigen Mut, die Initiative zu ergreifen. Ich öffnete meinen Geist für ihn und sandte ihm meinen Wunsch auf mentalem Wege.

Sein Blick sagte mehr als tausend Worte, ich bekam schlagartig eine Gänsehaut. Ich setzte mich auf, einen Moment wurde mir schwindelig und ich war mir nicht sicher, ob es nur an den zwei Flaschen Rotwein lag, die wir zusammen geleert hatten. Alexei erhob sich auf die Knie, rückte näher und legte eine Hand an meine Taille. Die andere glitt durch mein Haar. Die Berührung ließ mich zusammenzucken. Er wollte seine Hand zurückziehen, doch ich schlang meine Arme um seinen Hals und küsste seine weichen Lippen. Heilige Scheiße, ich war ihm verfallen, mit Haut und Haaren. Meine Beine schlotterten wie verrückt und meine Zähne klapperten vor Aufregung.

Alexei wollte Leon mehr als alles andere. Noch nie hatte er sich zuvor so sehr in einen Sterblichen verliebt. Er erwiderte Leons süßen Kuss, zog ihn an seine Brust und streichelte seinen Rücken. Alexei befand sich in einer Art von Rausch, der jedoch sicher nicht durch den Alkohol ausgelöst worden war. Er hätte schon ein ganzes

Fass Rotwein trinken müssen, um etwas davon zu spüren. Der Kuss wurde indessen wilder, Leon hielt Alexeis Nacken fest umschlungen und stöhnte leise. Alexei hörte Leons Herz schlagen, der Duft seines menschlichen, süßen Blutes zerrte an den Fesseln der Bestie in ihm. Er verlor die Beherrschung. Ihm war klar, dass er es nicht durfte und er wollte nicht ausnutzen, dass Leon betrunken war, doch er machte Alexei verrückt und beraubte ihn jeglicher Vernunft. Er konnte sich den Gefühlen und dem Verlangen nach Leons Blut unmöglich noch länger widersetzen.

Alexeis Zunge erforschte begierig Leons Mund, während seine Hände die warmen Schenkel hinaufglitten. Unaufhaltsam erwachte das Tier in ihm. Bei allen Mächten, Leon war heiß wie Feuer, sinnlich und attraktiv. Gleich würde Alexei seine nackte Haut berühren und sich die Finger verbrennen. Leons Atem beschleunigte sich, er wurde mutiger und küsste Alexeis Hals. Seine Lippen waren glühend heiß, Alexeis erregtes Geschlecht drohte seine Hose zu zerreißen. Er zog Leon das Shirt aus der Jeans und schob die Hände darunter, auf seine nackte Brust. Seine Daumen rieben über Leons Brustwarzen, die sich zu harten Perlen zusammengezogen hatten. Leons Kopf fiel in den Nacken, ein lang gezogenes Stöhnen entrang sich seiner Kehle. Da verlor Alexei endgültig die Kontrolle.

Er vernahm das Pulsieren von Leons Blut, es hämmerte gegen seine Schläfen. Nur mit Mühe konnte er ein Aufstöhnen verhindern, in seinem Zustand hätte es sich angehört, wie das Brüllen eines Löwen. Der Druck in seinem Kiefer kündigte das Hervortreten der Fangzähne an, Alexei knurrte auf. Er musste diesen Wahnsinn stoppen bevor es zu spät war.

Unter größter Selbstbeherrschung riss er sich los und schob Leon von sich, der ihn entsetzt ansah.

„Wir ... ich sollte gehen, solange ich es noch kann." Alexeis Hals fühlte sich rau und trocken an, seine Stimme war brüchig und er bekam kaum noch Luft. Was stellte dieser Mensch nur mit ihm an? Entschuldigend streckte er die Hand nach Leon aus.

„Ich will dich, Leon. Mehr als du dir vorstellen kannst."

Leon ergriff zögernd Alexeis Hand und schüttelte den Kopf. „Und warum willst du dann gehen? Hab ich etwas falsch gemacht?"

„Im Gegenteil. Aber du bist viel zu wichtig, viel zu einzigartig für mich. Und wir sind beide betrunken." Alexei erhob sich und wollte Leon hochziehen, doch sie schwankten gefährlich und stolperten. Alexei schlang die Arme um Leon und hielt ihn fest.

„Siehst du?" Leon lachte und schmiegte sich in seine Arme.

„Du zitterst", stellte Alexei besorgt fest und wärmte ihn, indem er die Arme um ihn schlang.

„Mir ist kalt. Und schlecht. Und schwindelig. Und … hicks", erwiderte Leon müde.

Alexei lachte leise. „Komm, Leon. Wir gehen rein." Arm in Arm stolperten sie in das Wohnzimmer.

„Leg dich hin, ich helfe dir."

Leon legte sich auf das Sofa, Alexei schob ihm ein Kissen unter den Kopf. Dann setzte er sich auf die Kante des Sofas, deckte ihn zu und legte die Wange auf Leons Brust.

„Meine Wohnung schaukelt heute ganz schön", kicherte Leon. Er griff nach einer Strähne von Alexeis Haar und ließ sie durch seine Finger gleiten. „Ich liebe dein Haar. Es fühlt sich an wie Seide und duftet so gut … und du bist schön … wunderschön", murmelte Leon schläfrig. „Bleib hier, Alexei."

Alexei schluckte hart. Er war endgültig verloren. Es war drei Uhr morgens. In etwa drei Stunden würde die Sonne aufgehen, bis dahin sollte er verschwunden sein. Er richtete sich auf und sah auf Leon hinab. Nein, er konnte jetzt unmöglich gehen. Die Verlockung und der Wunsch, in seinen Armen zu liegen, ihn festzuhalten und seinen warmen Körper zu spüren, siegten über die Vernunft.

Und Alexei machte sich Sorgen. Leons Visionen und Albträume bestätigten, dass er tatsächlich anfing, sich mehr und mehr an jene Nacht zu erinnern. Leon war etwas ganz Besonderes, die Angst ihn zu verlieren machte Alexei wahnsinnig. Nur drei Stunden noch. Drei Stunden, dann würde er aufbrechen.

Er legte sich zu Leon und hüllte sie beide in die große Decke. Ein Lächeln lag auf Leons Gesicht, als sich Alexei an ihn kuschelte und den Kopf in seiner Armbeuge ablegte. In diesem Moment, in dem Alexei nicht über später oder über Morgen nachdachte, spürte er eine Welle der inneren Zufriedenheit und des Glücks, wie noch nie zuvor in seinem verdammten Leben.

Nur drei Stunden noch, dann würde er aufbrechen.

Gras kitzelte Alexeis nackte Fußsohlen und er fühlte die warmen Strahlen der Sonne auf seinem Gesicht. Der Junge war wieder im Park, doch diesmal war irgendetwas anders. Jemand hielt die Hand des Kleinen. Als Alexei erkannte, wer bei ihm war, stockte ihm der Atem. „Leon!“

Der Junge blickte zu Leon auf, dann sah er Alexei traurig an. Eine dicke Träne rann seine Wange hinab. Alexei wurde von einer Woge der Trostlosigkeit und Trauer erfasst, und verspürte den unbändigen Wunsch, die beiden in seine Arme zu schließen. Alexei streckte die Hand aus und lief auf sie zu. Mit Entsetzen musste er feststellen, dass es auch dieses Mal nicht anders war als sonst. Er blieb an derselben Stelle, so sehr er seine Schritte auch beschleunigte. Im nächsten Augenblick bildete sich hinter Leon und dem Jungen die gefürchtete Nebelwand. Der Anblick schnürte Alexei die Kehle zu, er wollte ihnen eine Warnung zurufen, doch kam kein Ton aus seinem Mund. Dann bewahrheitete sich seine Vorahnung. Die schwarze Gestalt aus seinem letzten Traum tauchte aus dem Nebel auf.

Alexei konnte keinen Millimeter seines Körpers bewegen, musste hilflos mit ansehen, wie sich das Schwert abermals durch Leons Körpermitte bohrte und ihn auf die Knie zwang. Leon zeigte mit dem Finger auf Alexei, in seinem Blick lagen Verachtung und Wut.

„Ich weiß genau, wer du bist, du Teufel! Du hast mich die ganze Zeit über belogen und ich hasse dich dafür.“ Leons Hand sank hinunter, Blut lief seine Mundwinkel herab. Dann verschlang der Nebel die beiden wie ein hungriges Ungetier, sie verschwanden in seinem grauenvollen Schlund. Alexei wollte schreien, seine Hand schnellte an seine Brust, in der sich sein Herz gerade überschlug. Er glaubte wahnsinnig zu werden. Durchdringende Schmerzen nahmen seinen Körper in Besitz.

Alexei schrak aus seinem Albtraum und merkte sofort, dass etwas nicht stimmte. Seine Haut brannte, als hätte ihm jemand Essig über eine offene Wunde geschüttet. Er wollte die Augen öffnen, doch gleißendes Licht traf auf seine Pupillen. Alexei schrie gepeinigt auf und hielt sich die Hände vor die Augen.

„Alexei! Was ist mit dir? Sag doch was!“ Leon klang zutiefst erschrocken, er legte die Hände auf Alexeis Schultern. Alexei glaubte, sich übergeben zu müssen, vor Schmerz. Die Sonne musste direkt auf das Sofa scheinen, denn seine Augen fühlten sich an, als hätte sich die Netzhaut abgelöst.

„Das Licht … ich kann nichts sehen!“ Nach Atem ringend presste er die Handballen auf seine geschlossenen Lider. Er spürte, wie Leon aufsprang und zum Fenster eilte. Er ließ die Jalousie herunter und es wurde augenblicklich dunkel im Raum.

Alexeis Herzschlag und sein Atem beruhigten sich nur langsam, auf seiner Haut hatten sich winzige Bläschen gebildet und seine Augen tränten. Vampirtränen bestanden aus Blut. Alexei verfiel in Panik, er wollte Leon nicht erschrecken. Er ermahnte sich, ruhig zu bleiben, atmete tief durch, öffnete die Lider und wischte mit den Händen fahrig über seine Augen und Wangen. Allmählich regenerierte sich sein Körper. Blinzelnd sah Alexei zu Leon hinüber, der noch immer am Fenster stand und ihn verstört musterte. Die Hand noch auf dem Schalter für die Jalousien, wirkte er völlig erstarrt.

„Sieht schlimmer aus, als es ist. Ich brauch nur kaltes Wasser“, sagte Alexei eilig, um ihn zu beruhigen. Seine Worte lösten Leon aus seiner Starre.

„Natürlich. Komm.“ Leons Stimme klang belegt.

Alexei hielt den Kopf gesenkt, damit eventuell verbliebene Blutspuren nicht zu sehen waren und ließ sich von Leon ins Badezimmer führen. Eilig wusch er sich das Gesicht ab. Als sich Alexei umwandte stand Leon im Türrahmen und beobachtete ihn unsicher, fast misstrauisch. Er war ganz blass um die Nase.

Kapitel 11

„Besser?“, fragte ich schnell, um meine Unsicherheit zu verbergen.

„Viel besser.“ Alexei nahm das Handtuch, trocknete sein Gesicht und kam auf mich zu. Trotz der geröteten Augen war er wunderschön. Er lächelte sanft, wieder hatte ich vergessen, meine Gedanken vor ihm abzuschirmen.

Sein verlangender Blick bescherte mir Gänsehaut. Alexei drängte mich sachte gegen den Türrahmen, lehnte seinen Körper an meinen und verbarg das Gesicht an meiner Schulter. Ich schlang die Arme um ihn und streichelte seinen Rücken.

„Ich wusste nicht, dass es so schlimm ist mit deinen Augen.“

Sofort fiel mir Tom mit seinen Vampirgeschichten ein und ich bekam Herzrasen. Warum war Alexei so lichtempfindlich? Langsam wurde es wirklich unheimlich, aber ich wollte mich doch von dem Blödsinn nicht mehr beeinflussen lassen. Es musste eine vernünftige Erklärung dafür geben. Gott sei dank hatte ich meinen Geist jetzt vor Alexei verschlossen.

„Ich hab dir wegen meiner Augen nicht die Wahrheit gesagt“, flüsterte er, sein Atem streichelte sanft meine Haut.

„Was meinst du damit?“, fragte ich erstaunt. Alexei seufzte und zuckte mit den Schultern.

„Ich habe eine seltene Form von Lichtallergie, wahrscheinlich durch Penicillin hervorgerufen, als ich noch ein Kind war. Ich kann mich nicht daran erinnern.“

Ich löste meine Umarmung, hielt ihn sanft an den Schultern und schüttelte fassungslos den Kopf.

„Das ist ja furchtbar. Aber man muss doch etwas dagegen tun können.“ Ich strich ihm zärtlich über die blasse Wange. Er sah müde und erschöpft aus, das Weiß seiner Augen war durchzogen mit roten Äderchen und dunkle Ränder hatten sich darunter gebildet.

„Nein. Man kann nichts dagegen machen. Die Sonne meiden, das ist alles, was ich tun kann. Ich habe keine Probleme, wenn das Wetter trüb ist oder ab dem späten Nachmittag, aber an so einem Tag wie heute dürfte ich das Haus gar nicht erst verlassen. Ich wollte dich nicht erschrecken.“

„Das hast du nicht.“ Ich dachte an die abgedunkelten Räume in der Grigorescu-Villa und seufzte. „Du hattest auch wieder einen dieser Träume, oder?“

Er nickte. „Immer wieder denselben.“

Ich zog ihn in meine Arme, genoss seine Nähe. Alexei küsste meine Wange und saugte zart an meiner Unterlippe. Ich drängte mich an ihn, schloss die Augen und öffnete meinen Mund. Wohliges Stöhnen drang aus meiner Kehle, als seine Zunge die meine berührte und wir uns leidenschaftlich küssten.

Plötzlich hielt Alexei mitten im Kuss inne, nahm mein Gesicht zwischen seine Hände und blickte mich ernst an. In seinen geröteten Augen lag ein Schimmern. Ich wollte ewig in diese tiefen, grünen Ozeane schauen.

„Ich habe mich in dich verliebt, Leon. Du beherrscht meine Gedanken bei Tag und Nacht. Ich kann nicht mehr sein, ohne dich anzusehen … dich zu berühren.“

Ich starrte ihn an. Ich hatte mir so gewünscht, dass es so wäre, doch nun, da er es direkt aussprach, war es irgendwie eigenartig. Und ich liebte ihn auch. Ja und wie ich das tat … ich war besessen von ihm.

„Ich liebe dich auch, Alexei“, wisperte ich. „Auch wenn es total verrückt für mich ist. Ich … hatte noch nie etwas mit einem Mann, doch seit ich dich kenne, will ich nur noch bei dir sein.“

Alexei zog mich an seinen starken Körper und senkte seine Lippen erneut auf meine. Sein Kuss war geprägt von Leidenschaft und Begierde, seine Hände wanderten meine Brust hinunter. Als er über meine Körpermitte strich, hielt er inne und blickte mich schwer atmend an. Seine Hand verharrte auf dem gespannten Stoff meiner Jeans, unter der sich meine Erektion überdeutlich abzeichnete. Seit Tagen lief ich regelmäßig mit einem Ständer durch die Gegend. Ich brauchte nur an Alexei zu denken und schon spielte mein Körper verrückt.

„Jetzt … sind wir nicht mehr betrunken, oder?“, fragte ich mit belegter Stimme.

Alexei schüttelte den Kopf. „Ich fühle mich völlig nüchtern, und du?“ Er grinste verschmitzt, doch ich sah deutlich, wie erregt er war.

„Ich auch.“ Meine Stimme war weg, ich konnte nur noch flüstern.

Er machte sich an der Schnalle meines Gürtels zu schaffen, in seinen Augen flackerte ein leidenschaftliches Feuer. Eine Woge heftiger, sexueller Empfindungen spülte meinen Verstand fort, ich zitterte vor Aufregung.

Alexeis Hand glitt in meine Jeans und strich über den Stoff meiner Boxer, unter der es mindestens tausend Grad haben musste. Ich stöhnte auf und wisperte seinen Namen.

„Leon …", knurrte Alexei in mein Ohr. Seine kühle Hand schob sich unter den Bund meiner Boxer und schloss sich um meine Erektion. Ich stieß ein Zischen aus und drängte mein Becken gegen seine Hand. Zugleich suchte ich hektisch und nervös nach seiner Hosenöffnung und zerrte am Knopf. Alexeis erregtes Keuchen jagte mir einen Schauer nach dem anderen über den Rücken. Ich konnte es nicht mehr erwarten, ihn endlich zu berühren.

Irgendwo in meinem Hinterkopf hörte ich ein störendes Geräusch, das sich unnachgiebig in den Vordergrund drängte.

Die Türklingel.

„Es klingelt", stieß ich atemlos hervor.

„Ich höre es", antwortete Alexei und fing an, mich zu massieren. Ich stöhnte auf, krallte mich mit einer Hand an seiner Schulter fest und öffnete den Reißverschluss seiner Hose. Die Erektion unter seinem weißen Slip war beachtlich, Hitze schoss gleich flüssiger Lava durch meinen Körper. Meine Beine drohten nachzugeben, bereits jetzt spürte ich das Kribbeln und Zucken, das meinen Orgasmus ankündigte mit enormer Intensität.

Wieder klingelte es, dazu hämmerte nun jemand heftig und ungeduldig gegen die Tür.

„Mach sofort auf, ich weiß genau, dass du da bist, Leon! Ich muss dringend mit dir sprechen!"

Tom. Ich verzog das Gesicht, Alexei musterte mich fragend. Nur unter größter Beherrschung konnte ich mich ihm entziehen. Ich war mit Sicherheit knallrot im Gesicht.

„Dein Freund, der Vampirjäger?" Alexei hob eine Augenbraue.

Ich nickte. „Warte!", keuchte ich. „Der schlägt mir gleich die Tür ein. Ich geh besser nachsehen."

„Na gut, aber beeil dich." In seinem Blick lagen Sehnsucht und Ungeduld, ich hauchte ihm einen zärtlichen Kuss auf den Mund

und machte meine Hose wieder zu. Ich hatte gute Lust, Tom zur Begrüßung zu erwürgen.

Mit einem Riesenständer wandte ich mich zur Tür und atmete tief durch. Tom drosch mittlerweile wie wild geworden auf das Holz ein. Mit glühenden Wangen öffnete ich die Tür einen Spalt – und sah in Toms aufgebrachtes Gesicht. Meine Erektion war dahin.

„Was machst du hier und warum führst du dich auf, wie ein Irrer?“ Ausgerechnet jetzt. Welch perfektes Timing.

Er schnaubte. „Na das ist ja eine freudige Begrüßung. Komme ich etwa ungelegen?“

„Ja. Ich habe Besuch.“

Tom versuchte einen Blick in die Wohnung zu erhaschen, doch ich öffnete die Tür kein Stück mehr, als nötig. Er blickte mich mit großen Augen an.

„Sag mir nicht, dass der Blutsauger da ist? Ich muss dringend mit dir reden.“

„Das geht dich nichts an. Und hat das nicht Zeit bis Montag? Wir könnten uns zum Mittagessen treffen.“

„Nein, das hat keine Zeit bis Montag!“, stieß er hysterisch hervor.

Überrascht über seine Forschheit wich ich zurück. „Ich hab neue Beweise für ihre Existenz! Ich habe sie wieder gesehen! Den Schwarzhaarigen und auch den Alten! Du schwebst in höchster Lebensgefahr.“ Toms Augen funkelten wie besessen.

Ich glaubte mich verhört zu haben. Wegen diesem Mist musste er mich ausgerechnet jetzt belästigen?

„Sag mal, spinnst du?“, fuhr ich ihn schroff an. „Erstens sollst du nicht mehr dahingehen, zweitens ist das völliger Blödsinn! Lass das endlich, ich hab es dir schon oft genug gesagt! Du machst alles kaputt, merkst du das nicht? Tut mir leid, aber ich hab jetzt Besseres zu tun, wir sehen uns!“

Ich wollte die Tür schließen, doch er stellte einen Fuß dazwischen.

„Was fällt dir ein, Tom? Nimm den Fuß da raus, oder du zwingst mich, dich mit Gewalt hinauszubefördern!“

Toms Augen verengten sich zu Schlitzen. „Er ist da, hab ich Recht? Du weißt gar nicht, in welcher Gefahr du dich befindest! Ich hab die Frau mit eigenen Augen gesehen, die der Schwarzhaarige gestern ausgesaugt hat. Da war Blut!"

„Was?" Ich war so perplex, dass er meine Unaufmerksamkeit ausnutzte, sich gegen die Tür warf und mit Gewalt Zutritt verschaffte. Ich packte ihn am Kragen und stieß ihn zurück. „Großer Gott, du bist verrückt! Hör sofort auf! Du hast kein Recht ..."

Tom rastete endgültig aus. Er griff nach meinem Handgelenk und verpasste mir so unerwartet einen Faustschlag ins Gesicht, dass ich Sterne sah. Ich taumelte zurück und hielt meinen schmerzenden Wangenknochen.

„Scheiße noch mal, du bist ja völlig wahnsinnig, Tom!"

In diesem Moment sah Alexei rot. Lautlos und wie immer so schnell wie ein Raubtier schoss er an mir vorbei und stürzte sich auf Tom.

„Wenn du ihn noch einmal anfasst, wirst du es bitter bereuen!" Ich erschrak über Alexeis veränderte, grollende Stimme. Es gab einen Knall, in der nächsten Sekunde klebte Tom an der geschlossenen Tür. Mir stockte der Atem, als ich sah, dass Alexei ihn mit nur einer Hand am Kragen festhielt und einen halben Meter über dem Fußboden zappeln ließ. Toms Augen waren weit aufgerissen, seine Hände krampfhaft um Alexeis Unterarm geschlossen. Sein Gesicht war tiefrot und er rang panisch nach Atem.

„Alexei!" Mein Herz raste, als ich ihm eine Hand auf die Schulter legte. Alexei bebte vor Zorn, jeder Muskel seines Körpers schien angespannt. Diesmal konnte und wollte ich ihm nicht böse sein, denn er hatte mich lediglich verteidigt. „Lass ihn runter, Alexei … bitte", sagte ich ruhig, ein bedrohliches Knurren entrang sich seiner Kehle. Endlose Sekunden vergingen, in denen nur Toms panisches Keuchen zu hören war. Ich verstärkte den Druck auf Alexeis Schulter und flüsterte erneut seinen Namen.

Schließlich ließ seine Anspannung nach und er stellte meinen besten Freund unsanft auf den Boden zurück.

Tom knickten kurz die Beine weg, doch er rappelte sich erstaunlich schnell auf und dachte gar nicht daran, aufzugeben. Er funkelte Alexei wütend an und richtete seinen Kragen.

„Lass deine dreckigen Pfoten von mir. Ich hab keine Angst, denn ich weiß, wie man euch den Garaus machen kann." Er zog ein silbernes Kreuz an einer Kette unter seinem Hemd hervor und hielt es

Alexei unter die Nase.

Alexei grinste, ich schüttelte ungläubig den Kopf. Das durfte einfach nicht wahr sein. Ich schämte mich in Grund und Boden.

„Tom, du gehörst in eine Gummizelle."

Ich wollte dazwischen gehen, als sich Tom plötzlich losriss und auf die Fenster zustürzte.

„Es gibt noch andere Mittel und Wege. Ich werde es dir beweisen!"

Noch bevor ich reagieren konnte, drückte er den Schalter, der die Jalousien der großen Panoramafenster hochfahren ließ.

„Solltest du um diese Zeit nicht in deinem Sarg liegen, du Ausgeburt der Hölle?", schrie er wie von Sinnen.

Die Sonne stand jetzt am Vormittag so hoch, dass ihre Strahlen das Wohnzimmer fluteten. Alexei schrie auf und hob die Arme vor das Gesicht.

Ich rannte zum Fenster, um die hochfahrenden Jalousien aufzuhalten. Ich hasste Tom in diesem Moment. „Er hat eine Lichtallergie, du Idiot!"

Tom stellte sich mir den Weg und riss mich am Arm zurück, bevor ich den Schalter erreichen konnte. Er deutete mit einem Kopfnicken zu Alexei, der vor Schmerz stöhnte und sich auf dem Sofa aufstützte.

„Das hat er dir erzählt? Sag mal, siehst du nicht, was hier passiert? Komischer Zufall, oder? Lichtallergie!" Er musterte Alexei abfällig und zerrte an meinem Shirt. Mit der freien Hand fuchtelte er wild umher. „Du elender Lügner! Los, zerfall schon zu Staub!"

„Das reicht jetzt!", brüllte ich wütend und riss mich los. „Verschwinde!" Ich verpasste ihm einen rechten Haken, der ihn glatt zu Boden gehen ließ und sprang auf das Fenster zu, um den Schalter zu betätigen. Als die Jalousien hinunterfuhren, hatte er sich bereits aufgerappelt und stürzte sich erneut auf mich. Er riss mich an den Schultern zurück, wir fielen zusammen auf den Fußboden.

„Leon! Er ist ein Vampir! Sieh ihn dir an!"

„Großer Gott Tom, sieh *dich* an! Du hast den Verstand verloren. Raus!" Ich stieß ihn von mir, doch er warf sich auf mich, packte mich an den Haaren und drückte meinen Kopf auf den Boden. „Verstehst du denn nicht? Ich sage die Wahrheit!" Die Hilflosigkeit und der Wahnsinn standen ihm im Gesicht geschrieben. Auch wenn er durchgeknallt war und mir schrecklich Leid tat, diesmal war er zu weit gegangen.

„Ich bleibe hier, bis der hier verschwindet."

„Das wirst du nicht. Geh runter von mir, Tom!"

„Komm zur Vernunft, Leon!"

„Lass mich besser los, oder ..." Ich hatte Angst, Alexei würde wieder als Beschützer fungieren und Tom dabei verletzen. Kaum hatte ich den Gedanken zu Ende geführt, sah ich ihn auch schon wieder herbeifliegen.

Tom schrie auf, doch es war zu spät. Krachend landete er an der Wand im Flur. Ich hatte nicht mal verfolgen können, wie Alexei ihn gepackt, geschweige denn, wann er die Tür geöffnet hatte.

„Verschwinde! Und sei gewarnt."

Alexei schlug die Tür zu, ich dachte, sie würde aus den Angeln krachen. Als er sich zu mir umwandte, glaubte ich für den Bruchteil einer Sekunde, seine Augen hätten die Farbe gewechselt und rot aufgeleuchtet. Wäre ich so verrückt wie Tom, würde vieles dafür sprechen, dass Alexei ein Vampir war. Aber das war wirklich absurd.

Alexei eilte zu mir und ließ sich neben mir zu Boden gleiten. Den Blick hielt er gesenkt, sein langes Haar bedeckte sein Gesicht. Ich hob die Hand und wollte die blonden Strähnen beiseite schieben. „Alles in Ordnung mit dir, Alexei?"

Er hielt mein Handgelenk fest, nickte jedoch. „Mit Verlaub, aber dein Freund hat sie nicht mehr alle."

„Ich weiß. Und es wird immer schlimmer mit ihm."

Alexei zog mich mit einem Arm an sich, mit dem anderen bedeckte er seine Augen. „Das musst du nicht. Ist nicht deine Schuld."

„Soll ich dir etwas holen? Einen kalten Lappen?" Er küsste mein Haar und erhob sich rasch.

„Ich … ich brauche nur kaltes Wasser. Ich bin sofort wieder bei dir."

Ich sah ihm nach und seufzte schwer auf. Ich war schockiert und zutiefst traurig über Toms Verhalten. Er brauchte dringend professionelle Hilfe.

Der leidenschaftliche Augenblick war natürlich dahin. Wir verbrachten den Rest des Tages im abgedunkelten Wohnzimmer. Ich wollte Alexei etwas zu Essen machen, doch er wollte nur schlafen. Ich saß stundenlang neben ihm auf dem Sofa und beobachtete ihn. Wie er so dalag und schlief, war er so überirdisch schön, dass ich meinen Blick kaum von ihm abwenden konnte. Immer wieder streichelte ich sein blasses Gesicht und sein dunkelblondes, seidenes Haar.

Als die Sonne nicht mehr so hoch stand, fuhr Alexei nach Hause. Ich machte mir Sorgen, denn er sah geschwächt aus und seine Augen waren immer noch rot unterlaufen. Doch er hatte mir versichert, ihm ginge es gut und er sei nur müde. Wir verabredeten uns für den nächsten Abend.

Im Morgengrauen saß Alexei in seinem Zimmer und blickte durch die schützenden Gläser seiner Sonnenbrille hinunter auf die Straße. Langsam erwachte die Stadt zum Leben. Wie gerne würde er jetzt auf den Horizont schauen und das Farbenspiel betrachten, das die aufgehende Sonne an den Himmel zauberte. Warum wünschte er sich das so sehr, obgleich er doch ein Geschöpf der Nacht war? Alexei war ein geborener Vampir und sollte sein unsterbliches Dasein lieben. Stattdessen sah er sich als einen Verdammten. Verflucht dazu, sein Leben in ewiger Dunkelheit und Einsamkeit zu fristen. Eine kalte Hand schloss sich um sein Herz und zerquetschte es beinahe, als er daran dachte, dass er Leon ständig belog.

Leon war gestern so besorgt um ihn gewesen. Dabei war es doch Alexei, dessen Sorge um seinen sterblichen Geliebten größer war. Leon war intelligent und besaß mentale Fähigkeiten. Bald würde sein Gedächtnis komplett zurückkehren und daran mochte Alexei lieber nicht denken. Gestern hätte er sich beinahe verraten, als in seinem Zorn über Tom seine Fangzähne hervorgetreten und seine Pupillen sich verfärbt hatten. Als dieser Bastard Leon geschlagen hatte, war er einfach ausgerastet.

Am besten wäre es, er würde sang- und klanglos aus Leons Leben verschwinden. Er liebte ihn und wollte bei ihm sein, doch er war sich auch bewusst, dass er ihn in größte Gefahr brachte.

Alexei seufzte schwer, sein Blick fiel wieder hinunter auf die Straße. Eine Frau in einem schwarzen Hosenanzug mit einem Aktenkoffer in der Hand stieg in ein rotes Cabrio. Ein paar Häuser weiter ging ein alter Herr mit seinem Hund spazieren und schimpfte mit einer Gruppe Kinder, die gerade in den Schulbus stieg und eine Menge Lärm machte. Obwohl das Fenster geschlossen war und das Geschehen in einiger Entfernung lag, konnte Alexei mit seinem empfindsamen Vampir-Gehör jedes Wort verstehen, wenn er sich darauf konzentrierte.

Es hatte in der letzten Nacht geregnet, die lachende Meute sprang in den Pfützen umher und bespritzte Mann und Hund mit dem schmutzigen Nass. Um Alexeis Mundwinkel legte sich ein Grinsen, doch es erstarb bei dem Gedanken, dass er sich an seine eigene Kindheit kaum erinnern konnte.

Sein Wissen bestand lediglich daraus, dass er im September 1891 zur Welt kam und die Grigorescus irgendwann nach dem schrecklichen Tod seiner Mutter im Jahre 1898 nach Berlin gekommen waren. Sein Vater sprach niemals über die Vergangenheit und auch Razvan und Adriana waren augenscheinlich zum Schweigen verdammt. Vermutlich würden sie ihm ohnehin nichts sagen. Alexei besaß nur vage Erinnerungen an seine ursprüngliche Heimat Rumänien. Es waren einzelne Teile eines Puzzles, Bruchstücke, die er unmöglich zu einem Ganzen zusammensetzen konnte. Zum einen waren da seine Albträume. Hinzu kamen Visionen seiner Kindheit, die verzerrt und unwirklich waren. Die Gestalt seiner Mutter wirkte geisterhaft, stets war alles von dichtem Rauch und Feuer umgeben. Er hatte keine Erklärung dafür, doch es war, als hätte er eine ganze Weile hinter einem dichten Schleier gelebt, oder nur geträumt. Was er jedoch ganz sicher wusste war, dass Razvan und er noch nie ein gutes Verhältnis gehabt hatten. Im Laufe der Zeit hatte sich sein Cousin äußerlich kaum verändert. Razvans Alter war ein Geheimnis, wie bei den meisten Vampiren. Es war alles so verworren und mit jedem Tag wuchs seine Angst, dass auf ihm eine schreckliche Schuld oder ein Fluch lastete.

Schließlich erhob er sich, zog die Vorhänge zu und nahm die Sonnenbrille ab. So oft hatte Alexei seinen Vater gebeten, ihm von damals zu erzählen, doch er weigerte sich beharrlich, darüber zu sprechen. Vor allem über seine Mutter und die Zeit vor ihrem Tod durfte im Hause Grigorescu kein Wort verloren werden. Die genauen Umstände ihres Todes waren bis heute ein Rätsel. Alexei blieb nur ein Gemälde im Flur, dass eine schöne, dunkelhaarige Frau zeigte. Sie trug ein rubinrotes Kleid und ihr Lächeln war warm und gütig. Und doch konnte er keine Verbindung zu ihr spüren. Er war nicht imstande, irgendwelche Erinnerungen heraufzubeschwören, so oft er ihr Bildnis auch betrachtete.

Am Abend wollte Alexei eben das Haus verlassen, als er Razvans barsche Stimme hörte.

„Wo willst du denn hin?“ Sein Cousin stand auf der obersten Treppenstufe und spähte wie ein Geier auf ihn herunter. Er trug einen schwarzen Anzug und ein dunkelgraues Hemd, dessen oberste Knöpfe lässig geöffnet waren. Sein langes, schwarzes Haar war mit Gel zurückgekämmt, was ihm das Aussehen einer nassen Ratte verlieh. Anscheinend wollte er auch das Haus verlassen, mit der Absicht, seine nimmersatte, rücksichtlose Gier nach Blut und Sex zu stillen. Razvan war der Verbrecher unter den Vampiren, der sich stets die unschuldigsten Opfer aussuchte. Ohne jegliches Erbarmen handelte er grausam und rücksichtslos. Er schrak auch vor Mord nicht zurück. Nicht einmal Vater benahm sich derart widerlich.

„Das geht dich nichts an, Razvan.“ Alexei bemühte sich, ruhig zu bleiben, lockerte den Knoten seiner Krawatte und öffnete die Tür.

„Es geht mich schon etwas an, falls du dich mit diesem Leon triffst und dabei bist unsere Existenz aufzudecken.

Alexei hörte Razvan die Stufen hinunterspringen und wandte sich um. Sein Cousin funkelte ihn angriffslustig an und verzog die Mundwinkel zu einem verächtlichen Grinsen. Alexei versuchte unbeeindruckt zu wirken. Zu viel Gegenwehr würde ihn und Leon vielleicht verraten und das wollte er auf keinen Fall riskieren. Er setzte eine überraschte Miene auf und lachte.

„Deine blühende Fantasie erheitert mich, Razvan.“

Razvan durchbohrte Alexei mit einem eisigen Blick, als ahnte er etwas. Alexei wandte sich dennoch um, ohne ihm weiterhin Beachtung zu schenken. Als er über die Türschwelle trat, rief ihm Razvan hinterher.

„Ich komme dir auf die Schliche und wenn es so ist, wird es mir eine Ehre sein, uns von so einem Verräter wie dich zu befreien. Und deinen menschlichen Liebhaber sauge ich aus, bis auf den letzten Tropfen, ich schwöre es!"

Alexei knirschte mit den Zähnen und zwang sich, ruhig weiter zu atmen. Er spürte unbändigen Zorn in sich aufsteigen. In seinem Kopf sammelte sich das Blut, es rauschte in seinen Ohren und durch seine Adern. Alexei wollte zurück und diesem Bastard das Maul stopfen, doch seine Vernunft siegte. Er ließ die schwere Tür in das Schloss fallen und eilte über den Kiesweg hinaus auf die Straße.

Wenn dieser Mistkerl Leon auch nur ein Haar krümmte, würde Alexei ihm eigenhändig einen Pfahl durch sein Herz rammen.

Alexei beschloss, den Wagen stehen zu lassen und sich zu dematerialisieren. Es war eine Art der Fortbewegung, die er nur sehr selten gebrauchte. Erstens wurde ihm dabei jedes Mal übel und zweitens liebte er seinen Audi. Doch auf diese Weise konnte ihm Razvan nicht folgen und Leons Sicherheit besaß oberste Priorität.

Kapitel 12

Seit Alexei gestern Abend fort gegangen war, schwirrten meine Gedanken nur um ihn. Ich vermisste ihn, obwohl wir uns gestern erst gesehen hatten. Wenn ich an seinen heißen Körper und seine Erektion dachte, als er sein Becken an meines gedrängt hatte, wurde mir jetzt noch ganz schwummrig und in meinen Lenden kribbelte es wie verrückt. Alexei war mit Kleidung schon eine Sünde, wie wäre es erst, ihn ohne zu sehen? Seine geheimnisvolle Aura war unwiderstehlich und seine außerordentliche Stärke erregte mich nur noch mehr.

Dass ich meiner Familie irgendwann sagen musste, dass ich einen Mann liebte und begehrte – daran wollte ich jetzt noch gar nicht denken. Ich konnte schlecht einschätzen, wie sie reagieren würden, obwohl ich mir sicher war, sie würden es akzeptieren.

Nach einer ausgiebigen Dusche schlüpfte ich in Jeans und zog ein dunkelblaues Hemd an. Nervös blickte ich auf die Uhr.

Als endlich die Türglocke unten ging, machte mein Herz einen Sprung und pochte dann in wildem Takt. Kurz darauf stand Alexei schon vor mir im Türrahmen. Ich war so erleichtert. Aus unerfindlichem Grund hatte ich plötzlich Angst gehabt, er käme nicht.

„Alexei." Ich streckte die Hand nach ihm aus, mein Gesicht glühte, als er mich in seine Arme zog und küsste.

„Ich habe dich vermisst, Leon." Er musterte mich, hob seine Hand und strich mir eine Haarsträhne aus der Stirn.

„Ich habe dich auch vermisst. Sehr sogar." Sein Blick glitt meinen Körper hinab.

„Du bist wunderschön. Wenn wir jetzt nicht sofort gehen, bin ich vermutlich nicht mehr dazu fähig." Er grinste beinahe anzüglich.

„Das Dessert kommt immer zum Schluss, weißt du das nicht?", hauchte ich ihm frech zu, worauf er leise lachte.

„Können wir deinen Wagen nehmen, Leon? Meiner befindet sich in der Werkstatt."

„Warum hast du mich denn nicht angerufen? Ich hätte dich doch zuhause abholen können."

„Ab und zu fahre ich auch gerne mal U-Bahn", zwinkerte er mir zu. Irgendwie konnte ich mir Alexei nur schwer in einem überfüllten U-Bahn-Abteil vorstellen, ich wusste auch nicht woran das lag.

Zwanzig Minuten später betraten wir ein Hotel und begaben uns in das Restaurant im Erdgeschoss. Ein Angestellter, der Alexei allem Anschein nach bereits kannte, begrüßte uns förmlich und führte uns an einen der Tische. Ich setzte mich und sah mich um. Das Nobelrestaurant war im Barockstil gehalten, über jedem der mit teurem Kristall und Silber gedeckten Tische hingen protzige, goldene Kronleuchter und die Decke war mit edlen Stoffen drapiert. Die Einrichtung war in rot und gold gehalten und jeder einzelne Stuhl mit teurem, glänzendem Brokatstoff überzogen. Das offen stehende Panoramafenster gab den Blick auf den Innenhof frei, in dem ein Springbrunnen stand. Ein Mann saß an einem Spinnet und spielte die passende Musik zu diesem besonderen Ambiente.

„Schön ist es hier, Alexei. Ich verstehe, dass du gern hierher kommst."

Alexei setzte sich mir gegenüber. Er wirkte seltsam abwesend, schien durch mich hindurch zusehen und hatte sogar vergessen, seinen Geist zu verschließen.

Ich berührte sanft seine Hand. „Was? Was kannst du mir nicht sagen, Alexei?"

Alexeis Augenbrauen schossen nach oben, für eine Sekunde sah er entsetzt aus. Gerade wollte er etwas erwidern, als der Kellner an unseren Tisch trat, um die Getränkebestellung aufzunehmen.

Wir einigten uns auf einen erlesenen Rotwein und einen Aperitif. Alexei lehnte sich in seinem Stuhl zurück.

„Du belauschst meine Gedanken, ohne mich zu fragen?", sagte er halb vorwurfsvoll.

„Sorry, das ist ganz automatisch geschehen." Es war mir unangenehm.

„Es geht mir gut, wenn du bei mir bist, Leon."

Ich erwiderte das Lächeln, erleichtert, dass er mir anscheinend nicht wirklich böse war, und drückte seine Hand. Ich bemerkte die irritierten Blicke einiger Gäste, doch es war mir egal. Wenn Alexei bei mir war, war plötzlich alles so einfach und wunderbar.

Er hatte plötzlich verändert ausgesehen und ich hätte gerne gewusst, was ihn bedrückte. Der Kellner trat erneut an den Tisch, schenkte Alexei eine Kostprobe des teuren Weines ein, bevor er auch mir eins der Kristallgläser füllte.

„Haben die Herrschaften bereits gewählt?“ Er blickte abwartend von Alexei zu mir.

„Was können Sie uns denn heute empfehlen?“ Alexei zwinkerte mir zu. *Am liebsten wärst du mir, als Hauptspeise. Ich würde dich auf diesen Tisch legen und von jedem Quadratzentimeter deiner Haut naschen. Wenn du so gut schmeckst, wie du riechst, wird es ein Festmahl, das seinesgleichen sucht.*

Beinahe hätte ich mich an meiner eigenen Spucke verschluckt, die mir im Hals stecken blieb. Ich starrte Alexei an, der amüsiert grinste. Seine Nachdenklichkeit war verschwunden.

Der Kellner leierte ein paar Empfehlungen runter, aber ich hörte ihm nicht zu. Ich war von Alexeis Blick und von seiner Sinnlichkeit wie hypnotisiert. Seine Worte hatten in mir Schauer der Erregung ausgelöst, mein Puls schlug hart und schnell. Am liebsten hätte ich mich sofort auf den Tisch gelegt.

„Zwei mal das blutige Filet“, hörte ich Alexei wie durch Watte hindurch sagen.

“Sehr wohl, die Herrschaften.“ Als der Kellner fort war, erwachte ich aus meiner Trance.

„Ich … ich mag eigentlich kein blutiges Fleisch.“

Alexei lächelte. „Ich hab deins gut durch bestellt. Hast du das nicht gehört?“

Ich schüttelte den Kopf. In Alexeis Gegenwart musste ich mittlerweile mit allem rechnen. Vor allem mit einem Mangel an Zurechnungsfähigkeit meinerseits. Er hob sein Glas und prostete mir zu. Ich stieß lächelnd mit ihm an.

Nachdem wir gegessen hatten, griff Alexei plötzlich über den Tisch, nach meiner Hand.

„Erzählst du mir von deinen Träumen und Visionen, Leon? Denkst du, es lag ausschließlich an Toms Geschichten?“ Er streichelte meinen Handrücken.

Ich zögerte, bevor ich sprach. „Natürlich muss ich gestehen, dass er mich ganz verrückt gemacht hat, aber mal ehrlich, wer glaubt an

Dracula? Nein, es lag zum größten Teil auch an meinen telepathischen Fähigkeiten. Ich hab Dinge gesehen und gehört, die mir Angst gemacht haben. Visionen und Träume, die ich nicht deuten kann." Ich biss mir auf die Lippe und hätte mich ohrfeigen können. Ich wollte ihm nichts davon erzählen, doch er hatte mir auch von seinen Träumen erzählt.

„Wie meinst du das?" Alexei sah mich durchdringend an, seine tiefgrünen Augen funkelten interessiert.

„Nicht nur dich plagen Albträume. Seit mehreren Tagen träume ich eigenartige Dinge und – du wirst mich jetzt für verrückt halten – sie geschehen in eurem Haus."

„In unserem Haus?" Alexei sah verwundert aus. Ich erzählte ihm von dem Mann und der Frau auf dem Sofa, wie ich verfolgt wurde und von der Vision in der er mit diesem Fremden auf der Treppe kämpfte.

„Du hältst mich jetzt für verrückt, nicht wahr?" Ich entzog ihm meine Hand und lehnte mich seufzend zurück. Alexei schwieg einen Moment, schließlich schüttelte er den Kopf.

„Nein. Hältst *du* mich für verrückt, wegen meiner Träume?"

„Nein. Das gab mir auch den Mut, dir alles zu erzählen."

Er musterte mich so intensiv und verlangend, dass sich meine Nackenhaare sträubten und ich erschauderte. Das Gemurmel der anderen Gäste, die Musik und das Plätschern des Springbrunnens erstarben. Es gab nur noch ihn und mich.

„Lass uns gehen, ja?" Alexeis Stimme klang rau und fordernd. Ich konnte nicht mal sagen, ob er es laut ausgesprochen oder mir auf mentalem Wege gesagt hatte, so fasziniert war ich von seiner bloßen Anwesenheit. Er bezahlte und wir verließen das Restaurant.

Tom stand vor dem Haus, in dem Leon wohnte und starrte hinauf. Sein Herz war schwer wie ein Stein. Wut und Trauer ließen ihn beinahe durchdrehen. Leon und der Vampir hatten turtelnd das Hotel verlassen und Tom war ihnen gefolgt. Sein bester Freund war dieser Teufelskreatur anscheinend bereits hörig und hilflos ausgeliefert. Was tat der Vampir ihm gerade an? Tom ballte die Fäuste bis sich seine Fingernägel in die Handflächen gruben und biss die Zähne aufeinander. Entschlossen legte er den Finger auf den Klingelknopf, als er jäh gepackt und grob in den dunklen Flur gestoßen wurde.

„Hey, was soll …!“ Tom wollte sich umdrehen, doch sein Angreifer drängte ihn mit dem Gesicht voran gegen die Wand.

„Halt dein Maul, oder ich bring dich um!“

Tom gefror das Blut in den Adern, augenblicklich hatte er die Stimme erkannt. Eine Hand griff grob in sein Haar und riss ihm den Kopf zurück.

„Was hast du mit Alexei zu schaffen?“ Das Monster schien außer sich. Seine grollende Stimme erfüllte den dunklen Hausflur.

„Nichts!“, stieß Tom zitternd hervor.

„Lüg mich nicht an, du Abschaum!“ Er packte Tom am Kragen, warf ihn herum und presste ihn mit dem Rücken voran gegen die Mauer. Tom sah, was er ohnehin schon gewusst hatte: Es war der schwarzhaarige Vampir, der ihn mit leuchtend roten Augen anstarrte und seine Reißzähne fletschte, wie ein verdammtes Tier.

„Zeit das nachzuholen, was mein Cousin damals verhindern konnte, nicht wahr … Tom?“ Ein seltsamer Laut löste sich tief aus seiner Kehle, er glich dem Gekrächze einer Krähe und hallte im Flur wider. „Diesmal ist der Bastard nicht da, um dich zu retten!“ Seine roten, zu vertikalen Schlitzen verengten Pupillen, wirkten wie ein starker Sog, und Tom konnte sich nirgends festhalten. Er schrie auf, als er in ein tiefes, schwarzes Loch fiel und nahm nur noch die rot glühenden Augen des Vampirs wahr, bevor er in tiefe Bewusstlosigkeit versank.

Kaum war die Tür hinter uns zugefallen, drängte mich Alexei dagegen und verschlang mich mit seinen grünen Augen.

„Was auch immer geschieht, vergiss nie, dass ich dich liebe, Leon. Du hast mir mein Herz geraubt.“

Ich musste unwillkürlich grinsen. Wie geschwollen er schon wieder daherredete. Aber ich fand das süß … und sinnlich.

Alexei hob eine Braue. „Süß also?“

„Du sollst meine Gedanken nicht lesen, ohne zu fragen", beschwerte ich mich und merkte, wie mir heiß wurde. „Das waren deine eigenen Worte, wenn ich dich daran erinnern darf."

Er lachte leise auf. „*Du* bist süß, Leon. Und ich will dich ... jetzt sofort."

Seine Worte, verführerisch geflüstert, ließen mich augenblicklich hart werden, ich zitterte vor Erregung. Ohne zu überlegen schlang ich die Arme um seinen Hals und küsste ihn mit all meiner Leidenschaft und Liebe. Alexei stöhnte überrascht in meinen Mund, sein stählerner Körper keilte mich ein, zwischen ihm und der Tür. Hitze stieg in meine Wangen, alles um uns drehte sich. Plötzlich umfasste er mit festem Griff mein Bein und er hob es an seine Hüfte. Ich spürte das kühle Holz in meinem Rücken, seine heißen Küsse an meinen Lippen und sein hartes Geschlecht an meinem.

„Du machst mich ganz verrückt", keuchte er an mein Ohr und fing an, seinen Unterleib gegen meinen zu bewegen. Ich stöhnte auf, mein Herz machte Überstunden. Ich glaubte, keine Luft mehr zu bekommen. Als er mich losließ und einen Schritt zurücktrat, taumelte ich im Liebesrausch. Alexei löste seine Krawatte und warf sie achtlos fort.

„Komm." Er nahm meine Hand und führte mich ins Schlafzimmer, wo wir küssend aufs Bett sanken. Das Verlangen nach ihm hatte meinen Körper und meine Sinne in seiner Gewalt und ließ mich erzittern. Plötzlich saß Alexei auf meinen Hüften, griff nach dem Stoff meines Hemdes und riss es auf, so dass sämtliche Knöpfe absprangen. Aufkeuchend wollte ich nach seinen Unterarmen greifen, doch er packte meine Handgelenke und presste sie seitlich neben meinem Kopf ins Laken. Er knurrte wie ein Raubtier und seine Augen waren vor Lust verschleiert. Seine Pupillen schienen immer weiter und dunkler zu werden, schon bald glitzerten sie wie schwarzes Wasser. Als sich seine Lippen um meine erregten Brustwarzen schlossen, entfuhr mir ein heiserer Schrei. Wie mehrere tausend Volt schossen die Empfindungen durch meinen Körper direkt in meine Lenden. Meine Erektion drückte gegen den Reißverschluss meiner Jeans – und gegen Alexeis Schoß.

„Du bist so heiß, Leon." Sein Blick war verrucht und sündig, ich konnte nicht anders, als ihn anzustarren, während mein Herz sich aufführte wie ein Maschinengewehr.

Alexei rutschte etwas hinab und öffnete die Schnalle meines Gürtels. Seine langen Strähnen kitzelten in meinem Bauchnabel. Als seine Zungenspitze erneut über meine empfindsamen Brustwarzen hinwegflatterte und er sie abwechselnd zwischen seine Lippen sog, wurde mein Atem schneller und ich stöhnte matt auf. Ich hatte das Gefühl, mein gesamter Körper würde von innen heraus glühen.

„Alexei…“, keuchte ich aufgelöst, meine Hände krallten sich so fest in das Laken, dass ich Angst hatte, es zu zerreißen. Er öffnete den Reißverschluss meiner Jeans, mein Herz raste.

Behutsam zog er mir die Hose und auch die Boxer aus und legte sich zwischen meine Beine. Nackt und zitternd lag ich unter ihm, Alexei verschlang mich mit seinen hungrigen Blicken. Ich war so verdammt hart, dass es schmerzte. Noch nie hatte ich jemanden auf solch intensive Art und Weise begehrt, wie Alexei.

Als er seinen Kopf auf meinen Schoß hinabsenkte und seine Zunge meine intimste Stelle berührte, biss ich mir selbst in den Oberarm, um meinen Aufschrei zu dämpfen. Alexei begann mich mit Lippen, Zunge und Händen zu verwöhnen und verwandelte meinen gesamten Körper in einen bebenden Vulkan, kurz vor dem Ausbruch. Aus meiner Kehle kamen unverständliche Laute, ein Wirrwarr aus Seufzen und Stöhnen.

Als er sich plötzlich zurückzog, schnappte ich nach Luft und blickte ihn an. Alexei richtete sich auf und riss sich seine Kleider ungeduldig vom Leib. Endlich konnte ich seinen wundervollen, sehnigen Körper und seine Erregung in voller Pracht sehen. Er sah aus wie ein Gott. Sein blasser Oberkörper schien im Halbdunkel des Schlafzimmers matt zu schimmern, das Spiel seiner Muskeln war ein höchst erotischer Anblick und sein Geschlecht ragte steif und erwartungsvoll in die Höhe. Ich glaubte das Pochen meiner Erektion nicht länger aushalten zu können.

Endlos scheinende Sekunden betrachtete er mich voller Verlangen, dann neigte er sich hinunter und begann erneut, mich mit Zunge und Lippen zu liebkosen. Er griff in meine Kniekehle und schob mein Bein zur Seite. Quälend langsam und unendlich zärtlich streichelten seine Finger über meine Haut und setzten sie in Brand. Er küsste und leckte meine Innenschenkel, wie um das Feuer wieder zu löschen. Ich verspürte den Drang zu schreien vor Lust.

Als er einen feuchten Finger behutsam in mein Innerstes schob, versteifte ich mich und bohrte meine Fingernägel in seine Schultern. Alexei hielt inne und flüsterte zärtlich meinen Namen. „Alles … in Ordnung?"

Ich atmete tief durch und nickte.

„Entspann dich", flüsterte Alexei. „Nicht denken, Leon. Nur fühlen." Ich empfand ein kurzes Stechen, doch im nächsten Augenblick spürte ich, wie sehr es mich erregte und entspannte mich etwas.

„Fühlst du es, Leon?", raunte Alexei atemlos, er rang sichtlich um Beherrschung. Ich brachte nur hektisches Nicken zustande. Und wie ich es fühlte! Er nahm einen zweiten Finger dazu und traf einen Punkt, der mir einen Lustschrei entlockte.

„Heilige Scheiße!"

„Soll ich weiter machen?" flüsterte er, ich hörte ihn leise auflachen.

Als Antwort konnte ich lediglich ein Stöhnen erwidern, als er mich auch schon mit seinen Berührungen in den höchsten Himmel und die tiefste Hölle zugleich katapultierte. Ein Beben durchzuckte meinen Körper und meine Stimme überschlug sich beinahe, als er begann, mich intensiver zu massieren.

„Alexei … ich halt das nicht … lange …durch", flehte ich ihn an und streckte voller Sehnsucht die Arme nach ihm aus. Er ließ von mir ab und legte sich über mich. Ich schlang die Beine um seine Hüften.

„Ich bin da", keuchte er außer Atem, während er behutsam in mich eindrang. Sein großes, pralles Geschlecht bohrte sich tief in mich hinein und ich schrie leise auf. Ich nahm erneut einen leichten Schmerz wahr, doch bevor sich Alexei zurückziehen konnte, zog ich ihn mit den Beinen noch näher an mich. Es war überwältigend, ihn in mir zu spüren. Es fühlte sich an, als wäre er nicht nur in meinen Körper eingedrungen, sondern auch in das Tiefste meiner Seele.

Alexei begann, sich zu bewegen.

Alexei war Eins mit Leon. Er war *in* ihm. Seine Bewegungen wurden schneller, seine Stöße fester und er verlor sich im Strudel der Leidenschaft und seiner Begierde nach Leon.

Leons betörendes Stöhnen und die Art, wie er seinen schlanken, warmen, menschlichen Körper gegen Alexeis drängte, erregte ihn ins Unermessliche und würde bald in einer Katastrophe enden. Doch Alexei konnte nicht mehr aufhören … es war zu spät.

Die pochende Halsschlagader, die unter Leons gebräunter Haut hervortrat und sein Blut, das pulsierend durch seinen Körper pumpte und seinen Duft verströmte, weckten seine Blutgier. Noch nie hatte er widerstehen können, seine Fänge in das weiche Fleisch zu versenken und den begehrten Lebenssaft zu rauben, während er sich seinem Höhepunkt näherte. Alexei schloss die Augen und verlor den Kampf gegen sein düsteres Verlangen. Es war seine Natur und er konnte ihr nicht trotzen.

Die Reißzähne traten aus seinem schmerzenden Kiefer hervor, alles drehte sich um ihn, während sich seine geöffneten Lippen auf Leons Hals zu bewegten.

In diesem Moment schrie Leon wild auf und seine Fingernägel vergruben sich in Alexeis Rücken, als er sich seinem heftigen Höhepunkt hingab. Zugleich las Alexei seine Gedanken.

Ich liebe dich, Alexei. Ich liebe dich.

Alexeis Fänge bohrten sich in das Kissen unter Leons Kopf. Er versuchte krampfhaft, sich zu beruhigen. Sein Puls dröhnte in seinem Schädel, wie der Bass bei einem Rockkonzert und seine Lungen schmerzten bei jedem Atemzug.

Die Kontraktionen von Leons Orgasmus engten Alexeis Härte ein. Er schloss die Augen und stieß immer wilder, immer verlangender, beinahe wütend zu. Ein Klopfen und Pochen, das in jedem Winkel seines Körpers entstand, machte sich energisch auf den Weg in seine Körpermitte, wo es immer intensiver wurde und dort schließlich in einem gewaltigen Feuerwerk explodierte. Alexeis Fänge rissen ein Loch in das Kissen, doch es dämpfte seinen animalischen Aufschrei. Zu intensiv waren die Empfindungen. Leon hielt ihn fest umschlungen, während das Beben und Zittern kein Ende nehmen wollte. Alexei wartete, bis sich sein Zustand normalisiert hatte und er Leon wieder in die Augen blicken konnte.

Als er sich aufrichtete, flogen die Federn wild umher, klebten an seinem Oberkörper und hingen ihm in den Haaren.

Leon lächelte matt. Auch er war mit Federn bedeckt und sah aus, wie ein Vogel in der Mauser.

„Wow …“, war alles, was er erstickt hervorbrachte. Seine Beine, die noch immer um Alexeis Hüften geschlungen waren, zitterten. Alexei vergrub seine Nase in Leons Haar und bewegte sein Becken, um ihn noch intensiver zu spüren.

Leon stöhnte auf. „Himmel … das war Wahnsinn. Ich hätte nie gedacht, dass es so sein würde“, flüsterte er. „Von heute ab möchte ich jeden Tag mit dir schlafen … mindestens dreimal, oder viermal.“

Alexei hob den Kopf und zupfte Leon ein paar Federn aus dem Haar. „Ist das ein Versprechen?“

„Sicher“, antwortete Leon grinsend. „Wir sollten vorher aber ein paar neue Kissen besorgen.“

Die Wahrheit sah anders aus und traf Alexei wie ein Dolch mitten in die Brust. Dass er Leon beinahe gebissen hätte, bestätigte ihm, wie töricht es gewesen war, zu glauben, er könne tatsächlich mit ihm zusammen sein. Durch seine bloße Gegenwart war Alexei bereits die größte Gefahr für ihn. Außerdem würde Leon bald seinem dunklen Geheimnis auf die Spur kommen und die Folgen wollte er sich gar nicht ausmalen. Die ganze Nacht über lag er wach und beobachtete Leon im Schein der Nachttischlampe. Seine schwarzen Strähnen bedeckten die Augen, Alexei strich es ihm liebevoll aus der Stirn. Leon lag auf dem Rücken, die Bettdecke war bis auf seine Hüften hinunter geglitten. Alexei starrte auf die gebräunte, sehnige Brust und den dunklen Haaransatz unter dem Bauchnabel. Er war Leon vollkommen verfallen und liebte ihn mit jeder Faser seines Daseins. Alexei deckte ihn zu, hauchte einen Kuss auf seine Stirn und erhob sich.

Kapitel 13

Nachdem er seine Hosen angezogen hatte, ging Alexei ins Badezimmer und knipste das Licht an. Als es auf seine Pupillen traf, kniff er kurz die Augen zusammen. Er trat an das Waschbecken und blickte in den Spiegel. Was er sah, war ein bis über beide Ohren verliebter Vollidiot. Er musste den Verstand verloren haben.

Erneut rief er sich seine Träume ins Gedächtnis. Alexei wurde das Gefühl nicht los, dass es etwas gab, das man ihm verschwieg. Etwas von großer Bedeutung.

Wie war seine Mutter wirklich gestorben und was war geschehen? Die nächtlichen Visionen mussten irgendetwas mit der Vergangenheit zu tun haben und doch konnte er sich keinen Reim darauf machen. Alexei drehte den Hahn auf, wusch sich das Gesicht mit kaltem Wasser und fixierte erneut sein Spiegelbild.

Plötzlich geschah etwas, das sein unsterbliches Herz einen Moment zum Stillstand brachte. Sein Spiegelbild verschwamm und materialisierte sich in ein neues. Ein kleiner Junge blickte ihm traurig entgegen. Reflexartig griff er nach dem Beckenrand und hielt sich daran fest, unfähig, einen Ton hervorzubringen.

Der Junge öffnete den Mund zum Sprechen: „Sag Leon endlich, wer du bist. Er allein ist der Weg zur Wahrheit“, wisperte er. „Bitte.“ Eine einzelne Träne rann seine Wange hinab.

Trotz der Fassungslosigkeit neigte sich Alexei ein Stück vor und schüttelte den Kopf. Sein Herz raste.

„Wer bist du?“

Der Junge wunderte sich offenbar über die Frage, eine Falte bildete sich auf seiner Stirn.

„Dies ist ein Spiegel, nicht wahr?“

Alexei stutzte und musterte sein Gegenüber intensiv. Grüne Augen blickten ihn abwartend an. Als ihn die Erkenntnis traf, spürte er jäh einen Stich in der Brust und erschauderte.

Der Junge lächelte matt. „Du bist auf dem richtigen Weg. Alles wird gut.“

Das Bild begann sich aufzulösen, verschwamm und nahm Alexeis kindliches Ich mit ins Nirgendwo. Seine Handfläche schnellte vor, als wollte er das Bild festhalten. Unter dem Druck sprang das Glas, ein Spinnennetz aus Sprüngen überzog die Fläche.

„Warte!“

Alexei brauchte ein paar Sekunden der Besinnung, in denen er wie paralysiert in den Spiegel starrte. Schließlich behob er den Schaden mit einem mentalen Befehl, wandte sich ab und verließ fluchtartig das Bad.

Was hatte das zu bedeuten? Langsam zweifelte Alexei an seiner Geisteskraft. Der matte Schein des Badlichtes drang durch den Türspalt in das Wohnzimmer. Irgendetwas auf dem Kaminsims erzwang seine unbedingte Aufmerksamkeit. Er ging darauf zu. Es befanden sich mehrere gerahmte Bilder darauf. Eins zeigte Leon im Alter von etwa zwölf Jahren mit seinem Vater, Ines und der kleinen Fiona. Sie lachten und sahen sehr glücklich aus. Alexei besah sich die anderen. Leons Vater, ein paar unbekannte Gesichter und mehrere Kinderbilder. Gerade wollte er sich abwenden, da fiel sein Blick auf ein weiteres Foto. Das Bild zeigte Leon mit einem alten Mann. Dies war im Grunde nichts ungewöhnliches, wäre da nicht die befremdende Tatsache, dass Alexei sofort das Gefühl hatte, ihm schon einmal irgendwo begegnet zu sein. Seine Hand zitterte, als er das Bild anhob. Er überlegte fieberhaft, ob der Mann vielleicht auf der Wohltätigkeitsveranstaltung gewesen war, oder ob er ihn mit Leon zusammen gesehen hatte. Dieses Funkeln in seinen freundlichen, blauen Augen war ihm seltsam vertraut ...

Alexei wurde jäh aus seinen Überlegungen gerissen, als aus dem Schlafzimmer ein Wimmern und gequältes Stöhnen drang. Rasch stellte er das Bild zurück und eilte hinüber, wo sich Leon unruhig im Bett wälzte, vermutlich von Albträumen geplagt. Mit einem Satz war Alexei bei ihm, setzte sich auf die Bettkante und strich beruhigend über sein Haar.

Ich schritt die Treppe hinauf und bog in einen langen, düsteren Korridor ein, der mit jedem Schritt dunkler wurde. Ich hörte mich selbst panisch schnell atmen und zitterte am ganzen Leib. Und doch wurde ich durch eine unbekannte Macht gezwungen, weiter zu gehen. Ich wusste genau, wo ich hinging, wusste genau, welche Tür es war, hinter der sich das verbarg, was ich sehen sollte, sehen musste. Je dunkler es wurde, umso mehr bildete ich mir ein, der Boden würde sich unter mir verändern. Er wurde seltsam weich, beinahe schlammig, zugleich trat ich ständig auf eigenartige, kleinere und größere Unebenheiten, die mich fast zum Stolpern gebracht hätten. Ein eigenartiger, modriger Geruch hing in der Luft, der immer intensiver wurde. Wieder knackte es unter meinen Schuhsohlen. Meine Hand legte sich auf die Klinke, und ich öffnete die Tür. Was ich sah, überraschte mich nicht, dennoch empfand ich grenzenloses Grauen, Abscheu und Angst. Der schwarzhaarige Fremde saugte der Frau das Blut aus dem Körper, der in seinen Armen immer mehr erschlaffte. Zugleich veränderte sich etwas an ihm, sein Haar ...

Sein Haar wurde heller und etwas kürzer, auch seine Kleidung veränderte sich wie durch Zauberei. Und dann, als er den Kopf hob, glaubte ich mich am Rande des Wahnsinns, oder sogar darüber hinaus.

Alexeis sonst hellgrünen Augen loderten rot auf, sein schönes Gesicht war zu einer dämonenhaften Fratze verzogen und er leckte sich über die mit blutverschmierten Lippen. Als er mich ansah und Anstalten machte, sich zu erheben, erwachte ich endlich aus meiner Starre und flüchtete. Nach zwei Sätzen rutschte ich jedoch auf dem schlammigen Boden aus und fiel der Länge nach hin. Ich wollte mich aufrichten und erkannte nun, was den Fußboden bedeckte. Er war übersät mit unterschiedlich stark verwesten Leichen und Skeletten, der Gestank war unerträglich. Irgendetwas schien sich wuselnd und sich windend unter mir zu bewegen und zu krabbeln. Todesangst und mein unbändiger Lebenswille gaben mir letztendlich die Kraft, mich hoch zu stemmen und weiter zu stolpern, doch ich kam abermals nicht weit.

Kräftige Arme ergriffen mich von hinten und warfen mich auf den Boden zurück. Ich schrie auf und strampelte mit den Beinen, schlug wild um mich, fest entschlossen zu kämpfen. Doch er war zu stark. Mit einem Ruck drehte er mich herum und lachte grausig auf. Nichts erinnerte mehr an den Mann, den ich so sehr liebte. Er entblößte seine Fangzähne, die er im nächsten Moment mit erbarmungsloser Wucht in meine Kehle hieb. Ich verspürte solche Schmerzen, dass ich nicht einmal mehr fähig war, erneut zu schreien. Mein Körper verlor langsam an Kraft, ich konnte fühlen, wie das Blut aus meinem Körper sprudelte. Mit letztem Willen versuchte ich mich zu befreien, doch ich hatte keine Chance zu entkommen.

„Leon!" Plötzlich fing er an, an meiner Schulter zu rütteln, strich mir über das Haar.

„Wach doch auf!"

Mit einem heiseren Schrei erwachte ich und blickte Alexeis bleiches Gesicht. Noch immer sah ich seine roten Augen und die grausigen Fangzähne vor mir und stieß ihn heftig fort.

„Geh weg von mir! Fass mich nicht an, du Monster!"

Alexei versuchte mich zu beruhigen, obwohl er selbst völlig aufgewühlt und durcheinander schien.

„Leon! Ich bin es doch. Komm zu dir. Du hast nur geträumt."

Er wollte mich an der Schulter berühren, doch ich schlug seinen Arm weg. „Du wolltest mich töten!"

Allmählich kam ich zur Besinnung und mir wurde klar, was ich da eben zu ihm gesagt hatte. Alexei war zurückgewichen und wirkte zutiefst bestürzt. Meine Brust zog sich schmerzlich zusammen und ich schlug mir beide Hände vor den Mund.

„Gott, Alexei, es tut mir so leid. Es war nur … der Traum." Ich zitterte wie Espenlaub, noch nie hatte ich so greifbar geträumt. Im nächsten Moment sank ich in seine Arme, Alexei strich beruhigend über meinen Rücken.

„Schon gut. Ich bin da, Leon."

Ich war noch immer viel zu gefangen, um zu sprechen. Dass ich wieder diesen schwarzhaarigen Mann gesehen hatte, war schlimm genug, doch die Tatsache, dass ich solche schrecklichen Dinge von Alexei träumte, bestürzte mich zutiefst. Nach einer Weile löste ich mich von ihm und sah ihn an. Seine Vollkommenheit raubte mir erneut den Atem. Er trug nur seine Hosen. Sein Gesicht schien noch blasser als sonst und er wirkte irgendwie erschlagen. Ich hatte niemals die Absicht gehabt, ihm wehzutun, doch dieser Traum war so real gewesen. So erschreckend real.

„Alexei." Ich legte eine Hand auf seine nackte Brust, dort wo sein Herz schnell und hart schlug. „Ich weiß nicht warum ich ..."

„Nein Leon, nicht." Er griff nach meiner Hand und presste sie einen Augenblick fest gegen seine Lippen. „Ich bin derjenige, dem es leidtun sollte. Es ist alles meine Schuld."

Ich stutzte. „Was meinst du damit?"

Alexei zuckte mit den Schultern, ein schweres Seufzen verließ seine Lippen. Ganz plötzlich ließ er meine Hand los und erhob sich. Er ging zum Fenster und starrte auf die geschlossenen Jalousien. Verwirrt schnappte ich mir meine Boxershorts, die neben dem Bett auf dem Fußboden lagen und folgte ihm. Ich strich sein langes Haar beiseite und küsste seinen Nacken. Behutsam schlang ich die Arme um seinen Oberkörper und malte kleine Kreise auf seine Brustmuskeln. „Ich habe dich erschreckt, Alexei. Du hast keine Schuld. Ich liebe dich."

Alexei fasste nach meinen Händen, löste sich behutsam aus meiner Umarmung und wandte sich zu mir um. „Ich bin es nicht wert, von dir geliebt zu werden, Leon. Ich bin es nicht wert." Er senkte den Blick.

„Was redest du da bloß wieder, Alexei? Warum sagst du so etwas?"

Alexeis Herz wurde schwer wie ein Felsen und drohte ihn hinunterzuziehen. Er konnte Gedanken lesen und beeinflussen, war fähig über Leben und Tod zu entscheiden und besiegte Tag für Tag den Wandel der Zeit. Doch jetzt, in diesem Augenblick, war er so hilflos wie ein Säugling. Aber er hatte es angefangen, nun musste er es auch zu Ende bringen, selbst wenn er Leon dadurch verlieren würde.

„Ich bin nicht der, für den du mich hältst", brachte er schweren Herzens hervor. Alexei schluckte hart und sah Leon fest entschlossen in die Augen. „Ich habe dir etwas Bedeutsames verschwiegen. Egal, was ich dir jetzt erzähle, du darfst niemals vergessen, dass ich dich liebe. Mehr als mein Leben, das musst du mir glauben. Und du wirst mich hassen, bis in alle Ewigkeit."

Leon löste seine Hände aus Alexeis, trat einen Schritt zurück und starrte ihn bestürzt an. „Jetzt machst du mir Angst", wisperte er, seine Stimme bebte.

„Versprich mir, zuzuhören und mich nicht zu unterbrechen, ja? Ich bitte dich, hör mich an."

Leon nickte.

„Tom hat Recht. Er hat sich das alles nicht eingebildet. Was du träumst ist wirklich geschehen, aber du musst mir glauben, dass ich dir niemals etwas antun könnte. Niemals. Ich liebe dich."

Aus Leons Kehle drang ein erstickter Laut und er wich noch einen Schritt zurück. Er wollte etwas erwidern, doch Alexei bedeutete ihm mit einer Handbewegung, zu schweigen. Zuerst erzählte er Leon von der Begegnung mit Tom und wie er ihn damals aus den Klauen seines Cousins befreit hatte. Alexei berichtete, was vor einigen Tagen wirklich in der Villa geschehen war und wie er ihm anschließend das Gedächtnis gelöscht hatte. Mit jedem Wort mehr sah er, wie sehr Leon litt, und es schmerzte ihn bis ins Tiefste seiner dunklen Seele. Doch es musste sein … nur so konnte er ihn vor weiterem Unheil bewahren. In Leons Augen standen Tränen, die er jedoch tapfer zurückhielt. Alexei spürte, wie sich starker Zorn in Leon aufbaute und zu einem gewaltigen Orkan zusammenbraute. Als er damit endete, dass seine Mutter 1898 getötet wurde und er über einhundert Jahre alt war, explodierte das Pulverfass.

Leons Lippen bebten, eine einzelne Träne löste sich und lief seine Wange hinunter. Sein Gesicht war eine einzige, schmerzerfüllte Maske und seine Fäuste hielt er geballt an den Seiten. Im nächsten Moment schoss er vor und schlug Alexei hart ins Gesicht.

„Du mieses Arschloch!" Sein Schlag war kraftvoll, doch für Alexei viel zu schwach. Er rührte sich nicht von der Stelle, was Leon einen Moment innehalten ließ.

„Leon. Hör mir doch zu."

„Nein, du hörst mir zu, Alexei!" zischte er außer sich. „Du verschwindest auf der Stelle, bevor ich mich vergesse! Du hast mich die ganze Zeit verarscht … ich hätte merken sollen, dass du voll der Psycho bist!" Seine zitternde Hand zeigte zur Tür. „Raus!"

Alexei machte noch einen Versuch und wollte auf ihn zugehen, doch Leon funkelte ihn wütend an und hob erneut eine Faust. Sein Gesicht war so voller Hass und Zorn, dass es wie ein Stich in Alexeis ohnehin blutendes Herz war.

„Ich sage die Wahrheit!", stieß er voller Verzweiflung hervor. „Ich bin ein verdammter Vampir."

Leon unterdrückte einen hilflosen Schluchzer und fing an, Alexeis restliche Kleidung und Schuhe aufzusammeln, die verstreut am Boden lagen. Er knäuelte alles zusammen, hetzte wie ein Geisteskranker auf Alexei zu und knallte ihm das Bündel an die Brust.

„Zieh deine Sachen draußen an und lass dich nie wieder hier blicken, ich warne dich! Und zieh Tom da nicht mit hinein. Ihn für deine Zwecke auszunutzen und sich einen Spaß aus seinen Wahnvorstellungen zu machen, das ist verdammt schäbig!"

„Wie kannst du nach dieser wundervollen Nacht so von mir denken? Sieh mich an, Leon! Sehe ich so aus, als würde ich scherzen? Sieh in meine Gedanken, ich bin ein Vampir, ich bin ein verdammter Untoter!" Alexei litt grausame Qualen, doch Leon wollte ihn nicht mehr anhören.

„Ich werde nicht noch einmal in deinen kranken Schädel sehen. Das was du erzählst reicht mir völlig! Du bist ja wahnsinnig! Genau wie Tom. Ihr seid plötzlich alle wahnsinnig!" Leon stürmte auf die Tür zu und riss sie auf. Er hielt den Blick gesenkt, als Alexei an ihm vorbeiging.

„Ich sage die Wahrheit, Leon. Und du weißt das. Hör in dich hinein, lies meine Gedanken."

Ich wollte nichts mehr hören und schlug die Tür hinter ihm zu. Dann ließ ich mich auf den Boden hinuntergleiten. Meine Kehle war so eng, dass ich nicht wusste, ob ich mich übergeben oder ersticken wollte. Der Schmerz, tief in mir, war so stark, dass sich ungewollt ein lauter Schluchzer meiner Kehle entrang. Ich zog die Knie an, legte meine Arme darauf ab und vergrub das Gesicht darin. Ich fühlte eine quälende Leere, mein Körper war eine seelenlose Hülle, seiner Gefühle und Empfindungen beraubt. Wie hatte ich mich in Alexei nur so täuschen können? Ich begann am ganzen Körper zu zittern und konnte mich nicht beruhigen.

Das Schlimmste war, dass in meinem Kopf drei Möglichkeiten kreisten, wobei die dritte absolut absurd war.

Erstens: Er war völlig durchgeknallt.

Zweitens: Er wollte mich loswerden. Aber dann hätte ich mich die ganze Zeit über sogar durch seine Gedanken täuschen lassen.

Drittens: Er sagte die Wahrheit.

Hysterisch lachend fuhr ich mir durch das Haar. Ich erschrak über den Klang meiner Stimme, glaubte den Verstand zu verlieren. Plötzlich hatte ich das Bedürfnis, irgendetwas kurz und klein zu schlagen. Ich sprang auf, mit einem Wutgebrüll stürzte ich mich auf das Sideboard im Flur und räumte es mir einer ausholenden Armbewegung ab. Gerahmte Bilder, Rechnungen und die Station des schnurlosen Telefons schepperten zu Boden und landeten schlitternd auf den Fliesen. Der Telefonhörer lag noch da. Ich griff danach und schmetterte ihn unter einem weiteren, gepressten Schrei gegen die Wand. Er zerschellte in mehrere Einzelteile. Dann sank ich wieder zu Boden und konnte meine Tränen nicht mehr länger zurückhalten.

Ich wusste nicht, wie lange ich dort im Flur gekauert hatte, doch plötzlich wurde ich von einem Geräusch aus dem Schlafzimmer aufgeschreckt. Ich ging hinüber, konnte aber nichts Auffälliges erkennen. Bis mein Blick auf das Fenster fiel. Die Jalousien waren plötzlich oben. Mir stockte der Atem, als ich im Dunkeln außerhalb der Glasscheibe eine Gestalt erkannte, was im siebzehnten Stock unmöglich war.

Alexei, dachte ich noch einen Moment, mein Puls raste.

Im nächsten Moment barst die Scheibe mit einem Höllenlärm, ein schwarzer Schatten krachte hindurch und sank leichtfüßig zu Boden. Ich war wie erstarrt, stierte ihn an, zu keiner Regung fähig. Im nächsten Augenblick, als er in den Schein der Nachttischlampe trat erkannte ich ihn, mein Albtraum stand leibhaftig vor mir.

Der schwarzhaarige Vampir hob seine Hand und zeigte auf das zertrümmerte Fenster, worauf sich dieses wie von Geisterhand wieder zusammensetzte.

„Oh, Verzeihung, war keine Absicht." Es klang überheblich und amüsiert. Er musterte mich von Kopf bis Fuß.

„Du!", entfuhr es mir heiser. Im selben Moment überkam mich die Erkenntnis, dass Alexei die Wahrheit gesagt hatte so heftig, dass mir schlecht wurde. Was hatte ich nur getan?

Kapitel 14

Als der große, dunkel gekleidete Mann auf mich zuschritt, sah es aus, als würde er schweben. Sein schwarzer Mantel wallte auf, obwohl kein Lüftchen sich regte. Mit dem nächsten Satz war er bei mir, packte mich mit einer Hand an der Kehle und stieß mich grob gegen die Wand. Seine Hand war kalt wie Eis.

„Wie ich sehe, erkennst du mich wieder“, zischte er. „Sehr schlecht.“ Sein Griff wurde fester, ich bekam kaum noch Luft. Instinktiv schlossen sich meine Hände um sein Handgelenk, um ihn von mir zu stoßen, doch er rührte sich nicht von der Stelle, seine Muskeln waren hart wie Stahl.

Gegen seine übernatürlichen Kräfte war ich machtlos. Überheblich blickte er auf mich hinunter. Seine Pupillen waren tiefrot und als er den Mund zu einem gehässigen Grinsen verzog, blitzten weiße, scharfe Reißzähne zwischen seinen Lippen hervor.

Alexei hatte die scheißverdammte Wahrheit gesagt. Und nun war der falsche Vampir bei mir. Und Tom! Der arme Tom. Meine Träume waren tatsächlich die Realität gewesen. Ich hatte es mir nicht eingestehen wollen, denn es war einfach nicht möglich! Es gab keine Vampire!

„Oh, der arme, arme Tom!“ Der Blutsauger äffte meine Gedanken nach. „Natürlich hat mein Möchtegern-Cousin die Wahrheit gesagt, dieser Narr! Und dafür wird er mit seinem unsterblichen Leben bezahlen, dieser elende Verräter, genau wie du!“

Mit den letzten Worten war er immer lauter geworden, seine Augen schienen zu glühen.

Ich schnappte panisch nach Luft und versuchte, mich loszureißen. „Lass mich los! Was willst du?“

Er lachte selbstgefällig, plötzlich verschwanden die eisigen Hände und er wich einen Schritt zurück. Er baute sich drohend auf, sein Blick wanderte meinen Körper entlang. Mit einem Mal wurde mir bewusst, dass ich immer noch nichts weiter trug, als meine Boxershorts. Ich hatte Angst, mich zu bewegen. Ich wollte nicht riskieren, noch einmal von ihm festgehalten zu werden. Ich versuchte mich zu beruhigen und Alexei auf telepathischem Wege zu erreichen, doch mein Kopf war wie leergefegt. Es herrschte nur panische Angst darin. Außerdem würde die Fledermaus meinen Versuch sicher bemerken.

„Und ob ich das bemerken würde." Er lachte auf. „Was hast du nur mit diesem Bastard gemacht? Er war ja nur noch ein Schatten seiner selbst, als er deine Wohnung verließ. Hat mich gar nicht wahrgenommen in seinem Selbstmitleid. Wenn er sich mit einem Sterblichen einlässt, musst du besondere Qualitäten haben."

Der Vampir grinste anzüglich, kam wieder näher. Mir entgleisten sämtliche Gesichtszüge. „Lass deine dreckigen Pfoten von mir, du Arsch!"

Er schien einen Moment pikiert, dann löste sich ein Glucksen aus seiner Kehle.

„Fledermaus? Arsch? Du bist echt witzig", entgegnete er amüsiert. „ Du gefällst mir."

„Aber du mir nicht! Ich steh nicht auf halb vermoderte Gruftis." Trotz meiner Angst war ich rasend vor Wut. Meine Brust zog sich schmerzhaft zusammen, als ich an Alexei dachte. Ich hatte ihm Unrecht getan, ich hatte ihm nicht vertraut und ihm nicht geglaubt.

Im nächsten Moment stürzte der Blutsauger auf mich zu, drückte mich erneut an die Wand und drängte seinen Oberschenkel gegen meinen Schritt.

„Scheint mir, als müsste ich dir noch Manieren beibringen!" Er presste seinen Unterleib an mein Becken, sein Atem wurde immer schwerer und er stöhnte leise auf, während seine eiskalte Zunge über meinen Hals leckte.

Ein Schauer des Grauens durchlief meinen Körper. „Lass das ... du widerliches Schwein." Ich durfte jetzt auf keinen Fall die Nerven verlieren, es musste doch etwas geben, das ich tun konnte! Mein Mut verließ mich, ich ahnte, dass es kein Entkommen gab.

„Mit Alexei hast du es doch auch getrieben. Stell dich nicht so an. Du bist schon ganz scharf, hab ich recht?"

„Du bist nicht mein Typ", stieß ich furchtlos hervor. Je mehr Angst ich hatte, desto unwiderstehlicher wirkte ich bestimmt auf ihn.

„Es macht mich an, wenn ich dein Herz panisch schlagen höre. Und ich kann dein Blut riechen", flüsterte er schwer atmend an mein Ohr.

Ich schrie heiser auf, als ich seine Zähne an meinem Hals spürte und griff instinktiv in seinen schwarzen Schopf, um ihn von mir zu stoßen. Doch er war mir überlegen und viel zu stark. Starr vor Entsetzen spürte ich, wie sich seine Fangzähne in meine Kehle bohrten, und ich konnte nichts dagegen tun. Meine Gegenwehr erschlaffte so schnell, dass meine Beine wegsackten. Doch der Vampir presste mich noch stärker gegen die Wand und hielt mich so aufrecht. Ich konnte nicht mal behaupten, dass ich starke Schmerzen hatte, es war mehr ein unangenehmer Sog, den ich spürte. Ich fühlte mich mit einem Mal unheimlich schwach und klein.

Ich hatte keine Ahnung, wie lange es dauerte, doch irgendwann ließ von mir ab. Ich spürte seine kalte, nasse Zunge auf meiner Haut.

„Keine Angst. Durch einen einmaligen Biss kann dir nichts geschehen, doch du bist vorbereitet", hörte ich ihn sagen. „Der zweite Biss eines Vampirs wird dich töten oder dir das ewige Leben schenken."

Er lachte auf. „Das heißt, sollte Alexei jemals in den Genuss kommen, wird er dich töten oder ins Verderben stürzen. Dann bist du ein Verdammter."

Zu meinem Erstaunen erholte ich mich relativ schnell und rappelte mich auf.

„Leck mich!", stieß ich heftig atmend hervor, die Handfläche panisch auf meinen Hals pressend. Doch meine Haut war trocken und heil, als wäre nichts geschehen.

„Mit Vergnügen, aber zuerst haben wir etwas anderes vor. Zieh dir was an, wir gehen."

„Ich werde nirgends hingehen!"

Er blickte mich überrascht an. Dann lachte er hämisch. „Weißt du, ich wollte dir das ersparen, aber leider, leider lässt du mir keine andere Wahl." Er tat gespielt reumütig, griff in die Tasche seines Mantels und hielt mir ein kleines Bündel entgegen.

„Was ist das?" Grauen beschlich mich, als ich Blut an dem Stück Stoff entdeckte.

„Weißt du, mein Schöner, dein Freund, der Vampirjäger ist ganz schön neugierig. Das hat ihm schon einmal fast sein Leben gekostet." Er lachte leise und begann das Bündel langsam aufzurollen, wobei der darunter liegende Stoff immer mehr mit Blut getränkt war. Ich starrte darauf, ein Schauer des Entsetzens kroch mir den Rücken hinauf.

„Ich hab ihn vorhin rein zufällig unten getroffen und ihn zu einem kleinen Ausflug eingeladen." Der Vampir grinste breit und selbstzufrieden.

„Nein!" Ich starrte auf das blutige Bündel, Übelkeit kroch meine Kehle hinauf.

„Er hat mir gesagt, ich soll dich ja nicht anfassen, sonst tötet er mich." Der Blutsauger prustete los, amüsierte sich köstlich. „Ups … zu spät. So viele Verehrer hat der hübsche Leon, du scheinst ja sehr begehrt zu sein."

Sein Blick wurde düster, er schnappte nach meiner Hand und legte das ausgewickelte Etwas hinein. Ich schrie erstickt auf und ließ den blutigen, abgetrennten Finger fallen. So etwas gab es doch nur im Film, das konnte nicht die Realität sein.

„Was … was hast du mit Tom gemacht, du Monster! Wo ist er?"

Seine eisigen Finger schlossen sich jäh um meinen Hals, er drückte zu.

„Was nun? Soll ich dir noch ein paar Finger bringen, oder kommst du freiwillig mit?" Ich nickte mit letzter Kraft, meine Sinne schwanden. Er ließ mich so abrupt los, dass ich zusammensank und panisch nach Luft schnappte. Doch er griff nach mir und zog mich wieder auf die Beine. „Du wirst dich jetzt schön brav anziehen und mitkommen, Romeo."

Ich hielt die Hand an meine schmerzende Kehle gepresst und erwiderte nichts mehr. Es hätte keinen Sinn gehabt. Als ich fertig angezogen war kam er mit einem einzigen Satz auf mich zu und griff nach meiner Hand.

„Ein schönes Stück ist das", raunte er, den Blick auf meinen Ring gerichtet. Ich wollte meine Hand wegziehen, als er plötzlich seinen Mund öffnete und meinen Ringfinger mit dem Mund umschloss. Ich schrie panisch auf und wartete auf den Schmerz, wenn er mir den Finger abbiss, doch er blieb aus. Der Vampir lachte und zog mir mit den Zähnen den Ring vom Finger. „Ein kleiner Scherz wird ja wohl erlaubt sein", gluckste er. Er verstaute den Ring in seiner Manteltasche, im nächsten Augenblick breitete er seine Arme aus.

Wie eine übergroße Fledermaus, deren schwarze Flügel sich um meinen Körper legten, schloss er die Arme um mich und ich fiel in eisige Kälte. Undurchdringliche Dunkelheit hüllte mich ein, bevor ich das Bewusstsein verlor.

Wie ein geprügelter, vertriebener Hund war Alexei durch die Stadt geirrt, verzweifelt und voller Schmerz. Mit einem Krachen ließ er die schwere Eingangstür ins Schloss fallen, lehnte sich dagegen und schloss die Augen. Was verdammt noch mal hatte er nur getan? Er hatte alles falsch gemacht, was man falsch machen konnte. Wie hatte er auch nur annehmen können, Leon würde ihm diese absurde Geschichte abnehmen? Er musste doch glauben, Alexei sei nicht bei klarem Verstand. Er schlug sich die Hände vor das Gesicht und lachte bitter auf.

„Ich bin so ein Idiot."

Zugleich wurde ihm schmerzhaft bewusst, dass es mit Sicherheit das Beste für Leons Schutz war. Alexei hatte aus lauter Verliebtheit und Verlangen nicht sehen wollen, dass er ihn in größte Gefahr brachte. Und doch tat es unendlich weh. Es war als würde ihm jemand das Herz mit einem Löffel herausschneiden.

Alexei war mehr denn je entschlossen, herauszufinden, was in seiner Vergangenheit passiert war. Ihm fiel das Bild auf Leons Kamin ein, dieser alte Mann mit den ihm so vertrauten, blauen Augen. Und die schrecklichen Albträume. Alexei blickte die Stufen der Eingangshalle hoch und dann auf seine Armbanduhr. Es war fünf Uhr morgens, sein Vater war mit Sicherheit bereits schlafen gegangen. Er eilte mit großen Schritten die Treppe hinauf. Alexei musste endgültig wissen, was in jener Nacht geschehen war, als seine Mutter den Tod fand, und dafür nahm er auch einen erneuten Streit mit seinem Vater in Kauf.

Kurz darauf stand Alexei vor dessen Schlafgemach und klopfte an die Tür.

„Vater?" Kein Laut drang von der anderen Seite. Er klopfte energischer und öffnete die Tür. „Vater?" Das Zimmer war extrem düster, außer einem großen, schwarzen Kleiderschrank, einem Tisch und zwei Stühlen befand sich nur noch ein Möbelstück in diesem Raum – sofern man es als solches bezeichnen konnte.

Sein Sarg war aus dunklem, verziertem Ebenholz. Obwohl man die Villa vor dem Sonnenlicht abschirmen konnte, bestand sein Vater noch immer auf diesen altmodischen Schlafplatz, in dem sich Vampire seit jeher am Tage zurückgezogen hatten.

Alexei klopfte mit der flachen Hand gegen das Holz. Als sich nichts rührte klopfte er energischer und trat einen Schritt zurück. Nichts. Schließlich klappte er den Deckel kurzerhand selbst auf.

Sein Vater öffnete ein Auge. „Mach zu, es zieht."

Alexei verschränkte die Arme vor der Brust. „Sehr witzig. Steh auf, ich muss mit dir reden."

Serban hob den Arm und warf einen Blick auf seine Armbanduhr. „Es ist fünf Uhr morgens. Die Sonne geht bald auf."

„Das ist mir egal. " Alexei rührte sich nicht von der Stelle.

Sein Vater seufzte, erhob sich schließlich aus seiner eigenwilligen Schlafstätte und schlüpfte in seinen bordeauxfarbenen, aus der Mode gekommenen Hausmantel. Mit einem Griff in dessen Tasche holte er ein Stoffband hervor und bändigte damit die langen, bereits ergrauten Haare zu einem Zopf.

„Was gibt es zu dieser späten Stunde, das nicht bis heute Abend warten kann?"

„Ich muss mit dir über Mutter sprechen und wie sie starb, ob es dir gefällt oder nicht. Ich habe das Recht zu erfahren, was passiert ist. Und zwar genau jetzt."

Alexeis Vater sah aus, als wolle er ihm an die Gurgel springen „Also gut. Gehen wir in mein Büro." Er machte eine unwirsche Handbewegung und ging durch die Verbindungstür in sein Arbeitszimmer. Alexei folgte ihm und setzte sich auf die Schreibtischplatte, während sein Vater dahinter in seinem alten Sessel Platz nahm und ihn missbilligend beobachtete. Er schwieg, schien zu überlegen, was er sagen sollte. Schließlich durchbohrte er Alexei mit eisernem Blick.

„Ich weiß nicht was das soll und ich weiß nicht, warum gerade jetzt. Aber lass dir gesagt sein, dass ich diese Geschichte hier und heute zum letzten Mal erzähle. Danach wirst du mich für immer damit verschonen, dass wir uns verstanden haben." Er seufzte schwer auf und begann zu sprechen. „Es war der fünfte Juli 1898. Ich werde diesen schwarzen Tag, der mein ewiges, verdammtes Leben zerstörte nie mehr aus meinem Gedächtnis streichen können.“ Er nahm das Bild von Katharina in die Hand und strich mit den Fingern zärtlich über das Glas. Seine Hand zitterte. Alexei wartete gespannt, dass er weiter erzählte. Sein Vater stellte das Bild wieder ab und betrachtete es mit verklärtem Blick. „Es war eine Gruppe selbsternannter Vampirjäger, wie es sie in Rumänien häufig gibt. Unter den Menschen gelten sie als Verrückte, bisher hatte keiner von ihnen handfeste Beweise für unsere Existenz. Wir töten jeden, der uns in die Quere kommt, das weiß du.“ Er blickte Alexei eindringlich an und schien auf seine Reaktion zu warten. Als Alexei schwieg, fuhr er fort. „Es war helllichter Tag, als sie in unsere Gruft einbrachen, wir waren ihnen schutzlos ausgeliefert. Alle schliefen tief und fest. Diese verdammten Schweine zündeten unsere Särge an, doch ein paar von uns konnten sich befreien und wehrten sich. Wir waren damals eine größere Sippe von etwa dreißig Vampiren und lieferten uns einen erbitterten Kampf mit diesen Bastarden. Ich war halb wahnsinnig vor Angst um dich und deine Mutter, doch ich konnte euch nicht mehr rechtzeitig erreichen. Ich ... kam zu spät.“

Er erhob sich abrupt und wandte sich um. Alexei stand auf und legte die Hände auf der Schreibtischplatte ab. Es tat ihm leid, seinen Vater diese schrecklichen Bilder von damals noch einmal durchleben lassen zu müssen, doch er musste es einfach wissen.

„Vater, es war nicht deine Schuld.“

Serban wirbelte plötzlich herum und lehnte sich so schnell über den Schreibtisch, dass Alexei zurückwich. „Du hast ja keine Ahnung, was ich gesehen habe, Alexei! Deinem Onkel haben sie den Kopf abgeschlagen und ihn mir vor die Füße geworfen. Nie, niemals werde ich die Schreie und den Ausdruck in seinen toten Augen vergessen! Es war das reinste Inferno. Alles brannte, dichter Rauch versperrte mir die Sicht, der abscheuliche Geruch von verbranntem Fleisch raubte mir den Atem, aber ich habe mich durchgekämpft. Adriana konnte sich mit Razvan befreien, ich habe sie gefragt, ob sie dich und Katharina gesehen hat, doch sie schüttelte den Kopf, war nicht ansprechbar. Ihr Blick war starr auf den Sarg gerichtet, in dem du und deine Mutter geschlafen habt.“ Serbans Stimme war brüchig, erneut brauchte er eine Pause. Seine Schultern bebten mit seinen schnellen Atemzügen, seine Augen waren rot unterlaufen und seine Kieferknochen mahlten vor Zorn und Trauer. Dann sprach er flüsternd und mit einem starren Ausdruck in den Augen weiter, während er nach einem langen, spitzen Brieföffner griff und ihn durch seine Finger gleiten ließ. „Langsam ging ich darauf zu und dann ... niemals werde ich ihren Anblick vergessen. Katharinas Herz war mit einem Holzpflock durchbohrt worden, der noch in ihrem Körper steckte, alles war voller Blut und sie ..."

Alexei zuckte zusammen, als sein Vater den Brieföffner mit voller Wucht auf die Schreibtischplatte niedersausen ließ, wo er stecken blieb. Er hielt den Griff fest umklammert, seine Hand zitterte. „Sie haben ihr den Kopf abgeschlagen und ihn mitgenommen ..."

Er zog den Brieföffner aus der Tischplatte, um ihn erneut darauf niedersausen zu lassen. Dabei löste sich ein Fauchen aus seiner Kehle, Alexei schüttelte den Kopf.

„Es tut mir Leid Vater. Es muss grausam für dich gewesen sein. Aber … wo war ich?"

Serban antwortete nicht sofort, knirschte mit den Zähnen. Wieder zog er das Werkzeug aus der Tischplatte und spielte damit. Alexei bemerkte den Ausdruck von solch blankem Grauen und Schmerz in seinen Augen, dass er daran zweifelte, ob es wirklich richtig gewesen war, seinen Vater nach diesen schrecklichen Ereignissen zu fragen.

Bevor Serban antworten konnte, wurde plötzlich die Tür so heftig aufgerissen, dass beide erschrocken zusammenfuhren.

Kapitel 15

Im Türrahmen stand Razvan. In seinem Gesicht lag ein solch triumphierendes, gehässiges Grinsen, dass Alexei sogleich Schlimmes ahnte. In seinen Augen flackerten Hass und Genugtuung auf.

„Dein perfekter Sohn ist ein Verräter, Onkel! Er trifft sich heimlich mit einem Sterblichen und er hat unser Geheimnis preisgegeben!“ Diese Worte sprudelten nur so aus ihm hervor, seine Stimme überschlug sich und er fuchtelte mit seinen Händen herum wie ein Geistesgestörter. Während Alexeis Herz zu rasen begann und sein erster Gedanke Leon galt, sah ihn sein Vater überrascht und ungläubig an. Dann schritt er um seinen Schreibtisch herum und auf Razvan zu.

„Was soll das? Wie kommst du dazu, einfach hier hereinzuplatzen und was sollen diese absurden Anschuldigungen?“

Der Gedanke, dass Razvan Leon etwas angetan haben könnte, versetzte Alexei in größte Panik.

„Keine absurden Anschuldigungen.“ Razvan griff in seine Manteltasche und warf Alexei etwas zu.

Alexei fing es und öffnete seine Faust. Er keuchte entsetzt auf, in seiner Handfläche lag Leons Ring.

„Na du dreckiger Verräter. Kennst du das hier?“

Für zwei, drei Sekunden war Alexei unfähig zu handeln, glaubte es zöge ihm den Boden unter den Füßen weg. In ihm tobte ein Sturm. Wut, Angst und Verzweiflung peitschten wie ein Orkan gegen seine Eingeweide, sein Magen rebellierte. Mit einem Satz stürzte er sich auf Razvan und packte ihn am Hals.

„Du Schwein! Wo ist Leon und was hast du mit ihm gemacht? Wenn du ihm auch nur ein Haar gekrümmt hast, schlachte ich dich ab wie ein Stück Vieh!“

Alexei stieß Razvan gegen die nächste Wand und drückte ihm die Kehle zu. Sein Zorn aktivierte ungeahnte Kräfte in ihm. Razvan versuchte sich, nach Atem ringend, zu befreien, seine Augen traten aus seinen Höhlen hervor.

„Lass ... mich ... los, du Verräter!“

„Wo ist er?“ Alexei warf Razvan so hart gegen die Mauer, dass dessen Kopf dagegenkrachte. Er erkannte sich selbst nicht wieder, befand sich wie im Wahn. Plötzlich wurde Alexei jedoch von hinten gepackt und zurückgerissen.

Sein Vater starrte ihn ungläubig an. „Verdammt, was soll das bedeuten, Alexei? Ich verlange sofort eine Erklärung!"

Statt einer Antwort versuchte Alexei sich aus dem Griff zu befreien, doch Serban hielt ihn in eisern fest.

„Schluss jetzt! Du sagst mir sofort, was es mit diesen absurden Anschuldigungen deines Cousins auf sich hat. Sprich!"

Bevor Alexei antworten konnte, fiel ihm Razvan ins Wort. Er stieß sich mit einem Ruck von der Wand ab und fuhr sich mit einer arroganten Handbewegung durch sein Haar. „Das sind keine absurden Anschuldigungen, das ist die reine ..."

„Dich habe ich nicht gefragt, sondern Alexei", unterbrach ihn Serban und funkelte ihn ungeduldig an. Razvan erwiderte seinen Blick pikiert, schwieg jedoch. Alexei glaubte indessen zu ersticken, fühlte sich, als hätte man ihm das Herz herausgerissen. Die Sorge und Ungewissheit um Leon lähmte seine Atmung und seine Stimme.

„Lass mich los, Vater", brachte er krächzend hervor. Doch Serban dachte nicht daran.

„Zuerst möchte ich wissen, ob das wahr ist, was dein Cousin sagt."

„Natürlich ist es wahr!", rief Razvan erneut dazwischen. „Du wirst dich gleich davon überzeugen können." Er lachte theatralisch auf. „Ich bin ihm auf diese Wohltätigkeitsveranstaltung letzten Samstag gefolgt und habe mit eigenen Augen gesehen, dass er sich mit den Sterblichen verbündet hat! Es war nicht schwer, die Wohnorte seiner Freunde ausfindig zu machen." Razvan blickte Serban erwartungsvoll an, als würde er auf ein Lob warten. Er war sichtlich stolz auf sich, seine Augen quollen fast über vor Selbstverliebtheit und Genugtuung. In diesem Moment konnte Alexei sich endlich aus Serbans Griff losreißen. Seine Fangzähne brachen aus seinem Kiefer hervor und er brüllte laut und animalisch auf. Der Zorn erweckte die dunkle, tödliche Kreatur in ihm.

„Leon! Leon hörst du mich?“

Als ich erwachte, fand ich mich auf einem kalten Steinboden liegend wieder. Mein Schädel fühlte sich an, als wäre er in der Mitte gespalten. Jemand hatte sich über mich gebeugt. Zuerst noch schemenhaft, dann klar erkannte ich ihn.

„Tom?“ Ich brauchte einige Augenblicke, um mich zu erinnern, wie ich in diese Lage geraten war. Dann brachen die Ereignisse der letzten paar Stunden wie ein heftiges Gewitter über mich herein, und ich richtete mich erschrocken auf. Tom wich zurück und legte die Hand auf meine Schulter.

„Leon! Ich bin hier! Ganz ruhig.“

„Tom! Oh Scheiße!“ Ich musterte ihn benommen, im nächsten Moment schnellte meine Hand an meinen Mund und ich erstickte einen entsetzten Laut. Ich starrte auf seine verstümmelte Hand, um die ein schmutziges, mit Blut getränktes Tuch gebunden war. „Ich … es tut mir so leid. Ich habe dir nicht geglaubt. Alles ist meine Schuld.“

„Schon gut“, antwortete er leise. „Jeder an deiner Stelle hätte so reagiert.“ Er war sehr blass und sah mitgenommen aus.

„Du bist mein bester Freund und ich habe dir nicht geglaubt. Ich habe dir nicht vertraut und jetzt hat man dir das angetan. Es ist meine Schuld.“

„Schon verziehen, Leon. Ich glaube, wir diskutieren das ein andermal in gemütlicherer Umgebung.“ Er scheiterte kläglich in seinem Versuch, zu lächeln.

„Hast du große Schmerzen?“

„Nein, es geht. Es fühlt sich eher taub an.“

„So ein widerwärtiger Scheißkerl.“

„Sie waren die ganze Zeit mitten unter uns.“ Tom zuckte hilflos mit den Schultern. Ich sah mich um. Wir befanden uns in einem düsteren, kahlen Raum ohne Fenster, die einzige Beleuchtung waren zwei Fackeln an der Wand. Modriger Gestank erfüllte die Luft. Diesen Geruch kannte ich aus meinen Träumen.

„Wir müssen in der Grigorescu-Villa sein. Ich kann immer noch nicht glauben, dass alles wahr ist.“

Alexei befand sich vielleicht nur ein paar Räume weiter. Ob es ihm gut ging? Was hatte sein Cousin mit uns vor? Würde er uns hier verrecken lassen, oder wollte er uns an den Anführer der Fledermäuse ausliefern?

„Elende Blutsauger." Tom spuckte auf den Boden und verzog das Gesicht.

„Tom. Alexei ist nicht so wie die anderen. Er wird uns hier rausholen."

Tom schüttelte energisch den Kopf. „Hör doch auf. Sie sind alle gleich. Du musst blind geworden sein." Er sah mich unsicher an. „Und seit wann bist du überhaupt schwul? Er hat dich verhext."

„Quatsch. Es ist eben so. Ich weiß es ja auch nicht aber, Alexei ist … ich … ach er ist eben anders."

„Ein verdammter Blutsauger ist er! Sieh mich an!" Tom hielt seine Hand hoch und knirschte mit den Zähnen. „Reicht dir das immer noch nicht?"

„Das hat nicht Alexei getan", erwiderte ich energisch. „Wie du es mir erzählt hast, hat er dir damals sogar das Leben gerettet."

„Er hat doch nur mit dem anderen um die Beute gekämpft. Wie Tiere sind die!"

Ich seufzte und legte den Kopf in die Hände. Ich wusste, dass es besser war, nicht mit ihm darüber zu streiten. Tom wollte nicht an Alexei glauben und ich konnte es ihm nicht einmal verdenken. Mein Blick blieb an der schweren Holztür hängen, ich wollte mich erheben.

„Das hab ich schon versucht, Leon. Es hat keinen Sinn." Tom hielt mich am Arm zurück, aber ich schüttelte den Kopf und wollte mich losreißen.

„Wir können hier nicht herumsitzen und warten, bis wir vergammeln." Meine Fluchtgedanken wurden jäh unterbrochen, als sich auf dem Flur schnelle Schritte näherten. Ich dachte schon wieder, ich sei im falschen Film, als die Tür mit übermenschlicher Kraft aus den Angeln gerissen wurde und krachend auf dem Boden landete.

In seinem unermesslichen Zorn und in seiner Angst um Leon war Alexei wie ein Berserker auf Razvan und Serban losgegangen und hatte sie beide vorerst überwältigen können. Doch bereits als er die Stufen zu den Kellern hinabeilte, waren sie ihm schon wieder dicht auf den Fersen. Sie stürzten hinter Alexei in den Raum, nachdem dieser die Tür mit einem Fußtritt aus den Angeln gerissen hatte.

Als er Leon entdeckte, überwältigten ihn die Gefühle von Erleichterung, Liebe, Hass und Rache. Leon sah mitgenommen aus, doch er war wohlauf und blickte Alexei mit seinen schönen blauen Augen an. Als Alexei Tom auf dem Boden kauern sah, und das blutige Tuch um seine Hand, wandte er sich um.

„Du bist eine Bestie, Razvan!"

Dieser grinste stolz, als hätte er ein Kompliment bekommen. Serban stand wie versteinert neben ihm.

Alexei war mit zwei Sätzen bei Leon, kniete neben ihm nieder und strich über sein Haar. Leons erschrockener Blick, als er Alexeis Fänge sah, entging ihm nicht. Alles wird gut. Ich hol euch hier raus.

Ich wusste, dass du kommst, Alexei.

Alexei steckte Leon den Ring an den Finger und wandte sich dann an Tom, der zurückschreckte.

„Wir sind nicht alle gleich, Tom", flüsterte er. Alexei half beiden, aufzustehen und stellte sich schützend vor sie. Leon griff nach Alexeis Arm, als sich Serban langsam näherte. In seinen Augen loderte ein Feuer des Zorns und der Verachtung.

„Es ist also wahr? Du hast dich mit den Menschen verbündet?"

Seine Stimme klang wie die Ruhe vor dem Sturm, bedrohlich und Unheil verkündend. Razvan folgte ihm, ein schäbiges, hinterlistiges Grinsen im Gesicht. Serbans Ausdruck dagegen wirkte wie versteinert. Alexei konnte nicht einschätzen, ob er sich gleich auf ihn stürzen, oder sich umdrehen und gehen würde. Eisige Stille beherrschte den Raum. Schließlich, nach einigen schier endlos scheinenden Sekunden brach Alexei das Schweigen.

„Ich liebe ihn, Vater. Ich wollte es nicht, aber ich liebe einen Sterblichen, ja."

Aus Razvans Mund entwich ein Laut, der an das Kichern einer Hyäne erinnerte, doch Serban beachtete ihn nicht. Sein Blick lag starr auf Alexei und Leon. Bald verzog sich sein Mund zu einem

Grinsen, das immer breiter wurde und sich in ein eigenartiges Glucksen verwandelte. Schließlich bebten seine Schultern und er brach in schallendes Gelächter aus. Alexeis Wangenknochen mahlten vor Anspannung. Im nächsten Moment verstummte das Gelächter abrupt und Serbans Miene nahm etwas Düsteres, Bedrohliches an.

„Du enttäuscht mich, Sohn. Du enttäuscht mich zutiefst. Wie kannst du es wagen, dich gegen unsere Gesetze zu stellen, dich mit einem Menschen einzulassen und unser Geheimnis preiszugeben?"

„Vater. Hör mich doch an." Alexei hob beschwichtigend die Hand.

„Sei still! Du hast ja überhaupt keine Ahnung!"

„Natürlich hat er das nicht, warum sagst du es ihm nicht endlich?"

Die Stimme Adrianas mischte sich plötzlich in das Gespräch ein, worauf Serban herumwirbelte. Sie stand im Türrahmen, ihr hasserfüllter Blick ruhte auf Alexei.

„Hab ich es dir nicht immer gesagt, dass er uns eines Tages noch ins Verderben ..."

„Halte dein Schandmaul, Adriana, oder du wirst es bitter bereuen. Ihr seid jetzt alle still, ich rede!" Serban wandte sich wieder an Alexei, schüttelte den Kopf und seufzte schwer.

„Du weißt, dass wir die Menschen töten müssen, die um unser Geheimnis wissen. Wir sind verpflichtet dazu."

„Wage es nicht, Vater. Niemand wird die beiden anfassen. Sie stehen unter meinem Schutz. Ich schwöre dir, wenn du ihnen etwas antust, hattest du mal einen Sohn."

Bei diesen Worten legte sich ein Ausdruck auf Serbans Gesicht, den Alexei nicht deuten konnte. Es war eine Mischung aus Entsetzen, Schmerz, Panik und Trauer. Doch das was Alexei erwartet hatte, nämlich Wut, blieb aus. Serban wirkte wie paralysiert, starrte Alexei an, als würde er ihn zum ersten Mal sehen. Adriana ergriff erneut das Wort.

„Abschaum gesellt sich zu seinesgleichen, Serban. Und ich hatte Recht. Du hättest ihn niemals ..."

Weiter kam sie nicht, denn Serban schnellte vor, packte seine Schwester an der Kehle und warf sie wie eine Puppe gegen die nächste Wand.

„Ich sagte dir, sei still! Noch ein Wort und ich treibe dir eigenhändig einen Pflock ins Herz!" Er würgte Adriana, die nach Luft schnappend versuchte sich zu befreien. Razvan wollte sich einmischen, doch mit einer einzigen Handbewegung schleuderte ihn Serban einmal quer durch den Raum. Er schien völlig außer Kontrolle.

Alexei beobachtete das Geschehen mit wachsendem Unverständnis. „Was soll das ganze Gerede, Vater? Ich will endlich die Wahrheit wissen!"

„Die Wahrheit ist, dass du diesen Sterblichen, den du angeblich liebst, gleich auf dem Gewissen haben wirst, du Narr!" Mit diesen Worten hatte sich Razvan aufgerafft. Alexei konnte Leon gerade noch von sich stoßen, ehe sich sein Cousin brüllend auf ihn stürzte.

Währenddessen ging Serban auf Leon los.

Leon wehrte sich heftig, Tom daneben wirkte wie versteinert. In seiner Sorge um Leon vergaß Alexei sogar, dass er sich gerade mit Razvan schlug, und handelte sich einen erbarmungslosen Schlag ins Gesicht ein. Razvans scharfe Fingernägel schlitzen Alexei die Wange auf. Er nahm den Schmerz und das Blut, das sein Kinn und seinen Hals hinunterlief, kaum wahr. Er sah nur Leon und wollte ihn um jeden Preis beschützen. Alexei hieb Razvan ohne Vorwarnung seine Fänge so brutal in die Schulter, dass dieser aufbrüllte und von ihm abließ.

Dann stürzte Alexei mit einem Wutgeschrei auf seinen Vater und riss ihn zu Boden. Doch Serban kam mit einem katzenhaften Sprung wieder auf die Beine und sandte eine gewaltige Energiewelle aus.

Alexei wurde nach hinten geschleudert, fand jedoch sein Gleichgewicht und stand fest auf dem Boden. Das Gesicht seines Vaters verzerrte sich zu einer wütenden Maske, er stieß ein Fauchen aus, so laut, dass es wie das eines riesigen Raubtiers klang. Er schien noch größer und mächtiger als sonst, seine Augen glühten tiefrot. Sogar Razvan wich zurück und starrte ihn an. Alexei griff nach Leons Arm und sah sich nach Tom um.

Serbans Groll schien seinen Höhepunkt erreicht zu haben. Seine weit aufgerissenen Augen glühten wie das Höllenfeuer, er fletschte die langen Fänge.

„Ich bin das Oberhaupt dieses Clans. Meine Macht ist viel größer, als eure Vorstellungskraft ausreicht und ihr werdet mir alle gehorchen! Ich bin niemandem Rechenschaft schuldig!"

Alexei spürte Leon an seiner Seite erzittern und verstärkte den Griff um seinen Arm. Serban konnte ihn nicht beeindrucken, zu groß war seine Wut.

„Wenn du die beiden nicht gehen lässt Vater, bin ich nicht mehr länger dein Sohn!"

Razvans verrückte Hyänenlache war wieder zu hören.

Serban erstarrte, ließ die Arme sinken und durchbohrte Alexei mit seinem kalten Blick.

„Du wirst mich töten müssen, ehe du die beiden anfasst", machte Alexei ihm klar. Endlose Sekunden war der Raum von Schweigen erfüllt, Alexei hörte nur Leons schnellen Atem. Leon griff nach Alexeis Unterarm und bohrte ihm die Fingernägel in das Fleisch.

Schließlich reckte sein Vater stolz das Kinn und brach das Schweigen. „Geh und bringe deine sterblichen Freunde von hier weg. Geh!"

Alexei atmete auf und nickte knapp. „Danke Vater."

Serban erwiderte nichts und wandte den Blick ab. Alexei half Tom auf die Beine und sie eilten in Richtung Tür. Doch Razvan wollte immer noch keine Ruhe geben. „Du wirst dich nicht einfach aus dem Staub machen und uns alle ins Verderben stürzen!" Er stürzte auf Alexei zu, doch Serban stoppte ihn erneut mittels mentaler Macht, die seinem Sprung ein abruptes Ende bescherte.

„Es ist genug Razvan, hör auf. Lass sie gehen!" Adriana stieß ein Zischen aus, eilte zu ihrem Sohn und wollte ihm aufhelfen. In seinem verletzten Stolz stieß er sie jedoch weg, fuhr sich mit der flachen Hand über sein Haar und rappelte sich auf.

„Warum tust du das, Serban? Er wird uns alle verraten! Was hat er nur aus dir gemacht? Warum nur geht er dir über alles, wo er doch noch nicht mal wirklich ..."

„Hüte deine vorlaute Zunge oder ich schneide sie dir heraus! Ich warne dich, Razvan und ich sagte, lass sie gehen!"

Alexei legte die Hand auf Leons Rücken und bedeutete ihm, eiligst zu verschwinden. Tom folgte ihnen, den Blick fassungslos auf Razvan und Serban gerichtet, die einander wütend fixierten.

Sie waren bereits an der Tür, als ein schrilles Wutgebrüll ertönte und Alexei herumwirbelte. Adriana stürzte auf ihn zu, die rotglühenden Augen weit aufgerissen und das Gesicht zu einer hässlichen Fratze verzogen. Blanker Hass und Zorn standen darin geschrieben.

„Du dreckiger Bastard! Ich wusste es immer, aber diesmal bist du zu weit gegangen!"

Sie war verdammt schnell. Alexei konnte gerade noch rechtzeitig Leons Arm loslassen, als sie sich schon wie eine Furie auf ihn stürzte und ihm ohne Vorwarnung die Fänge in die Schulter hieb. Ein schmerzerfülltes Brüllen drang aus Alexeis Kehle, als sie ein Loch in sein Fleisch riss und das Blut daraus hervorsprudelte. Leon schrie auf und warf sich furchtlos auf Adriana, doch sie hing wie eine Zecke in Alexeis Schulter und rammte ihren Kiefer immer tiefer hinein. In ihrer Raserei bemerkte sie Leon nicht, der verzweifelt versuchte, sie von ihm wegzuziehen.

„Leon! Verschwindet von hier, du kannst mir nicht helfen!"

„Nein!" Leon schüttelte den Kopf, fest entschlossen, Alexei retten zu wollen und zerrte weiter an Adrianas Arm.

Fassungslos starrte Alexei auf seinen sterblichen Geliebten, beißender Schmerz durchdrang seine Schulter. In den nächsten Sekunden geschahen mehrere Dinge auf einmal. Alexei packte Adriana an ihrem Haar und riss ihren Kopf zurück. Razvan sah er zu spät kommen. Sein Cousin stürzte sich von hinten auf Leon und schleuderte ihn mittels einer gewaltigen Energiewelle durch den Raum. Leon krachte mit dem Rücken voran zu Boden und blieb regungslos liegen. Alexei brüllte auf, sein Zorn war unermesslich. Für Leon war er bereit, sein unsterbliches Leben zu geben und zu töten – jeden, der ihm wehtat. Er packte Adriana an der Kehle, bohrte seine Fingernägel in ihren Hals, bis das Blut rann und warf sie ohne Mühe gegen die nächste Mauer. Unter einem spitzen Schrei prallte sie daran ab und fiel, die Hände an ihren Hals gepresst, hart auf den Steinboden. Als sich Alexei umwandte, stürzte Razvan erneut auf ihn zu.

Kapitel 16

„Verdammt, Tom! Bring Leon … bring ihn endlich hier raus!" Alexei zeigte fauchend seine Fänge. Er sah übel aus, überall war sein Blut.

Entsetzt beobachtete Tom, wie sich die Frau mühelos aufrichtete, als wäre sie lediglich gestolpert. Die Wunde, die ihr Alexei zugefügt hatte, verheilte bereits. Der schwarzhaarige Vampir und sie griffen Alexei gleichzeitig an. Sie rissen ihn zu Boden, wie wilde Tiere. Tom starrte zu Leon hinüber und konnte nicht glauben, dass dieser auf einen Vampir losgegangen war.

Als ihn Alexei erneut anbrüllte, er solle mit Leon verschwinden, stolperte Tom zu seinem besten Freund, zog ihn hoch und hob ihn auf seine Schulter. Er überlegte nicht, wo er die Kraft hernahm, er wollte nur Leons und sein eigenes Leben retten. Als er losrannte, warf er einen Blick zurück und sah gerade noch, wie sich auch der Obervampir auf die Kämpfenden stürzte.

Erst als sie draußen waren, kam Leon zu sich. Noch völlig benommen ließ er sich von Tom stützen. Er sprach nicht, schien unter Schock zu stehen. Beide waren schmutzig und erschöpft, Toms Hand war in ein blutgetränktes Tuch gewickelt – sie gaben sicher ein seltsames Bild ab. Zum Glück waren zu diesen frühen Morgenstunden noch nicht viele Menschen unterwegs. Die wenigen, denen sie begegneten, hielten sie vermutlich für Betrunkene. Tom und Leon eilten die Straße hinunter, ohne sich umzusehen. Immer weiter, die Gefahr im Nacken, die Angst im Bauch. Tom machte sich Sorgen um Leons Zustand und bemerkte, dass seinem Freund stumme Tränen die Wangen hinunterliefen. Er hatte Leon noch nie weinen sehen.

In einer abseits gelegenen Gasse blieben sie stehen. Tom tat sich schwer, das Erlebte zu begreifen. Er hatte nie gezweifelt, dass es die Vampire wirklich gab, dass sie real waren. Doch jetzt, da sie es so intensiv erlebt hatten, schien es wie ein dumpfer Schlag in den Magen und für Leon musste es ein Schock sein.

„Ich muss zurück zu Alexei", murmelte Leon plötzlich, der Ausdruck blanken Grauens lag in seinem bleichen Gesicht. Plötzlich packte er Tom an den Schultern. „Was ist mit ihm?“

Tom schüttelte den Kopf und legte die Hände auf Leons Arme.

„Alexei ist unglaublich stark, er wird es schaffen. Er hat hart darum gekämpft, damit wir verschwinden können. Komm, wir müssen uns ein Taxi nehmen, es wird alles gut.“

Leon riss sich los und funkelte Tom wütend an. „Nichts ist gut. Gar nichts! Alexei wird gegen die drei niemals ankommen.“

Er schwankte verdächtig, Tom hielt ihn fest. „Reiß dich zusammen Leon, du bist doch so stark. Ich bitte dich!“

Ich schluchzte trocken auf. Mein Gehirn war wie leergefegt, die Angst um Alexei und die Erkenntnis, wer er wirklich war, lähmte meinen gesamten Körper. Der Gedanke, ihn zu verlieren, versetzte mir einen tiefen Stich in die Brust.

„Ich bin überhaupt nicht stark, Tom … Ich bin ein verdammter Feigling. Ich muss zurück zu ihm!“

„Red keinen Blödsinn. Er wird mir den Kopf abreißen, wenn ich es zulasse, dass du dorthin zurückgehst. Du kannst ihm nicht helfen. Komm, ich bring dich nach Hause.“

Wir sorgten dafür, dass wir nicht mehr ganz so schmutzig und zerzaust aussahen, Tom versteckte seine Verletzung unter seinem Jackett. Dann nahmen wir uns ein Taxi zu meiner Wohnung.

Als Tom seinen abgetrennten Finger entdeckte, der noch auf dem Wohnzimmerteppich lag, sackte er zusammen, sein Gesicht war kreideweiß.

„Tom! Wir müssen das sofort in der Klinik behandeln lassen.“

Ich kniete neben ihm und blickte entsetzt auf seine Hand. Mir war übel und meine Gedanken waren bei Alexei. Tom hatte die Augen geschlossen und schüttelte den Kopf.

„Er hat ihn einfach abgebissen, dieser Bastard.“ Ein Beben ging durch seinen Körper, ich legte die Hand auf seine Stirn.

„Ich glaube du hast Fieber.“

Ich erhob mich und wollte zum Telefon, als die Scheibe des Wohnzimmerfensters mit einem berstenden Geräusch in tausend

Scherben zersprang. Etwas großes, dunkles krachte hindurch und landete hart auf dem Boden. Ich schrie auf.

„Oh Gott. Alexei!"

Ich ließ mich neben Alexeis geschundenem Körper nieder. Er war verletzt, aber die Wunden regenerierten sich bereits. Schockiert und erleichtert zugleich beobachtete ich, wie sich ein tiefer Schnitt in seinem blutverschmierten Gesicht zusammenzog und langsam verschwand. Ich befreite ihn von den Scherben, als er sich mit einem Ruck aufsetzte und mich hart an meine Brust zog.

„Leon." Er atmete heftig, sein Brustkorb bebte. Ich schlang die Arme um ihn.

„Alexei, ich hatte so eine Scheißangst um dich. Was ist mit den anderen?"

Er brauchte einige Sekunden, bevor er mir eine Antwort gab. Alexei presste mich noch enger an seinen Körper, als hätte er Angst, ich könnte mich in Luft auflösen.

„Vater hat Adriana und Razvan davon abhalten können, mich in Stücke zu reißen", antwortete er bestürzt. Er wirkte ratlos und verlassen.

Ich schob ihn sanft ein Stück von mir und blickte in seine grünen, von Schmerz und Zorn erfüllten Augen. In der nächsten Sekunde presste ich meine Lippen kurz und hart auf seinen Mund. Dann legte ich meine Stirn an die seine. Ein tiefes Seufzen drang aus seiner Kehle, sein Atem streichelte meine Lippen. Er legte beide Hände an meine Wangen.

„Du bist mein Leben, Leon", flüsterte er. Einen Moment vergaßen wir alles um uns herum, meine Liebe zu ihm überwältigte mich.

Dann fiel mir der arme Tom wieder ein und ich räusperte mich, den Blick auf meinen besten Freund gerichtet. Er hielt seine verletzte Hand und beobachtete uns peinlich berührt. Sein Gesicht war weiß wie Kalk.

Wir erhoben uns, ich beobachtete, wie Alexei zu Tom hinüberging und sich vorsichtig neben ihm niederließ. Tom starrte rasch auf den Boden.

„Wirst du mir vertrauen, Vampirjäger?" Alexei wollte nach Toms Arm greifen, doch der zog ihn zurück. Ich kniete neben den beiden nieder und legte meine Hand auf Toms Schulter.

„Komm schon, Tom. Er will dir helfen."

Tom atmete tief durch, beäugte Alexei noch immer kritisch, nickte jedoch schließlich. Behutsam entwickelte Alexei Toms Hand und legte den blutigen Fingerstumpen frei. Ich hielt den Atem an.

„Es tut mir leid. Ich kann dir den Finger nicht zurückgeben, dazu ist es zu spät. Aber ich kann die Wunde heilen." Alexei hob seine Hand in Richtung des Fensters, das sich auf den mentalen Befehl zusammensetzte und die Jalousie hinabfahren ließ. Dann bedeutete er Tom, sich auf das Sofa zu legen.

„Es wird nicht wehtun und du wirst schlafen, nachdem die Wunde verschlossen ist." Er legte seine Handflächen über Toms verstümmelten Finger und wollte gerade die Augen schließen, als Tom nach seinem Unterarm griff.

„Ich gebe es nicht gerne zu, aber ich hab mich in dir getäuscht. Auch wenn du ein verdammter Blutsauger bist, und meinen besten Freund schwul gemacht hast, bist du in Ordnung, denke ich. Tu Leon nicht weh, sonst schlag ich dir den Kopf ab."

„Tom. Spiel nicht den Märtyrer." Ich trat an das Sofa und rollte mit den Augen. Alexei lächelte.

„Schon gut, Leon. Er hat ja Recht. Du kannst froh sein, so einen treuen Freund zu haben."

„Das bin ich auch." Ich legte meine Hand auf Toms Schulter.

Alexei umschloss Toms Verletzung mit beiden Händen und konzentrierte sich. Toms Lider flackerten bald, dann fielen seine Augen zu.

„Er wird eine Zeit lang schlafen, aber er wird wieder gesund."

Nachdem Alexei die Wunde mit einem Verband aus meiner Hausapotheke verbunden hatte, erhob er sich. Er nahm mich an der Hand, führte mich aus dem Wohnzimmer und schloss die Tür.

Alexei war wunderschön, obwohl er müde und erschöpft wirkte. Sein Hemd war an der Schulter blutgetränkt und hing in Fetzen von seinem Oberkörper. Nun, da Tom tief und fest schlief und wir alleine waren, schien jegliche Spannung von ihm abzufallen und er senkte betroffen den Blick.

„Leon …ich weiß ich kann nicht wieder gut machen, was ich dir ..."

„Alexei", unterbrach ich ihn und strich sachte über seine Wange.

„Du bist verletzt."

„Der Heilungsprozess ist fast abgeschlossen. Keine Sorge."

Ich begriff jetzt erst richtig, was es zu bedeuten hatte, wer und – vor allem – was Alexei war. Und diese Erkenntnis traf mich wie ein Schlag ins Gesicht. Alles brach wie ein emotionales Gewitter über mich herein. Ich griff nach seinem Hemdkragen und schloss meine Finger krampfhaft um den Stoff.

„Warum? Warum ausgerechnet *du*, sag es mir?" Ich konnte und wollte meine Gefühle und Empfindungen nicht mehr vor ihm verstecken. Meine Kehle wurde eng, Tränen stiegen in meine Augen und ich blickte beschämt zur Seite.

Alexei zog mich wortlos in seine Arme, wir klammerten uns aneinander wie Ertrinkende.

„Erzähl mir von den Vampiren", sagte ich nach einer Weile. „Wie kann es sein? Ich kann immer noch nicht glauben, dass ihr real seid, das ist so verrückt."

Alexei nahm meine Hände in die seinen und blickte mir tief in die Augen.

„Vampire sind keine Legende oder ein Mythos. Die Sterblichen haben Angst vor den Dingen, die sie nicht begreifen können und stempeln uns als Hirngespinste und Märchen ab. Wir haben uns im Laufe der Jahrhunderte den Menschen immer mehr angepasst und leben unbemerkt mitten unter ihnen. Dennoch ist unser Lebensstil und unsere Denkweise komplett anders. Die meisten von uns stellen sich selbst über den Menschen und betrachten ihn hauptsächlich als Nahrung und Zeitvertreib.

Wir können durchaus normales Essen zu uns nehmen, zum Überleben brauchen wir jedoch beinahe täglich frisches Blut, sonst beginnen wir zu altern und zu sterben."

Ich blickte ihn forschend und unsicher an, auch wenn mir die Tatsache mit dem Blut natürlich bewusst war. Alexei strich zärtlich über meine Wange.

„Hab keine Angst vor mir. Ich könnte dir niemals etwas antun. Ich liebe dich. Natürlich kann ich nicht leugnen, dass auch ich nicht ohne Blut überleben kann. Aber ich schwöre dir Leon, ich habe noch nie einen Menschen getötet, wenn ich mich seines Blutes bedient habe."

„Ich weiß“, flüsterte ich, schmiegte mich an ihn und ließ seine langen, blonden Strähnen durch meine Finger gleiten.

„Wie alt bist du genau, Alexei?“

„Ich habe im Winter 1891 das Licht der Welt erblickt.“

„Wow.“ Ich war beeindruckt. „Dafür siehst du aber ziemlich gut aus“, antwortete ich mit einem schwachen Grinsen. Alexei lachte leise und küsste meine Nasenspitze.

„Auch wir Vampire verändern im Laufe der Zeit unser Aussehen, doch altern wir nicht in dem Sinne, wie die Sterblichen es tun. Wir können es selbst beeinflussen.“

„Erzähl mir mehr, Alexei.“

„Unsere Sinneswahrnehmung ist um ein Vielfaches schärfer, als die der Menschen. Wir sind körperlich außergewöhnlich stark und unsere Wunden heilen sehr schnell. Getötet werden können wir lediglich durch Holz, Silber, Feuer und das Abtrennen des Kopfes. Kreuze, Knoblauch und Weihwasser hingegen können uns nichts anhaben, das ist völliger Unsinn. Das Sonnenlicht kann uns töten, wenn wir ihm zu lange ausgesetzt sind. In jedem Fall verursacht es starke Verbrennungen und kann uns blind machen. Es schwächt uns enorm. Wenn ein Mensch je herausfindet, wer wir sind und sein Gedächtnis – aus welchem Grund auch immer – nicht gelöscht wurde, sind wir verpflichtet, ihn zu töten. Vampire sind im Stande, das Gedächtnis der Menschen zu manipulieren und ihre Gedanken zu beeinflussen.“

Ich hatte ihm angespannt zugehört. Nun schlang ich die Arme um seinen Hals und sah ihn lange und eindringlich an. Ein Leben ohne ihn war für mich mittlerweile völlig unvorstellbar.

„Für dich würde ich meine Sterblichkeit aufgeben, Alexei. Wenn du mich wirklich liebst, dann lass mich für immer bei dir sein.“

Ich erzählte ihm nicht, dass Razvan mich bereits einmal gebissen hatte. Schreckliche Angst keimte in mir auf, dass er mich deswegen vielleicht nicht mehr wollen würde. Meine Liebe zu Alexei war mittlerweile so stark, dass ich mir ein Leben ohne ihn nicht mehr vorstellen konnte. Ich drängte mich an ihn, legte den Kopf in den Nacken und bot ihm meine Kehle dar.

Alexei wich entsetzt zurück. „Mach das nicht, bitte.“ Sein Versuch, den Blick abzuwenden scheiterte kläglich und er begann, hektischer zu atmen.

„Tu es. Trink Alexei und wir können für immer zusammen sein!"

„Ich müsste zweimal von dir trinken, Leon." Alexeis Stimme war brüchig, er leckte sich über die Lippen.

„Ich weiß", antwortete ich entschlossen.

Ich bemerkte die weißen Fangzähne, die nun zwischen seinen halb geöffneten Lippen hervorblitzen und mich faszinierten und zugleich erschaudern ließen. Tiefes Schwarz löste das Grün seiner Augen ab und ein leises Fauchen bestätigte seine Verwandlung. Trotz, oder vielleicht gerade wegen der bedrohlichen Situation wirkte er erotischer denn je, ich spürte keine Angst. Nur Begehren. Seine Anziehungskraft war enorm und erregte mich.

Ich griff in seinen Nacken und zog seinen Kopf an meine Halsbeuge.

„Es ist in Ordnung, Alexei. Glaub mir, ich will es." Ich war bereit. Bereit mit ihm zu gehen, in die ewige Nacht. Er zitterte, seine Lippen legten sich an meine Haut, ich spürte den Druck seiner Fänge. Seine Finger schoben sich in mein Haar, mit einem Arm umschlang er kraftvoll meine Taille. Ich schloss die Augen und ließ mich fallen in seiner Umarmung, die das Leben und zugleich den Tod bedeutete.

Doch plötzlich stieß er mich schwer atmend von sich. Ich taumelte zurück und sah ihn überrascht an.

„Ich kann das nicht, Leon." Alexeis Schultern bebten unter seinem Gefühlsausbruch, er schüttelte den Kopf. Seine Augenfarbe normalisierte sich langsam, auch die Fänge zogen sich zurück. „Du hast keine Ahnung, was du da von mir verlangst. Du weiß nicht wie es ist, unsterblich zu sein. Verdammt, bis in alle Ewigkeit den Weg in der Finsternis zu wandeln und sich am Leben zu erhalten, indem man sich wie ein Parasit vom Blut der Sterblichen ernährt."

Ich blickte ihn irritiert an. „Aber ich dachte ..."

Alexei strich sich fahrig das Haar aus dem Gesicht. Dann zog er mich zurück in seine Arme. „Ich weiß nicht mehr, wer ich bin, Leon. Lass es mich herausfinden. Ich weiß, dass es wichtig für uns beide ist. Da ist noch etwas, ich spüre es! Wenn du es danach immer noch willst ..."

Als Antwort küsste ich ihn, stieß unbeherrscht meine Zunge in seinen Mund. Er stöhnte auf und erwiderte den Kuss mit solch einer Leidenschaft, dass mir schwindelig wurde. Mein einziger Halt war sein starker Körper, den ich fest umschlungen hielt. Ich spürte die Geborgenheit und die Sehnsucht nach ihm, die mich jedes Mal überfielen wenn ich in seinen Armen lag, doch spürte ich auch das Tier, das in ihm schlummerte und jeden Moment ausbrechen konnte.

„Entschuldige Alexei, ich wollte dich nicht überrumpeln. Ich wusste nur nicht, was ich tun soll."

„Ich weiß."

„Ich glaube, eine heiße Dusche würde uns jetzt guttun, was meinst du?"

Alexei nickte.

Leise schlichen wir uns durch das Wohnzimmer, wo Tom friedlich schlafend auf dem Sofa lag. Alexei vergewisserte sich, dass es ihm gut ging und nickte mir beruhigend zu. Plötzlich fiel sein Blick auf den Kamin und er ging darauf zu. Wie paralysiert stand er vor den gerahmten Bildern auf dem Kaminsims.

„Was hast du, Alexei?" Ich folgte ihm.

„Wer ist das?" Alexei hob eines der Bilder an. Ich blickte von dem Foto zu ihm.

„Mein Großvater, der Vater von Ines."

Alexei stellte das Bild wieder ab und schüttelte den Kopf.

„Ich bin sicher, ich habe ihn schon einmal gesehen. War er auf der Wohltätigkeitsveranstaltung?"

„Nein, du kannst ihn nicht getroffen haben. Er ist über neunzig Jahre alt und lebt in einem Altenheim."

Alexei wirkte irritiert und verstört und ich begann, mir Sorgen zu machen. Ich nahm seine Hand und drückte sie. „Komm mit."

Wir gingen ins Badezimmer, unter seinen verschlingenden Blicken zog ich mich aus und half auch ihm aus seiner Kleidung. Obwohl von seinem Hemd nicht viel übrig geblieben war und auf seiner Haut noch getrocknetes Blut haftete, war sein Körper unbeschadet und makellos wie zuvor. Seine Augen hefteten sich wie unter Hypnose auf meine Nacktheit, er reagierte mit einer Erektion.

Auch mein Geschlecht ragte bereits steif und erwartungsvoll in die Höhe. Ich warf ihm ein laszives Lächeln zu und stieg in die Duschkabine, ohne ihn aus den Augen zu lassen. Er folgte mir. Während heißes, dampfendes Wasser auf unsere geschundenen Körper herniederprasselte, tauschten wir zärtliche Küsse und Berührungen aus, seiften uns gegenseitig ein und genossen die Nähe des anderen. Die Begierde und das Verlangen vertrieben für eine Weile die Erschöpfung und die Sorgen.

Alexei stand hinter mir, seine mächtige Erektion presste sich hart gegen meinen Steiß. Ich atmete zischend die Luft aus, als seine Hand meine Härte umfasste und er mich zu massieren begann. Die andere Hand verschwand zwischen meinen Pobacken, ich stöhnte erregt auf.

Alexei küsste meinen Nacken und meinen Hals, seine Zunge glitt in meine Ohrmuschel. Ich keuchte erregt, meine Knie zitterten in wildem Verlangen nach ihm. Als er mir bedeutete, mich nach vorne zu beugen, stemmte ich die Handflächen gegen die Kacheln der Duschkabine. Er packte meine Hüften und versenkte sich tief und kraftvoll in mir. Ein lautes Aufstöhnen, das Lust und Schmerz zugleich signalisierte, löste sich tief aus meiner Kehle. Ich drängte mich ihm entgegen, brauchte ihn so sehr. Alexei liebte mich mit einer Hingabe und Leidenschaft, die meine Sinne und Empfindungen in Schwindel erregende Höhen katapultierte. Er war wie im Rausch, fing zu knurren an, laut und grollend. Ich musste mich nicht umdrehen, um zu wissen, dass seine Fänge hervorgetreten waren. Die tödliche Bedrohung, die er nun ausstrahlte, während er immer heftiger in mich stieß, brachte mich zu einem gewaltigen Höhepunkt. Alexei musste mich halten, so sehr erschütterten mich die Beben der Lust. Er schrie erstickt auf und presste seine Stirn zwischen meine Schulterblätter, als er sich ebenfalls seinem Orgasmus hingab. Einige Momente verweilte er so, heftig atmend und keuchend. Ich konnte nur erahnen, welch große Selbstbeherrschung es ihm gekostet haben musste, seiner Blutgier Einhalt zu gebieten.

Wenig später verkrochen wir uns mit einer Flasche Rotwein ins Schlafzimmer und setzten uns neben meinem Bett auf den Fußboden.

„Könnte ich den Ring noch einmal sehen?“, fragte Alexei.

„Natürlich." Ich zog den Ring vom Finger und legte ihn in seine Handfläche. Alexei zuckte kaum merklich zusammen und umschloss ihn einen kurzen Moment mit der Faust.

„Ich kann kaum in Worte fassen, was ich jetzt empfinde", sagte er. „Wut, Trauer, Schmerz … aber ebenso Freude und Hoffnung. Was hat das alles nur zu bedeuten?"

Ich legte meinen Kopf an seine Schulter und strich ihm über den Arm, als er die Hand öffnete und den Ring fixierte. „Wir *mussten* uns begegnen, Leon. Es *musste* so sein."

Ich schüttelte den Kopf. „Wenn ich nur wüsste, wie ich dir helfen kann."

Er schwieg einen Moment, schien zu überlegen. „Glaubst du, es ist dir möglich, in den Geist anderer einzudringen, auch wenn sie schlafen? Ich meine, könntest du in ihre Träume sehen?"

Ich musterte ihn überrascht.

„Ich weiß es nicht. Habe ich noch nie probiert. Du willst, dass ich in deinen Traum eindringe und sehe, was *du* siehst?"

„Ich könnte dafür sorgen, dass sich unsere Geister, unsere Seelen vereinen. Ich werde uns in eine Art Tiefschlaf versetzen und wir werden gemeinsam durch denselben Traum gehen. Vielleicht wirst du Schreckliches sehen. Dinge, die schwer zu verstehen sind, ich weiß es nicht. Aber unsere Schicksale sind auf irgendeine Weise miteinander verknüpft, dessen bin ich mir sicher. Das Wichtigste wäre, dass du niemals meine Hand loslässt."

Ich war fest entschlossen, Alexei durch seinen Traum zu begleiten, wenn ich ihm dadurch helfen konnte.

„Ich werde den kleinen Jungen ebenfalls sehen, nicht wahr?"

Alexei legte seine Wange an meine und nickte.

„Mir ist bewusst, was ich von dir verlange."

„Lass es uns versuchen", beschloss ich selbstsicher, jedoch war das Zittern in meiner Stimme nicht zu überhören. Wir legten uns ins Bett und zogen die Decke über unsere dicht aneinander geschmiegten Körper.

„Bist du dir sicher?", fragte er.

Ich nickte. „Ganz sicher."

Alexei legte seine Handfläche an meine Schläfe und sah mir tief in die Augen. Seine kühle Hand wurde auf einmal immer wärmer und schien leicht zu vibrieren. Ich wurde immer schläfriger, je tiefer ich in das faszinierende Grün seiner Augen blickte.

„Deine Hand. Gib mir deine Hand."

Ich war gerade noch imstande, dies zu tun, bevor ich in einen gewaltigen Sog der Müdigkeit hineingezogen wurde, dem ich mich nicht erwehren konnte und mich zwang, die Lider zu schließen. Finsternis hüllte mich ein, mein Körper wurde hin und her geschüttelt. Ich umklammerte Alexeis Hand, auch er verstärkte den Druck.

Hab keine Angst, ich lasse nicht zu, dass dir etwas geschieht.

Ich konnte ihn nicht sehen, doch ich hörte seine beruhigende Stimme und spürte seine Hand, die meine festhielt. Wir schwebten durch Zeit und Raum. Ich wusste einige Momente nicht, wo oben und wo unten war, doch dann war es ganz plötzlich vorbei und wir hatten wieder festen Boden unter den Füßen.

Kapitel 17

Ich spürte warmes Gras an meinen nackten Fußsohlen, vernahm Vogelgezwitscher und Kinderlachen. Unsicher und in angstvoller Erwartung öffnete ich die Lider und kniff sie zusammen, als grelles Sonnenlicht auf meine Augen traf. Wir befanden uns in einem Park. Die Sonne schien warm auf uns hinab und machte Alexei gar nichts aus.

Ich folgte seinem Blick, der auf einen bestimmten Punkt gerichtet war. In einiger Entfernung beobachteten wir eine kleine Gruppe Kinder, die Fußball spielten. Eins der Kinder musste der kleine Junge sein, von dem er immer erzählte. Plötzlich blickte ein Blondschopf in unsere Richtung und hielt in seiner Bewegung inne. Und dann begann er zu rennen. Aber er kam nicht näher. Es war, als würden Alexei und ich durch einen Sog nach hinten gezogen. Ich sah mich um, doch außer Bäumen, Wiesen und einer leeren Straße war da nichts.

„Das passiert jedes Mal", erklärte Alexei. Ein hoffnungsloser Ausdruck stand in seinem schönen Gesicht geschrieben. Ich rief mir in Erinnerung, dass es nur ein Traum war, eine Vision und war fest entschlossen, Alexei zu helfen. Beherzt riss ich mich von ihm los und rannte auf den Jungen zu.

„Leon! Nein!"

Tatsächlich war es mir nun möglich, mich ihm zu nähern. Als ich ihn jedoch erkannte, machte mein Herz einen Satz und ich blieb abrupt stehen. Ich wusste sofort, wer er war.

„Albert!" Obwohl ich es tief in meinem Innersten vielleicht irgendwo geahnt hatte, blieb mir der Name meines Großvaters beinahe im Halse stecken. Mir fehlten die Worte. Ich konnte keinen klaren Gedanken mehr fassen, als Albert das Wort ergriff und einen Schritt auf mich zuging.

„Bring ihn nach Hause, Leon. Nur du kannst ihn nach Hause bringen."

Ich wandte mich um. In Alexeis Augen stand Fassungslosigkeit, aber auch Furcht.

„Uns bleibt nicht viel Zeit." Albert klang aufgeregt. „Du musst ihn nach Hause bringen."

„Aber wie soll ich das machen? Ich verstehe nicht!"

Albert antwortete nicht, sondern zeigte stattdessen mit panischem Ausdruck in Alexeis Richtung.

„Es geschieht wieder. Er nimmt ihn mir weg."

In schrecklicher Vorahnung wirbelte ich herum. Hinter Alexei bildete sich ein unheimlicher, schwarzer Nebel, der sich mit enormer Geschwindigkeit verdichtete.

„Alexei!"

Meine Stimme war ein panisches Krächzen, meine Hand zerrte an Alberts. Alexei schien meinen Blick bemerkt zu haben, denn er drehte sich um und wollte zurückweichen. Doch der dichte Nebel schien wie ein Magnet zu wirken, der ihn anzog. Ich wollte zu ihm, doch Albert stemmte die Beine in den Boden.

„Ich kann nicht mit dir kommen, Leon. Du musst ihn zu mir bringen, verstehst du? Du musst ihn zu mir bringen!"

Alberts Körper löste sich auf, schimmerte bald nur noch silbern und war schließlich durchsichtig wie Wasser. Seine Hand löste sich aus meiner und plötzlich war er verschwunden. Ich starrte ins Leere, dann wandte ich mich um und begann zu rennen. Grauen erfasste mich, als sich der Nebel hinter Alexei plötzlich in der Mitte teilte und eine riesige Klaue daraus hervorschoss. Die letzten Sätze stolperte ich mehr, als dass ich lief. Als ich Alexei endlich erreicht hatte, bekam ich ihn am Arm zu fassen und versuchte, ihn mit all meiner Kraft wegzuziehen.

„Wir müssen aufwachen, Leon! Wir müssen aufwachen!", rief er aufgebracht.

Ein Strudel erfasste uns, der Boden unter unseren Füßen verschwand und wir wurden durch die Luft gewirbelt. Ein zorniges, übermächtiges Brüllen hallte in meinem Kopf wider, dass mich erschaudern ließ. Ich zuckte zusammen, klammerte mich noch fester an Alexei. Ein greller Blitz durchzuckte die Finsternis, dann fuhr ich im Bett hoch.

„Er ist es, nicht wahr?", fragte Alexei leise.

Ich brauchte einen Moment, um zu mir zu kommen. Schließlich nickte ich. Eine Welle der Emotionen ließ mich erschaudern, ich lehnte mich an Alexei. Er strich beruhigend über meinen Rücken.

„Alexei, ich bin so durcheinander. Das alles ist Wahnsinn." Ich blickte ihn an. „Und du hast es gewusst, nicht wahr?“

„Erst war ich mir nicht sicher. Aber meine Träume, das Bild auf deinem Kamin, die Geschichte, die du mir erzählt hast und der Ring. Alles fügt sich zusammen wie ein Puzzle, während mein Dasein auseinanderfällt, wie ein Kartenhaus.“

„Weißt du denn gar nicht, was damals geschehen ist? Kannst du dich absolut nicht an deine Mutter erinnern, oder wie sie gestorben ist?“

„Nein. Es ist, als hätte man mir die Erinnerung ...“

Er verstummte mitten im Satz, sein Mund blieb offen stehen. Es war nur ein Blick, den wir austauschten, unsere Gedanken waren dieselben.

„Bring mich zu ihm“, sagte er plötzlich.

„Was?“

„Ich möchte, dass du mich zu deinem Großvater bringst. Sobald heute Abend die Sonne untergegangen ist.“

Ich schüttelte energisch den Kopf. „Ich weiß nicht, ob das eine gute Idee ist. Du kannst ihn nicht einfach damit konfrontieren. Er wird sich furchtbar aufregen, er ist ein alter Mann. Es könnte ihn umbringen.“

„Ich will ihn nur sehen. Ich werde keinen Ton sagen, ich verspreche es.“

„Aber was ist mit Tom?“ Ich deutete mit einem Kopfnicken auf die Wohnzimmertür.

„Er wird nicht so schnell aufwachen, das versichere ich dir.“

„Aber können wir ihn hier allein lassen?“

„Ich sorge dafür, dass niemand eindringen kann, vertraue mir.“

„Also gut. Ich fahr dich heute Abend hin.“

Ich bemerkte erst jetzt, wie erschöpft und müde ich war. Fest umschlungen sanken wir ins Laken zurück und schliefen einige Stunden, bis die Sonne unterging.

Später am Abend betraten Alexei und Leon das Seniorenheim, in dem Albert Wilhelm lebte. Je näher sie seinem Zimmer kamen, umso mehr Zweifel überfielen Alexei, und er war einige Male drauf und dran, kehrt zu machen und davonzulaufen.

Leon drückte fest seine Hand, bevor er sie losließ und an die Tür klopfte. Alexeis Anspannung befand sich auf dem Höhepunkt.

Sie betraten ein kleines Zimmer. Vor dem Fenster saß ein alter Mann im Rollstuhl. Sein schneeweißes Haar war licht, viele tiefe Runzeln und Falten zogen sich über seine eingefallenen Wangen. Der Wandel der Zeit, der Alexei nichts anhaben konnte, hatte aus seinen Bruder einen alten Mann gemacht. Er sah auf. Seine blauen Augen, die Alexei bereits so vertraut waren, funkelten erstaunlich wachsam. Trotz der tiefen Furchen, mit denen Leben und Leid sein Gesicht gezeichnet hatten, erkannte er in ihm den kleinen Jungen aus seinen Träumen wieder. Alexei schluckte hart.

Alberts Gesicht hellte sich auf und er drehte den Rollstuhl in ihre Richtung.

„Leon, mein Junge. Das ist aber schön, dass ..." Er hielt mitten im Satz inne, als sich sein Blick mit dem Alexeis kreuzte. In seinen trüben Augen blitzte es auf, Alexei bekam eine Gänsehaut. „ ... du mich besuchen kommst. Wen hast du denn da mitgebracht?"

Leon warf Alexei einen beruhigenden Blick zu und ging vor dem Rollstuhl in die Hocke. „Opa, das ist Alexei. Wir waren gerade in der Gegend und er wollte dich unbedingt kennenlernen."

Alexei blieb einen Moment wie angewurzelt stehen, vergaß beinahe seine guten Manieren. Doch dann besann er sich und reichte Albert die Hand. Sie fühlte sich knochig und zerbrechlich an.

„Es freut mich sehr, Sie kennen zu lernen. Leon hat mir bereits von Ihnen erzählt." Alexeis Stimme klang belegt, er räusperte sich.

„Wirklich? Ich hoffe, er hat nur Gutes über mich gesagt."

„Natürlich", bestätigte Alexei mit einem milden Lächeln. Albert machte eine einladende Handbewegung und zeigte auf die zwei gepolsterten Stühle, die am Tisch standen.

„Setzt euch ein bisschen zu mir, Kinder. Leon, wie geht es den anderen?“ Obwohl Großvater mit mir sprach, ließ er Alexei nicht aus den Augen.

„Gut, danke, Opa. Ines kommt dich morgen besuchen. Sie wollte dir ihre selbstgebackenen Rumplätzchen bringen.“

Alberts Augen leuchteten. „Oh ja, die macht sie wirklich hervorragend. Eine willkommene Abwechslung zu diesen Keksen hier, die sie anscheinend aus Sägemehl herstellen.“ Er lachte, sein Blick folgte Alexei, der plötzlich auf eine Kommode zuging.

„Alexei?“

Er blieb wie angewurzelt vor einer Sammlung alter Familienfotos stehen und sah aus, als hätte er einen Geist gesehen. Ich ging zu ihm.

Schweigend starrte er auf eine vergilbte Schwarz-Weiß-Fotografie, die Albert als Kind und zusammen mit seiner Familie zeigte. Opa sah wirklich so aus, wie in unserem gemeinsamen Traum. Hinter ihm standen die Eltern. Die Mutter lächelte glücklich, der Vater neben ihr hatte eine Hand auf ihrer Schulter abgelegt. An seinem Finger steckte der Siegelring mit dem eingravierten „W“. Was mir eine Gänsehaut bescherte, war der kleine Junge neben Albert. Blondes Haar und ein schelmisches Grinsen im Gesicht.

Alexei … das … bist du.

Ich weiß. Alexeis Miene war unbeweglich. *Wie war sein … mein Name?*

Max … sein Name war Max. Mein Herz raste, ich spürte Alexeis Schmerz. „Hey.“ Ich legte eine Hand auf seinen Arm. Alexei zuckte zusammen und sah mich an. Er wirkte blasser als jemals zuvor, hatte sich aber gut im Griff.

„Ich muss gehen, Leon“, sagte er knapp und drückte kurz meine Hand. Bevor ich etwas erwidern konnte, ging er zu Albert und neigte sich zu ihm hinunter.

„Es hat mich sehr gefreut, sie kennenzulernen.“ In seiner Stimme lag ein Beben.

Opa nickte. „Mich auch.“

Dann tat er etwas, was mich völlig aus der Fassung brachte: Er hob die Hand und legte sie an Alexeis Wange. In seinen alten, trüben Augen lag ein seltsamer Schimmer. Die Vertrautheit zwischen den beiden ließ meine Kehle eng werden, ich fror mit einem Mal.

„Kommen Sie mich wieder besuchen … Alexei?"

„Natürlich. Versprochen." Alexei erhob sich rasch. Mit ein paar Schritten war er bei der Tür und riss sie auf.

„Wir sehen uns, Leon."

„Warte!"

Auf dem Flur musste ich laufen, um ihm nachzukommen.

„Alexei! Verdammt noch mal, was hast du denn vor?"

Erst sah es aus, als würde er mich nicht hören, doch schließlich blieb er stehen und wandte sich um. Seine Augen glänzten feucht und waren rot.

„Ich werde endgültig herausfinden, was geschehen ist. Und wenn es das Letzte ist, das ich tue."

„Nein, bitte geh nicht. Dein Vater wird dir nichts sagen und Razvan ..." Ich griff nach seinem Arm. „Er wird dir etwas antun, ich weiß es."

„Alles ist besser, als in Ungewissheit zu leben. Versteh` doch. Es ist wichtig für mich. Sonst werde ich niemals Ruhe finden."

„Dann werde ich mit dir gehen." Ich hob entschlossen mein Kinn, doch er lächelte gequält und schüttelte den Kopf.

„Keine gute Idee." Alexei berührte mich an der Schulter und gab mir einen flüchtigen Kuss. „Wir sehen uns später."

Ich wollte etwas erwidern, doch er eilte ohne ein weiteres Wort davon. Einige Sekunden war ich unfähig, mich zu bewegen. Eine unsichtbare Hand drückte mir die Kehle zu. Doch dann atmete ich tief durch und dachte an Alexeis beispiellosen Mut und seine Entschlossenheit, für die Sache zu kämpfen, die für ihn so bedeutend war. Und ich würde ebenfalls Mut beweisen, indem ich an ihn glaubte. Ich würde das sinkende Schiff niemals verlassen, solange er sich ebenfalls noch darauf befand.

Albert saß am Fenster und sah auf, als ich das Zimmer betrat. Er schien etwas aufgewühlt, doch in guter Verfassung zu sein. Ich schloss die Tür und ging langsam auf ihn zu.

„Opa ..."

„Dein Freund ist sehr nett. Möchtest du uns nicht Tee machen?"

Er lächelte. Ich konnte nur staunen über ihn und beschloss, keine Fragen zu stellen. Ich ging zu der kleinen Küchennische hinüber, drehte den Hahn auf und füllte den Wasserkocher. Die Ungewissheit um Alexeis Schicksal lähmte meine Sinne, doch ich konnte nichts tun, außer abzuwarten – und zu beten.

Alexei stieß die Tür zur Eingangshalle auf und stürzte die Treppe hinauf. Es war später Nachmittag, sein Vater musste sich um diese Zeit in seinem Büro aufhalten. Ohne zu klopfen riss Alexei die Tür auf und stürmte in das düstere Zimmer. Tatsächlich war Serban bereits wach und saß hinter seinem Schreibtisch. Als Alexei so unerwartet hereinstürzte, erhob er sich überrascht aus seinem Stuhl.

„Sohn!"

„Wie kannst du es wagen, mich so zu nennen? Was hast du nur getan, du Scheusal?"

Serban riss die Augen auf. „Ich weiß nicht, was du meinst. Ich habe jetzt keine Zeit, ich muss ..."

„Die wirst du dir nehmen müssen. Jetzt und hier sagst du mir, was damals wirklich passiert ist, eher werde ich keine Ruhe geben. Ich will wissen, wer ich bin und warum du das getan hast."

Serban starrte Alexei an, ein dunkler Schatten huschte über sein Gesicht, als er sich in seinen Sessel fallen ließ.

„Du bist mein Sohn", sagte er knapp. Das Beben in seiner Stimme verriet jedoch seine Unsicherheit.

„Hör endlich auf zu lügen, es hat keinen Sinn mehr! Ich habe die Wahrheit herausgefunden und nun möchte ich sie von dir hören."

Eisige Stille folgte. Nach einer Weile senkte Serban den Blick und kratzte mit seinen langen Fingernägeln über die Tischplatte.

„Wie … hast du …?"

„Leon ist der Stiefenkel meines Bruders. Die Welt ist klein, ich habe meine Familie wieder gefunden."

Serban hob den Kopf und starrte Alexei an. Ein Ausdruck puren Entsetzens lag auf seinem bleichen Gesicht. Einige Sekunden lang wirkte er wie paralysiert, stand da wie aus Stein gemeißelt.

„Katharina ... lag enthauptet in ihrem Sarg", murmelte er.

„Das sagtest du bereits", erwiderte Alexei ungeduldig.
„Der kleine Körper unseres Sohnes lag daneben."
Alexei schnappte nach Luft. „Was?"
„Ebenfalls enthauptet, alles war mit ihrem Blut besudelt."
Plötzlich stieß sich Serban aus seinem Sessel ab, legte einen katzenhaften Sprung über den Schreibtisch hinweg und packte Alexei am Kragen seines Hemdes.
„Wie du ja weißt haben Vampire nur *einmal* in ihrem verdammten Leben die Chance, ein Kind zu zeugen. Er war *mein* Sohn und diese Bastarde haben ihn abgeschlachtet wie ein Stück Vieh!"
Er war außer sich, in seinen Augen, die sich blutrot verfärbt hatten, spiegelte sich der pure Wahnsinn wider. Seine Atmung ging schnell und rasselnd und er zerrte an Alexeis Hemdkragen, als wäre er am Ertrinken.
„Er war doch noch ein Kind!" Serbans Gesicht war von Schmerz gezeichnet, die weinerliche Stimme war für den furchtlosen Vampir ungewohnt. Einen winzigen Moment verspürte Alexei Mitleid, doch dann stieß er seinen Vater so grob von sich, dass dieser gegen die Tischplatte taumelte. Serban starrte Alexei überrascht an. Dann begann er plötzlich zu lächeln, sein Gesicht nahm einen verträumten Ausdruck an.
„Es war im Jahre 1924. Ich habe dich in einem Park entdeckt", fing er wie in Trance zu erzählen an. „Ein paar Wochen lang hab ich dich beobachtet. Deine Mimik, deine Bewegungen, dein Lachen … alles stimmte überein."
Alexei merkte, wie ihm übel wurde und seine Selbstbeherrschung nachließ. „Was … hast du getan?", presste er hervor.
„Du warst ihm wie aus dem Gesicht geschnitten, meinem kleinen Alexei", antwortete Serban mit stumpfem Blick.
„Und da hast du mich einfach mitgenommen, hast einer Mutter den Sohn geraubt und einem kleinen Jungen den Bruder genommen? Wie erbärmlich und abscheulich bist du nur?" Alexeis Stimme wurde laut und unbeherrscht. „Ich hatte einen Bruder. Und eine Mutter! Ich hatte einen Namen und der war nicht Alexei!"
„Was interessiert mich das Schicksal eines einfältigen Menschen?", entgegnete sein Vater scharf. „Du könntest ruhig etwas dankbarer sein, ich habe dir ewiges Leben geschenkt."

Alexei schüttelte den Kopf. „Wie hast du …?", brachte er erstickt hervor.

„Ich habe dich in einen Tiefschlaf versetzt, bis du bereit für deine Verwandlung warst. Nacht für Nacht saß ich bei dir und habe gewartet, bis es endlich so weit war. Es bedurfte viel Zeit und Aufwand, dein Gedächtnis über die Jahre hinweg immer wieder zu löschen und anzupassen."

Alexeis Zorn hatte seinen Höhepunkt erreicht. Das Blut kochte unter seiner Schädeldecke und er wich ein Stück zurück, um der Gefahr zu entgehen, seinem Vater an die Gurgel zu springen. Gleichzeitig überfiel ihn tiefe Traurigkeit und innere Leere.

„Du hast mir die Erinnerung an meine Familie geraubt und mich in die ewige Finsternis verbannt!", schrie er Serban an. „Mein gesamtes Dasein ist eine Lüge und irgendwo, tief in mir habe ich es immer gewusst. Meine Mutter ist gestorben, ohne zu wissen, dass ihr Sohn noch lebt und mein Bruder ist heute ein alter Mann. Und nun nimmst du mir auch noch den Vater, den ich mein ganzes Leben lang geliebt und bewundert habe!"

Sein Vater schluckte hart und schüttelte den Kopf. Er hob beschwichtigend die Hand und machte Anstalten, sich Alexei zu nähern.

„Aber du bist und bleibst mein Sohn. Ich habe dich zwei Mal gebissen, du hast von meinem Blut getrunken." Er zuckte mit den Schultern.

„Nichts bin ich und ich kann mich an nichts erinnern! All die Jahre hast du meine Liebe und mein Vertrauen missbraucht. Ich habe keinen Vater mehr, du bist ein elender Lügner, ein Verbrecher, eine Bestie. Bleib mir bloß vom Leib!"

Serban fauchte ungehalten. „Du bist einer von uns, diese Tatsache ist unwiderruflich und unumkehrbar!"

„Dann werde ich dieses unendliche Dasein ohne dich fristen. Ich sollte dir einen Pflock ins Herz rammen, für das was du getan hast. Sei froh, dass ich dich so sehr geliebt habe, sonst würde ich dich jetzt töten."

Alexei kehrte ihm den Rücken zu und eilte zur Tür. Er hatte genug gesehen und genug gehört, wollte nur raus hier. Doch Serban stürzte ihm nach und umklammerte Alexei mit eisernem Griff.

„Nein! Du kannst nicht gehen! Du bist mein Sohn und das Einzige das mir noch geblieben ist. Ohne dich ist mein Leben verwirkt."

Alexei wand sich mit Gewalt aus der Umklammerung und stieß Serban erneut fort.

„Du hast doch Razvan! Vielleicht wäre er heute nicht so ein Scheusal, hättest du dich seiner angenommen, anstatt mehrere Menschenleben zu zerstören. Mein Leben hier ist von einer Sekunde auf die andere sinnlos geworden. Ich habe hier nichts mehr, das mich hält. Auf mich wartet meine richtige Familie, mein wahres Blut."

Obwohl Alexeis Zorn unendlich groß war blutete sein Herz, als er Serbans Hilflosigkeit sah. Doch der Stachel saß zu tief, er konnte hier keinen Moment mehr verweilen und hatte das Gefühl, zu ersticken. Alexei riss die Tür auf und stürzte auf den Flur hinaus.

„Tu mir das nicht an, ich bitte dich!"

Serbans Stimme klang so flehend. Erbärmlich. Alexei wusste, dass er ihn immer geliebt hatte und auch heute liebte. Gerade das bohrte noch tiefer in seinen Wunden. Am Treppenabsatz angelangt, holte Serban ihn erneut ein, packte seine Schulter und riss ihn herum.

„Du wirst hier bleiben! Ich lasse dich nicht gehen, du bist ein Vampir!"

Alexei schlug seinen Arm weg.

„Du wirst mich nicht aufhalten."

„Er ist keiner von uns! Das war er nie und das wird er niemals sein!"

Alexei warf einen Blick über seine Schulter. Razvan griff so unvermittelt an, dass er die silberne Klinge viel zu spät aufblitzen sah. Sein Vater reagierte geistesgegenwärtig, riss Alexei herum und presste ihn, mit seinem eigenen Körper schützend, rücklings gegen das Geländer. In den nächsten Sekunden ging alles so schnell, dass Alexei zuerst gar nicht erkannte, was geschehen war. Er vernahm nur Razvans ohrenbetäubendes Wutgebrüll. Durch Serbans Körper ging ein Ruck und Alexei verspürte gleichzeitig solch einen tiefen Schmerz in der Brust, dass es ihm die Luft aus den Lungen presste. Serbans Augen traten aus den Höhlen hervor und er blickte Alexei mit schockiertem Ausdruck an. Er hielt ihn immer noch an den Schultern fest, seine Fingernägel bohrten sich in Alexeis Fleisch.

Dann sackte er zusammen und Alexei stöhnte gepeinigt auf, als er durch einen Widerstand in seinem Brustkorb mit hinunter gezogen wurde.

Sie sanken zusammen auf die Knie, der beißende Schmerz raube Alexei fast das Bewusstsein. Hinter Serban stand Razvan. Seine Augen waren weit aufgerissen und er war völlig erstarrt. Im nächsten Moment zog er das Silberschwert abrupt zurück – Alexei schrie auf vor Schmerz – und ließ den Griff los, als habe er sich daran verbrannt. Die tödliche Waffe fiel scheppernd auf den Steinboden.

Die Silberklinge, die für Alexei bestimmt war, hatte sich in Serbans Rücken gebohrt und seine Körpermitte und das Herz durchdrungen. Durch seinen Körper ging ein Zucken, und aus seinem Mund kamen röchelnde Laute, während das Blut des durchbohrten Herzens hervorsprudelte. Mit letzter Kraft klammerte er sich an Alexei, sein Leib zitterte und die Reißzähne bissen krampfhaft auf seine Lippen, bis das Blut rann. Alexei war unfähig, sich zu bewegen. Die Schwertspitze hatte sich auch in seine eigene Brust gebohrt und langsam sickerte Blut aus der Wunde.

Trotz des Schmerzes packte er seinen Vater an den Schultern und schob ihn ein Stück von sich. Serbans Kopf fiel schlaff nach vorne und krachte gegen Alexeis Brust.

„Alex ...“, presste er mühsam hervor. „Verzeih mir ...“

Alexei fing ihn auf, schlang einen Arm um ihn und bettete ihn an seine Schulter. Aus Serbans Mund floss Blut und seine Augenlider flackerten. Mit letzter Kraft hob er seine zitternde Hand und bekam Alexeis Hemdkragen zu fassen. Das ohnehin blasse Gesicht war aschfahl, seine letzten Worte waren nur noch ein schwaches Flüstern: „ ...immer geliebt ...“

„Vater…“ Alexeis Stimme bebte, sein Herz krampfte sich zusammen. Serbans Augen schlossen sich für immer.

Alexei sah auf, in Razvans ausdruckslose Miene. „Was hast du getan, du Ungeheuer? Bist du nun zufrieden?“, blinzelte er seine aufkommenden Tränen hinweg.

Durch Razvans Körper ging ein Zittern, wie erstarrt blickte er auf Serbans Leiche. „Das wollte ich nicht“, stammelte er verwirrt. Seine Schultern bebten und er schluckte hart. Doch dann verengten sich seine Augen zu Schlitzen. Der Moment der ehrlichen Reue war vorüber.

„Die Silberklinge war für dich bestimmt, du dreckiger Bastard! Ich habe es viel zu lange ertragen müssen, dass er mich, der ich ein reinblütiger Vampir und sein Fleisch und Blut bin, kaum beachtet hat, während er dir alles in den Arsch geschoben hat! Du bist ein Mensch gewesen, ein Nichts! Ich verachte dich mehr als du dir vorstellen kannst! Du bist schuld, dass er tot ist, du allein!"

Alexei schüttelte müde und verzweifelt den Kopf.

„Du bist ja wahnsinnig, Razvan. Du hast ihn umgebracht."

„Und du wirst ihm folgen!" Mit diesen Worten machte Razvan einen Satz nach vorne. Er offenbarte fauchend seine Reißzähne, während er ausholte und mit bloßen Händen auf Alexei losging. Doch Alexei reagierte blitzschnell, entließ Serbans Leiche aus seinen Armen und warf sich zur Seite. Er sprang auf die Beine, bereit den Angriff abzuwehren, als sich Razvan wie ein wildes Tier auf ihn stürzte.

„Stirb, du Stück Dreck!"

Alexei stieß sich vom Boden ab, ihre Körper prallten aufeinander. Alexei bekam Razvans Handgelenk zu fassen, mit der anderen Hand packte er ihn am Kragen.

„Vergeude nicht deine Kraft, Bastard! Du stirbst bereits, sieh dich an", lachte Razvan triumphierend. „Es war Silber, das dich verletzt hat. Du wirst verbluten wie ein Schwein und elendig verrecken, wie es deiner gebührt."

Alexei bemerkte in der Tat, dass er schwächer wurde, doch noch waren seine Kräfte nicht vollständig ausgeschöpft.

„Den Gefallen werde ich dir nicht tun!" Eine Hand immer noch fest um Razvans Handgelenk, packte er ihn am Kragen, wirbelte herum und warf ihn mit Wucht an die Wand gegenüber der großen Treppe. „Wenn ich sterbe, gehst du mit mir!"

Razvans Antwort darauf war ein schallendes Lachen. Die Wunde in Alexeis Brust blutete unaufhörlich und hinterließ Spuren auf seinem Hemd und auf dem Steinboden. Seine Kraft ging schneller zu Ende, als er erwartet hatte. Razvan gelang es, dem Widerstand um sein Handgelenk entgegen zu wirken und gewann die Oberhand. Er schleuderte Alexei mit enormer Wucht zu Boden und schlug ihm brutal mit der Faust ins Gesicht. Die Haut über Alexeis

Wangenknochen platzte auf, Blut lief über sein Gesicht. Er hörte sein eigenes Herz schlagen. Es pumpte nur noch wenig Blut durch seinen Körper, bald würde es ganz versagen. Er dachte an Leon, sah sein schönes Gesicht und sein Lächeln direkt vor sich.

Ich liebe dich. Für immer.

Kapitel 18

Meine Brust durchzuckte jäh ein Schmerz, als hätte man mir einen Dolch hineinrammt. Ich ließ die Tasse fallen, in die ich eben Tee nachgießen wollte, kalter Schweiß stand mir auf der Stirn.

Alexei!

Etwas war passiert. Wie erstarrt blickte ich auf die Scherben hinunter. Der Früchtetee hatte auf dem weißen Teppich einen Fleck hinterlassen, wie Blut tränkte er den Boden zu meinen Füßen.

„Leon?" Opas Stimme hallte wie ein Echo in meinem Kopf. Ich versuchte, mich auf Alexei zu konzentrieren, auch wenn ich auf diese Entfernung und in meinem Zustand kaum eine Chance hatte.

Alexei schmeckte das Blut auf seinen Lippen, spürte es seine Mundwinkel hinabfließen. Razvan packte ihn an den Haaren und riss ihn daran hoch. Alexeis Lider flackerten, er konnte kaum mehr etwas erkennen.

„Und nun bettle um den Tod, du Bastard!"

Er schlug Alexeis Kopf mit solcher Wucht gegen den harten Untergrund, dass ihm schwarz vor Augen wurde. Plötzlich hörte er Leons Stimme in seinem Geiste.

Ich liebe dich, lass mich nicht allein! Du darfst nicht aufgeben!

Es klang so verzweifelt, so voller Schmerz und Furcht, dass es geradewegs Alexeis Herz traf und ihm die letzte, nötige Kraft gab, die er brauchte. Mit einem verzerrten Schrei stieß er sich mit einer enormen Energiewelle weit vom Boden empor und riss Razvan mit. Sie krachten zusammen gegen das hölzerne Geländer, das mit einem berstenden Geräusch brach und beide mit hinunter in die Tiefe nahm. Es geschah alles im Bruchteil einer Sekunde. Beim Aufprall löste sich ein seltsamer, gurgelnder Laut aus Razvans Kehle, zugleich fühlte Alexei etwas in sein Gesicht spritzen. Er war kaum noch bei Sinnen und spürte, dass er bald das Bewusstsein verlieren würde. Als er auf Razvan hinunter sah, stockte ihm der Atem.

Razvan starrte Alexei aus weit aufgerissen, rot glühenden Augen an, aus seiner zerfetzten Brustmitte ragte eine zersplitterte Strebe des Geländers. Das Blut sprudelte aus seinem Körper, der unkontrolliert zuckte, und bildete bereits eine große Pfütze. Er machte den Mund auf um zu sprechen, doch lediglich ein erstickter Laut löste sich aus seiner Kehle.

Alexei schüttelte fassungslos den Kopf. „Razvan …"

„Du … bist ein … Nichts", wisperte der Sterbende unter höchster Anstrengung, dann fiel sein Kopf zur Seite.

Ein gellender Schrei folgte, dessen Echo an den Mauern widerhallte. Alexei sah auf und erblickte Adriana. Sie stand oben auf der Treppe, neben der Leiche ihres Bruders.

„Mörder! Was hast du getan?"

Ihr Gesicht war von Wut, Trauer und Schmerz verzerrt, ihre Stimme klang schrill und hysterisch. Alexei war nicht mehr fähig, zu sprechen. Die Halle drehte sich wie ein Kreisel und er sah nur noch verschwommen. So nahm er nur einen dunklen Schatten wahr, als Adriana angriff.

Alexei sank zurück, lag in seinem eigenen Blut. Es fühlte sich seltsam warm an, irgendwie beruhigend. Begleitet von ihrem Wutgebrüll sauste die Silberklinge auf ihn hinab. Erneut löste sich ein Schrei aus ihrer Kehle und er erwartete den Todesstoß.

Ich war halb wahnsinnig vor Angst in meinen Wagen gesprungen und hatte in meiner Hilflosigkeit von meinem Handy aus die Polizei angerufen. Als ich in der Königsallee ankam, konnte ich von Weitem bereits sehen, dass das Gebiet um die Villa abgesperrt war. Blaulichter blitzten auf, Sirenen waren zu hören und eine Menge Schaulustiger machten mir das Weiterfahren unmöglich. Mir wurde übel und ich zitterte am ganzen Leib. Ich fuhr an die Seite, sprang aus dem Wagen und rannte los.

Ein eifriger Polizeibeamter versperrte mir bald schon den Weg und hielt mich am Arm fest, als ich an ihm vorbei wollte.

„Sie können hier nicht durch! Verlassen Sie bitte dieses Gebiet, es gibt nichts zu sehen!"

Ich riss mich los und musste dabei das Bild eines Wahnsinnigen abgeben: Zerzaustes Haar, verschwitzt und zitternd schüttelte ich heftig den Kopf.

„Ich muss hier durch! Mein Freund wohnt hier und ich habe Angst, dass er verletzt ist!“ Ich blickte ihn flehend an. „Bitte!“

Der Polizist sah mich überrascht an. „Ihr Freund?“

„Alexei Grigorescu. Ich muss … zu ihm!“ Meine Stimme brach und meine Schultern bebten heftig. Der Beamte musterte mich von oben bis unten, schließlich seufzte er und winkte einen Kollegen zu sich. Sie sprachen leise miteinander, warfen mir mitleidige Blicke zu.

„Mein Kollege bringt Sie hin. Ich weiß nicht, was Sie dort erwartet, aber ...“ Er zögerte, bevor er seinen Satz vollendete. „Es gab Tote.“

Mein Herz schien zu bersten, ich starrte ihn fassungslos an und war wie gelähmt. Erst als der Beamte meinen Arm berührte, zuckte ich zusammen und nickte. Je näher wir der Villa kamen, umso mehr fraß sich die Angst wie Säure in meine Eingeweide. Meine Beine trugen mich kaum noch, ich fühlte mich schwach und schwindelig. Trotzdem versuchte ich, Alexeis Geist zu erreichen. Nichts.

Am Gartentor sah ich das Aufgebot an Polizei- und Krankenwagen in vollem Ausmaß. Gerade kamen mehrere Männer mit zwei Tragen aus der Villa, auf denen zwei in schwarze Plastiksäcke gehüllte Leichen lagen. Mein Magen rebellierte und meine Beine drohten endgültig nachzugeben. Wie in Trance stolperte ich einen Schritt nach vorne. Der Beamte hielt mich sofort zurück, indem er mich am Arm packte, doch ich wollte mich losreißen.

„Bitte! Seien Sie vernünftig, wir wissen doch noch nicht, wer die Toten sind. Wir haben einen Schwerverletzen, der im Moment nicht ansprechbar ist und eine Geisteskranke mit einem Schwert, die sich bei unserem Eintreffen plötzlich von einer Sekunde auf die andere in Luft aufgelöst hat. Mehr kann und darf ich Ihnen noch nicht sagen.“

Als die Leichen vorbeigetragen wurden, musste der Polizist mich mit ganzem Körpereinsatz zurückhalten. Wenn Alexei … ich fing wie verrückt zu zittern an. Der Mann in Uniform versuchte beruhigend auf mich einzureden.

„Sie bringen jetzt den Schwerverletzten. Sehen Sie? Kennen Sie ihn?"

Durch einen Tränenschleier blickte ich zum Eingang und sah zwei Sanitäter, die jemanden hinaustrugen. Zuerst konnte ich nichts erkennen, eine Notärztin mit einer Infusionsflasche in der erhobenen Hand, versperrte mir die Sicht. Doch dann sah ich Alexeis langes, dunkelblondes Haar. Es war so blutverschmiert wie nach einer Explosion, er hatte die Augen geschlossen und eine Sauerstoffmaske saß über Nase und Mund. In diesem Moment schaffte ich es endgültig, mich loszureißen. Mit einem Schluchzer stürzte ich auf ihn zu, zerrissen von Gefühlen der Erleichterung und Bestürzung zugleich.

„Sind Sie ein Verwandter?" Die Notärztin warf mir einen flüchtigen Blick zu und überprüfte den Schlauch der Infusion.

„Ich bin … sein Freund. Bitte sagen Sie mir, dass er überleben wird!"

„Es tut mir leid, das kann ich jetzt noch nicht sagen. Ich wünschte, ich könnte es." Während sie hektisch weiterging, lief ich auf der anderen Seite der Trage. Erneutes, hilfloses Schluchzen löste sich aus meiner Kehle, als ich Alexei über das Haar strich.

„Hören Sie. Ihr Freund hat sehr viel Blut verloren und es ist ein Wunder, dass er mit so einer starken Verletzung noch am Leben ist. Er braucht dringend eine Bluttransfusion. Wir müssen ihn so schnell wie möglich in die Klinik bringen. Wenn Sie möchten, können Sie im Krankenwagen mitfahren."

Ich war viel zu durcheinander, um eine Antwort zu geben. Stattdessen nickte ich. Alexei wirkte, als wäre bereits jegliches Leben aus ihm gewichen, noch bleicher als sonst und starr. Mehrere Überlegungen schossen mir durch den Kopf. Was passierte, wenn die Ärzte bemerkten, dass Alexei kein Mensch war? Würden sie es überhaupt bemerken? Was passierte, wenn sie bei einem Vampir eine Bluttransfusion durchführten?

Ich hielt den Atem an, ein Anflug von grenzenloser Panik schwappte über mich hinweg, als wir den Krankenwagen erreichten und die Trage mit Alexei hineingeschoben wurde. Einen winzigen Moment überlegte ich tatsächlich, ihn einfach an mich zu reißen und mit mir zu nehmen. Der Versuch würde mir sicher einen

Aufenthalt in einer psychatrischen Klinik bescheren. Eine Hand legte sich auf meine Schulter. Ich zuckte zusammen und sah mich hastig um.

„Kommen Sie. Sie können sich da hinten neben die Trage setzen. Wir versprechen, unser Möglichstes zu tun."

Die Stimme der Notärztin klang beruhigend, dennoch war eine gewisse Unsicherheit und Besorgnis herauszuhören. Sie stieg eilig in den Wagen, während ich ihr folgte. Ich nahm auf dem Stuhl neben Alexei Platz und legte meine Hand auf seinen Arm. Er war eiskalt. Alexei hatte mir erzählt, wie man Vampire tödlich verletzen konnte. Der Beamte hatte von einem Schwert gesprochen.

Wie in Trance beobachtete ich, wie einer der Sanitäter die Trage befestigte und die Ärztin Alexeis Puls fühlte. In ihren Augen standen Ungläubigkeit und Verwirrung, ich sah ängstlich zu ihr auf.

Sie erwiderte meinen Blick. „Die Atmung ist sehr flach. Aber wir haben sie noch im Griff", sagte sie ermutigend, während sie eine Spritze aufzog und diese in die aufgehängte Infusionsflasche injizierte. „Das ist ein Mittel, um den Kreislauf zu stabilisieren, der bei diesem enormen Blutverlust besonders leidet."

Ich strich sanft über Alexeis Arm, während sich der Krankenwagen in Bewegung setzte. Mein Blick wanderte über seinen Körper, blieb an seiner Brust hängen, wo das neue Tuch, das ihn bedeckte, bereits wieder rot getränkt war. Mir fiel auf, dass keine der Verletzungen von selbst heilte. Hatten ihm diese Bastarde das Herz durchbohrt? Oh Gott, er würde sterben! Durch meinen Körper ging ein Zittern, als mich eine Welle der Panik erfasste.

Ich sah die Ärztin an. „Welche Verletzungen hat er?"

„Ihr Freund hat eine Stichverletzung, die das Herz offenbar um Millimeter verfehlt hat. Aber es könnten noch andere Organe betroffen sein, wir wissen es noch nicht."

Ich sog scharf die Luft ein, um meine Brust legte sich eine eiserne Kette.

„So viel ich weiß, konnte die Polizei ein Schwert sicherstellen", sprach die Ärztin weiter. „Ein silbernes Langschwert. Doch die Frau, die ihn angegriffen hat, ist spurlos verschwunden."

Ich wusste, dass es sich nur um Adriana handeln konnte und Serban und Razvan die Toten waren. Aber was genau war nur geschehen?

Die Sirenen verstummten und der Wagen hielt. Die Türen wurden aufgerissen, die Trage aus ihrer Verankerung gelöst und Alexei hinausbefördert. Draußen warteten bereits mehrere Ärzte und Schwestern, die ihn in Empfang nahmen.

„Schwere Stichverletzung im Brustbereich, hoher Blutverlust, Kreislauf im Moment noch stabil, innere Blutungen", informierte die Notärztin ihre Kollegen und reichte einer Schwester die Infusionsflasche. „Er muss sofort in den OP, es besteht akute Lebensgefahr."

Ich wollte hinterher, doch die Ärztin hielt mich zurück und winkte einer Schwester.

„Ab hier müssen Sie ihn in unserer Obhut lassen. Ich verspreche, dass wir alles tun werden, was in unserer Macht steht. Schwester Ramona wird Sie in den Warteraum bringen und wir werden Sie umgehend informieren, wenn wir mehr wissen."

Ich wollte etwas erwidern, doch ich war am Ende meiner Kräfte, fühlte mich ausgelaugt und leer. Ich hörte die Stimme der Krankenschwester nicht mehr, bemerkte kaum die leichte Berührung am Arm, als sie mich durch den Flur führte. Es war, als schwebte ich außerhalb meines Körpers. Meine Seele und mein Herz waren bei Alexei.

Erst als ich in einem Stuhl saß und mich die Schwester zum zweiten Mal fragte, ob ich einen Kaffee wolle, schüttelte ich benommen den Kopf und vergrub das Gesicht in meinen Handflächen.

„Ich bin sofort wieder da." Die Schwester berührte kurz meine Schulter und verließ den Raum. Ich war allein mit meinen Gedanken, mit meinen Ängsten. Ich erhob mich aus dem Stuhl und ging im Zimmer hin und her. Lange würde ich die Ungewissheit nicht ertragen können. Ein paar Mal war ich kurz davor, Vater anzurufen, hatte die Nummer schon angewählt, jedoch jedes Mal wieder aufgelegt. Was verdammt noch mal hätte ich ihm denn erzählen sollen? Hallo Papa, Alexei ist ein Vampir und ihm wurde fast das Herz durchbohrt?

Ich hatte das Gefühl, schon seit Stunden hier zu sein, als sich plötzlich die Tür öffnete und ein Arzt erschien. Sein braunes, kurzes Haar war ganz nass geschwitzt und seine blauen Augen wirkten müde. „Sind Sie ein Freund von Herrn Grigorescu?"

Ich ergriff seine dargebotene Hand und nickte. „Leon Bergmann. Was ist mit ihm?"

„Ich bin Doktor Kravniz, ich habe Ihren Freund operiert. Er erhielt eine Bluttransfusion." Mein Herz setzte kurz aus, meine Hand schnellte panisch an meine Brust. Der Arzt zuckte hilflos mit den Schultern. „Eigenartigerweise haben sich seine Werte und sein Zustand dadurch nicht gebessert. Wir sind nicht in der Lage, die Blutung zu stillen. Ich habe so etwas noch nie erlebt."

Ich merkte, wie sich ein Strick um meinen Hals legte und schüttelte den Kopf.

„Was soll das heißen? Was ist mit ihm?" Ich wusste natürlich, was mit Alexei war, aber was verdammt noch mal sollte ich nur tun? Noch nie in meinem Leben war ich so verzweifelt und ohne jegliche Hoffnung gewesen. „Sie müssen doch irgendetwas tun können!"

„Aus der Wunde sickert unaufhörlich Blut, obwohl wir genäht haben und auch sonst alles nötige getan haben, um es zum Stillstand zu bekommen. Er liegt im Koma und ich … kann nicht sagen, ob er wieder aufwacht. Es … tut mir leid." Er war sichtlich ratlos.

Einen Moment war ich versucht, ihn an den Armen zu packen und zu schütteln, ihn zu zwingen, etwas zu unternehmen. Die grenzenlose Panik blockierte für Sekunden meinen Verstand.

Doch dann traf es mich wie ein Faustschlag mitten ins Gesicht. Ich würde Alexei nicht einfach so gehen lassen. Niemals.

„Kann ich bitte zu ihm?"

Dr. Kravnitz musterte mich einen Moment, schließlich nickte er.

„Also gut. Kommen Sie mit."

Er führte mich zur Intensivstation. Der kahle, in weiß gestrichene Raum, voll gestopft mit medizinischen Geräten bescherte mir Unbehagen, meine Brust zog sich schmerzhaft zusammen, als ich an Alexeis Bett trat. Er war so blass, dass sich seine Gesichtsfarbe kaum von den weißen Kissen abhob und es schien, als wäre er bereits gegangen. Fort von dieser Welt und von mir. Ich unterdrückte ein Schluchzen. Ein Überwachungsgerät überprüfte piepsend seinen Herzschlag. Er war an allen möglichen Schläuchen angeschlossen, noch immer saß die Beatmungsmaske über Nase und Mund.

Dr. Kravniz legte die Hand auf meine Schulter.

„Sie können sich zu ihm ans Bett setzen. Sprechen Sie ruhig mit ihm, ich bin sicher, er kann Sie hören. Haben Sie keine Angst davor und lassen Sie sich Zeit. Ich komme später wieder."

Ich krächzte ein heiseres „Danke" und nickte. Dann ließ er mich mit meinem Geliebten allein. Mein von Tränen verschleierter Blick streifte seinen makellosen, blassen Körper. Er sah aus wie ein gefallener Engel … trotz allem noch immer überirdisch schön.

Alexei war bis zu den Hüften zugedeckt, um seine nackte Brust war ein dicker Verband gewickelt. Ein dünner Schlauch ragte daraus hervor, durch den Blut in einen Plastikbeutel sickerte, der seitlich am Bett befestigt war. In seinem rechten Arm steckte eine Nadel. Aus einer Infusion tropfte eine klare Flüssigkeit in seine Vene. Ich lachte gequält auf. Wie sollte der ganze Quatsch helfen, einen Vampir am Leben zu erhalten? Vielleicht brachten sie ihn dadurch sogar endgültig um?

Alexei brauchte etwas ganz anderes. Mein gequältes Herz fühlte sich an wie ein schwerer Ziegelstein. Ich neigte mich über ihn und strich ihm sanft über das seidige, lange Haar.

Alexei. Mein geliebter Alexei ...hörst du mich? Ich versuchte ihn auf telepathischem Weg zu erreichen und beugte mich zu ihm hinunter. *Du musst zu mir zurückkommen, du musst. Ich kann ohne dich nicht weiterleben. Ich werde dir geben, was du brauchst, denn meine Liebe reicht für die Ewigkeit.*

Alexei zeigte keinerlei Reaktion. Außer den Geräuschen der Maschinen herrschte unerträgliche Stille. Ich glaubte endgültig durchzudrehen, wenn nicht bald etwas geschah. Mit brennenden Augen starrte ich auf die Herzfrequenzlinie, in furchtbarer Angst, diese könnte plötzlich einen Stillstand anzeigen. Dann legte ich meine Lippen an sein Ohr und flüsterte: „Ich liebe dich. Mehr als mein sterbliches Leben. Alles wird gut."

Vorsichtig nahm ich ihm die Atemmaske ab und legte meine Lippen auf seinen schönen, samtenen Mund, der mich so oft leidenschaftlich, zärtlich und verschlingend geküsst hatte.

Es blieb nicht mehr viel Zeit, denn wenn in einigen Stunden die Sonne aufging, war Alexei verloren. Meine Augen suchten und fanden, was ich brauchte. Ich nahm die Verbandschere vom Nachttisch, setzte die Klinge an meinem Unterarm an und drückte sie so fest ich konnte in mein Fleisch.

Der brennende Schmerz ließ mich kurz innehalten, doch ich war fest entschlossen. Nichts konnte mich davon abhalten, Alexei zurückzuholen. Dunkelrot quoll mein Blut hervor, als ich einen tiefen Schnitt setzte. Ich schob die Finger zwischen Alexeis Lippen und Zähne, öffnete seinen Mund ein wenig und ließ mein Leben in ihn hineinfließen.

Zuerst geschah nichts und ich verzweifelte von Sekunde zu Sekunde mehr. Mein Blut benetzte seine Lippen und floss seine Mundwinkel herab.

„Du musst trinken, Alexei … bitte trink mein Blut“, flehte ich ihn leise an, wiederholte diese Worte wie ein Mantra.

Und dann geschah, womit ich schon nicht mehr gerechnet hatte: Alexei fing an, schneller zu atmen und leckte das Blut von seinen Lippen. Er öffnete die Augen so jäh und unerwartet, dass ich zusammenzuckte und einen Schrei unterdrückte. Die Pupillen waren geweitet und schwarz. Er öffnete den Mund und tat einen tiefen, geräuschvollen Atemzug. Seine Fänge blitzten weiß auf, er wirkte noch etwas desorientiert. Ich konnte nicht anders, als erleichtert aufzuschluchzen.

Leon … Alexeis geliebte Stimme hallte in meinem Kopf wieder.

Trink …, sandte ich ihm meine stumme Bitte. *Du musst trinken.*

Er zögerte einen Moment, doch dann griff er nach meinem blutenden Arm und presste seine Lippen dagegen. Er schluckte gierig, ich konnte spüren, wie das Leben und die Kraft in ihn zurückkehrten. Ich fühlte keine Schmerzen. Wie in Trance zerrte ich mit einer Hand an meinem Hemd und legte meinen Hals frei.

„Trink von meiner Kehle“, keuchte ich zittrig.

Alexei hielt inne und sah mich benommen an. Dann leckte er über meinen Unterarm, um die Blutung zu stoppen. Mühelos riss er sich sämtliche Infusionen und Schläuche heraus, packte mich im Nacken und versenkte seine Fänge in meiner Kehle. Ich stieß einen heiseren Schrei aus und vergrub meine Finger in seinem weichen Haar. Es war überwältigend, wie das Blut aus meinem in seinen Körper strömte … ich war mit ihm verbunden … war in ihm. Aber rascher als ich befürchtet hatte, wurde ich schwächer. Es war ganz anders, als bei Razvans erstem Biss. Ich spürte mich dem Tode nähern und hatte trotzdem keine Angst. Als meine Kräfte am Ende waren und ich auf ihm zusammenbrach, ließ er entsetzt von mir ab.

„Leon! Was … nein, nein, nein … bitte nicht … was ist mit dir?"

Alexei legte mich auf den Rücken, beugte sich über mich und verschloss meine Wunde mit seinem Speichel. „Das kann nicht sein … was habe ich getan?", keuchte er erstickt. Tränen aus Blut traten aus seinen Augen und fielen auf mein Gesicht. Ich war überwältigt von meinen Gefühlen zu ihm.

„Razvan … er … hat mich gebissen …", wisperte ich schwach. „Ich … hätte es dir sagen … sollen."

Alexei riss die Augen auf und stieß einen Fluch aus.

„Was? Wann? Warum hast du mir nichts davon erzählt, du Dummkopf?"

„Ich …weiß es nicht. Ich hatte Angst."

Alexei schluchzte trocken auf. „Du bist ja wahnsinnig!"

„Wahnsinnig … verrückt nach dir", erwiderte ich schwach. „Und nun … gib mir endlich dein Blut, oder willst du mich … hier verrecken lassen?"

Alexei biss sich ohne zu zögern in das Handgelenk und hielt es mir an die Lippen. Zuerst war der metallene Geschmack seines Blutes ungewohnt und eigenartig, doch schnell merkte ich, dass ich es dringend brauchte. Ich griff nach seinem Arm, presste meinen Mund gegen die blutende Wunde und begann gierig zu schlucken.

Kapitel 19

Ich starb und wurde geboren in ein und demselben Moment. Mein Körper und meine Seele wurden von einer Welle der Emotionen erfasst, die mir Tränen in die Augen trieben. Ich verspürte Schmerz … physischen, sowie psychischen. Ich konnte nichts mehr sehen. Mein ganzer Leib bebte, während mich Alexei in seinen starken Armen hielt und ich von ihm trank. Ich war wie im Rausch, mein Puls donnerte in meinem Kopf, in meinen Ohren brodelte es und mir war schwindelig. Es war, als wollte etwas aus meinem Körper ausbrechen und zugleich etwas hineingelangen.

Ich verlor jegliches Zeitgefühl auf meiner Reise in die dunklen Schatten. Alexeis unsterbliches Blut flutete meinen Körper, heiß wie Feuer und kalt wie Eis zugleich. Irgendwann teilte er mir mit, dass ich genug getrunken hatte und schob mich sanft von sich. Seine Stimme war weit weg und ich hatte noch lange nicht genug. Ich wollte immer mehr, doch Alexei war stärker.

Ich bringe dich nach Hause, Geliebter. Ich spürte, wie er meinen Körper aufhob und schlang die Arme fest um seinen Hals. *Schlaf jetzt Leon …schlaf.*

Als ich in unendliche Finsternis fiel, wusste ich, dass Alexei da sein würde, um mich aufzufangen.

Ich erwachte, wie ich feststellte, in meinem eigenen Bett. Sofort bemerkte ich, dass sich nicht nur mein Körper verändert hatte, sondern auch meine gesamte Umgebung. Ich nahm alles ganz anders wahr. Die Umrisse waren klarer und die Farben prächtiger. Ich war überwältigt. Noch bevor ich Alexei entdeckte, spürte ich seine Anwesenheit und roch seinen Duft nach Lagerfeld. Er stand im Türrahmen, die Arme vor der Brust verschränkt. Sein Gesichtsausdruck zeigte so viele Facetten von Emotionen. Er schwankte zwischen Unsicherheit, Verzweiflung, Angst, Sorge, Erleichterung und Liebe. Alexei war schöner als je zuvor, wie ein dunkler Engel hatte er über meinen Schlaf gewacht.

„Wie fühlst du dich?“, wisperte er. Er stieß sich vom Türrahmen ab, kam auf mich zu und setzte sich auf die Bettkante. Als ich mich aufrichtete und im Raum umsah stützte er mich sanft. Meine Sinne waren um ein Vielfaches schärfer. Ich hörte den entfernten Straßenverkehr und den tropfenden Wasserhahn aus dem Badezimmer. Alexeis Berührung sandte elektrisierende Schauer der Erregung durch meinen Körper. Ich umklammerte seinen Arm.

„Ich … ich weiß nicht genau", antwortete ich, was der Wahrheit entsprach. Als ich bemerkte, wie betroffen er war und nicht genau wusste, wie er reagieren sollte, brachte ich ein Lächeln zustande und setzte ein „Unsterblich?" hinzu.

Er stieß ein Seufzen aus und schüttelte den Kopf. „Es … tut mir so leid, Leon. Ich …"

„Ich bereue nichts", unterbrach ich ihn rasch. Ich nahm sein Gesicht zwischen meine Handflächen. „Verstehst du denn nicht? Wir haben uns begegnen müssen, weil wir bestimmt sind, unseren Weg gemeinsam zu gehen. Du kannst nicht mehr zurück, denn du bist für immer im Zwielicht der dunklen Welt gefangen. Und deswegen bin ich zu dir gekommen … nichts kann uns mehr trennen. Ich liebe dich so sehr."

Alexei war sehr ergriffen.

„Du hast mich gerettet", wisperte er, seine Lippen bebten. Im nächsten Moment riss er mich hart an sich und küsste mich voller Leidenschaft und Liebe. Ich erschauerte und schlang meine Arme fest um seinen starken Körper. Der Gedanke, dass ich ihn um ein Haar für immer verloren hätte, trieb mir Tränen in die Augen. Er erzählte mir, wie Serban und Razvan starben, und dass seine Stichverletzung nicht von Adriana stammte. Beim Eintreffen der Polizei hatte Adriana sich dematerialisiert, bevor sie Alexei die Schwertklinge in die Brust rammen konnte.

„Komm …" Alexei nahm meine Hand und wir standen auf. Ich wollte einen Schritt machen, doch meine Beine wollten nicht so wie ich und rissen meinen Körper zwei Meter nach vorne. Alexei hatte jedoch damit gerechnet und war vor mir da. Er fing mich in seinen Armen auf und lächelte schwach.

„Nicht so hastig, Geliebter. Du musst erst lernen, mit deinen überirdischen Kräften umzugehen. Nichts ist mehr so, wie es vorher war."

Ich nickte und umklammerte seine Hand, als er mich behutsam

führte.

Als wir vor dem Spiegel meines Kleiderschranks standen, keuchte ich auf und trat näher an die Glasfläche. Mein bleiches Spiegelbild starrte mich fassungslos an. Die Farbe meiner Augen leuchtete in solch intensivem Saphirblau, dass sogar der Himmel dagegen verblasste. Meine Haut war glatt und makellos, die morgendliche Rasur hatte sich für immer erledigt. Und meine Haare waren etwas länger, sie reichten mir jetzt fast bis auf die Schultern. Ich hob die Rechte und untersuchte mein Gebiss. Meine Eckzähne waren spitz und scharfkantig, doch relativ unauffällig, wenn man nichts davon wusste.

„Ich sehe ja richtig gut aus", zwinkerte ich Alexei hinter mir zu und grinste verlegen.

„Du bist atemberaubend schön, mein junger Vampir", entgegnete Alexei mit rauer Stimme. In seinen Augen funkelte Begierde. Er schlang die Arme um meinen Oberkörper, drängte sich gegen meinen Rücken und küsste meine Halsbeuge.

Ich stöhnte leise auf und flüsterte seinen Namen. Seine deutliche Erregung entfachte ein Feuer in mir und brachte meine Lenden zum Glühen. Und noch etwas ließ meinen Puls ansteigen: Ich hörte Alexeis Herzschlag in meinem Kopf, vernahm das Rauschen seines Blutes, das durch seine Adern floss. Es vermischte sich mit dem Pochen meines Herzens. Mit einem Mal empfand ich unsäglichen Durst ...

Ich zuckte zusammen, als ich ein Ziehen im Kiefer bemerkte. Ein Knurren löste sich aus meiner Kehle, dann konnte ich das erste Mal meine ausgefahrenen Beißerchen bewundern. Meine Pupillen waren riesig, tiefschwarz und von einem saphirblauen Rand umgeben. Ich sah richtig gefährlich aus. Alexei beobachtete mich im Spiegel und fing an, mein Hemd aufzuknöpfen.

„Hab keine Furcht, Leon. Das ist ganz normal, wenn du erregt bist." Seine Hände strichen über meine nackte Brust, hinterließen brennende Spuren der Begierde. Langsam und voller Genuss entkleidete er mich, bis ich völlig nackt vor dem Spiegel stand. Seine Hände und seine Lippen waren überall, ich stöhnte auf, als er meine Erektion umfasste. Er fing an, mich zu massieren, sein Daumen strich immer wieder über die feucht glänzende Spitze meines bebenden Geschlechts. Mein Stöhnen hörte sich an wie das Knurren eines wilden Tieres.

„Ich will dich …", keuchte Alexei an meine Halsbeuge. Meine Erektion spannte in seiner Faust, ich schlang einen Arm nach hinten um seinen Nacken und wand mich unter seinen Liebkosungen.

Im nächsten Moment ließ er von mir ab und drehte mich mit einer kraftvollen Bewegung zu sich herum. Ich presste meine Nacktheit gegen seinen starken Leib und küsste ihn wild und leidenschaftlich.

Alexei erwiderte meinen Kuss mit einem betörenden Stöhnen, dann zog er sich das Shirt über den Kopf und streifte seine Hose ab. Ich starrte auf seinen wunderschönen nackten Körper, der matt silbrig schimmerte, wie eine wertvolle Perle. Als er den Mund leicht öffnete und sich über die Lippen leckte, blitzten seine Fangzähne auf.

Wortlos nahm er meine Hand, führte mich zum Bett zurück und drückte mich in das Laken. Ich lehnte mich mit dem Rücken an das Kopfende, er neigte sich über mich und vergrub den Kopf in meinem Schoß. Ein tiefkehliges Stöhnen entrang sich meiner Kehle. Meine Fingernägel gruben sich in seinen Rücken, mein Atem ging schwer und schleppend. Er liebkoste mein hartes Geschlecht mit Lippen und Zunge, mein Körper und meine Sinne waren empfindsamer denn je zuvor.

Nach einigen Momenten sinnlicher Ekstase richtete sich Alexei auf und ließ sich rittlings auf meinen Schoß niedersinken. Seine Enge beraubte mich fast meiner Sinne, als ich tief in ihn eindrang. Ich rang nach Luft, ein zitternder Schrei folgte. Alexei klammerte sich an meine Schultern und fauchte auf. Seine Erregung machte mich wahnsinnig und brachte mich schneller als ich wollte meinem Höhepunkt entgegen. Alexei griff in mein Haar und drückte mein Gesicht gegen seine Kehle, während er sein Becken auf und ab bewegte.

Nimm alles von mir, Leon. Trink…

Ich schlang einen Arm um seine Taille und griff mit der anderen Hand in seinen Nacken. Aus Angst ihm wehzutun legte ich meine Lippen zunächst behutsam an seine weiche, duftende Haut. Ich leckte darüber und spürte seine pulsierende Halsschlagader an meiner Zunge. Es gab kein Halten mehr. Ich versenkte meine Fänge in seinem Fleisch und war erstaunt, wie leicht es war. Als würde ich in einen süßen Pfirsich beißen. Ein lautes Zischen löste sich aus seiner Kehle, das mich erschaudern ließ. Sein Blut floss in meinen Mund und ich fing an, gierig zu schlucken. Noch nie hatte etwas so köstlich geschmeckt, so süß. Er bewegte sich wilder und fester, wir befanden uns wie im Rausch.

Während sein warmes Blut meine Kehle hinabströmte, spürte ich meinen Höhepunkt gleich einer mächtigen Welle nahen. Wir waren wie unbezähmbare Tiere. Ich wusste instinktiv, wann ich aufhören musste und leckte über die Wunde, um sie zu verschließen. Und dann … dann kam ich in einer gewaltigen Explosion und mit einem animalischen Aufschrei. Ich verströmte mich tief in ihm, sein Blut breitete sich heiß in meinem Körper aus.

Alexeis Brustkorb vibrierte unter seinem tiefkehligen Stöhnen, als er ebenfalls kam. Wir fielen zurück in die weichen Kissen und hielten einander in inniger Umarmung. Ich fühlte mich nicht nur körperlich befriedigt, sondern auch meine nun dunkle Seele und mein überirdisches Herz gingen auf, in überschwänglicher Euphorie und Liebe. Ich blickte voller Vorfreude in die Zukunft … denn vor mir lag die Ewigkeit – mit Alexei.

Epilog

Es war kein leichtes Unterfangen gewesen, meiner Familie beizubringen – und vor allem glaubwürdig zu machen – dass ich nun unsterblich und auch noch mit einem Mann zusammen war. Noch schwieriger war es, Ines schonend zu eröffnen, dass Alexei ihr Onkel war – und Fionas Großonkel. Tom war uns in dieser Zeit eine große Unterstützung. Er wandelte sich vom Vampirjäger zum selbsternannten „Vampirbeauftragen“ und befand sich an unserer Seite, als wir meiner Familie die ganze Geschichte erzählten. Tom hatte sich erstaunlich schnell daran gewohnt, dass ich ein Vampir war und akzeptierte, dass ich Alexei liebte.

Fiona fand es nach einigen Schockmomenten so cool, dass sie Alexei bat, er möge sie auch beißen. Ines und Vater hatten Angst, doch das gab sich nach einer Weile, weil sie mich liebten. Natürlich hätte ich meine Schwester nie zu einem Vampir gemacht, irgendwann hat sie glücklicherweise aufgehört, zu fragen. Ich denke, sie hatte doch größere Angst davor, als sie zugeben wollte. Trotz der Freude beschlossen wir, Großvater Albert nichts davon zu erzählen, da sein Herz bereits sehr schwach war. Es war nicht leicht für Alexei, zu verschweigen, wer er war. Er besuchte ihn jede Nacht, saß oft stundenlang am Bett seines großen Bruders und wachte über dessen Schlaf.

Großvater starb ein Jahr nach meiner Verwandlung zum Vampir. Am Sterbebett eröffnete uns Albert, er hätte all die Jahre gewusst, dass sein kleiner Bruder eines Tages zurückkommen würde. Alexei war am Boden zerstört, in seiner Trauer um seinen einzigen Bruder. Ich wich nicht von seiner Seite und gab ihm Trost und Kraft.

Adriana blieb verschwunden, wir vermuteten immer, dass sie nach Rumänien zurückgekehrt war. Doch wir waren stets wachsam, denn die Rache eines Vampirs ist unerbittlich und bedarf oft langer Vorbereitungen. Vampire vergaßen niemals …

Ich wünsche niemandem, seine Liebsten altern und sterben sehen zu müssen. Die Zeit, die mir nichts anhaben konnte, hinterließ grausame Spuren auf ihren geliebten und vertrauten Gesichtern und tiefe Wunden in meinem Herzen.

Ein paar Jahrzehnte nach Vaters und Ines` Tod verließ mich mein bester Freund Tom für immer. Alexei und ich waren bei ihm, als er den letzten Atemzug seines erfüllten Lebens tat.

Als auch meine kleine Schwester als Letzte von uns gehen musste, dachte ich, daran zugrunde zu gehen. Doch die tiefe Liebe zu Alexei ließ mich meinen Kummer und Schmerz tapfer ertragen.

Ich bereue nichts ...

Ende

Weitere Titel aus dem Dead Soft Verlag:

Ewiges Blut
Vampirroman

Simon Rhys Beck

978-3-934442-00-9

Alexander de Dahomey ist eine der Lichtgestalten im Reich der Schatten, doch seine Liebe zu dem sterblichen Brian wird ihm fast zum Verhängnis - immer tiefer gerät er in ein Netz aus Schmerz und Leidenschaft ...

Der erste Teil der „Blut-Trilogie“ um Alexander de Dahomey.
Vampirjäger wollen hinter das Geheimnis der Unsterblichkeit kommen und jagen Alexander und seine Freunde.

Sturmbrecher

Charlotte Engmann
&
Christel Scheja

978-3-934442-37-5

Bisher konnte der Magier Ahrunan den Scheiterhaufen der Inquisition entkommen, doch auf der Flucht vor den Schrecken des Krieges verschlägt es ihn auf die Feste Terredin, wo Markgraf Jandor um seine Hexenkräfte weiß. Der Graf befiehlt Ahrunan, die Burg gegen die Armee des Königs zu verteidigen, aber der Magier weigert sich: Nur zu gut kennt er das Gewitter der Gewalt, das sich über Terredin zusammenbraut.

Bald stehen die königstreuen Truppen vor der abtrünnigen Feste, und zu ihren Offizieren zählt Ranyth von Sarlingen. Noch träumt der junge Adelige von ruhmreichen Kämpfen und glorreichen Schlachten, doch er erwacht in einem Albtraum, als der Mahlstrom des Krieges seine Freunde gleich seinen Feinden verschlingt.

Weitere Titel aus dem Dead Soft Verlag:

Magierblut

Die Dämonen des Caskáran

Simon Rhys Beck

978-3-934442-43-6

Als Zeth, der Anführer der schwarzen Dämonen, zufällig auf den jungen Bennet trifft, ahnt er nicht, dass dieser ein gefährliches Geheimnis in sich trägt. Er nimmt den Jungen als Knappen bei sich auf.

Bennet bemerkt bald, dass zwischen ihm und seinem neuen Herrn eine mysteriöse Anziehungskraft besteht. Er weiß aber auch, dass sein Schicksal ihn zu Zeths Feind machen wird.

Ein geheimer Auftrag des Herrschers von Yendland bringt Zeth und seine Männer in Lebensgefahr. Was führen die Magier der Xentenkaste im Schilde? Und welche Rolle spielt Uliteria, die junge Gattin des Herrschers? Ist Bennet der Schlüssel zu allem?

Dangerous Liaison

Savi Jansen

978-3-934442-40-5

Der junge, aufstrebende Autor Robin Sazuke hat der Liebe abgeschworen und lebt einsam in einem Haus am Meer.

Durch Zufall lernt er den charismatischen, gut aussehenden Franzosen Marcel kennen.

Und während das Eis um Robins Herz langsam schmilzt, ahnt der junge Autor nicht, dass er mitten hineingezogen wird in einen Strudel aus Leidenschaft und Mord, denn eine Satanssekte streckt ihre Krallen nach ihm aus.

Das ausführliche Verlagsprogramm finden Sie unter: www.deadsoft.de